# 꽃길 상점가의 기적

# 꽃길 상점가의 기적

쇼지 유키야 지음 권하영 옮김

BOOK PLAZA

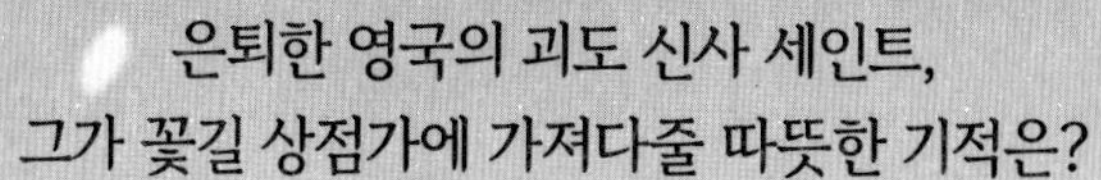

은퇴한 영국의 괴도 신사 세인트,
그가 꽃길 상점가에 가져다줄 따뜻한 기적은?

## 일러두기

본문의 각주는 모두 옮긴이 주입니다.

그건….

아니, 그러니까 그건….

"아아, 정말 난처하네요."

그러게요, 하며 미소 띤 얼굴로 맞장구를 친 뒤 그럼 다음에 봬요, 하면서 손을 흔들고 파출소를 뒤로했다. 산타 씨도 미소 띤 얼굴로 가볍게 경례하면서 "조심히 들어가요!"라고 인사했다.

사실 그대로 유턴해서 집에 있는 아빠를 추궁하러 가고 싶었지만, 장을 보러 나왔다고 말해 버렸으니 바로 집으로 돌아갈 수는 없었다. 산타 씨가 이상하게 생각할 것 아닌가. 아빠에게 당장 한마디 하고 싶지만 이대로 장을 보러 가야 한다.

여느 때처럼 5월 황금연휴도 끝나서 평범한 일상이 돌아왔구나 싶은 요즈음. 하교한 아이들을 대상으로 하는 내 일도 다시 시작되었고, 해가 지기 전에 장을 보고 저녁을 만들어 두는 일정도 여느 때처럼 부활했다.

날씨가 맑고 훈훈해서 티셔츠에 가볍게 셔츠를 걸치고 스니커즈를 신은 다음 상쾌한 기분으로 집을 나섰다. 이 시간대면 산타 씨가 늘 파출소 앞에 서 있다.

오늘도 그에게 인사를 하자, 또 희한한 일이 일어났다며 산타 씨가 말을 걸었다.

2번가에 있는 중국집 '보반'의 간판이 사라졌다고 했다.

물론 날씨 이야기와 비슷한 수준의 잡담일 뿐이었고, 산타 씨가 나에게 수사 기밀을 털어놓은 것은 아니었다.

간판이라고는 하나 오래전 이 근처에 살았다는 나무 조각가가 만든 목제 입간판으로, 일어서서 팔을 활짝 벌리고 있는 곰의 푸근한 배에 왜인지는 모르겠지만 '보-반!'이라는 글자가 새겨진, 자랑스러워해야 할지 부끄러워해야 할지 모를 물건이다. 높이는 딱 160센티인 내 키와 비슷하다.

내가 아주 어렸을 때부터 있던 그 곰 아저씨의 배를 등하굣길에 통통 치는 것은 이 동네에서 나고 자란 아이들에게 관습이나 다름없어서, 당연히 나도 여러 번 쳐봤다. 덕분에 곰 아저씨의 배에는 거뭇하게 윤이 흐른다. 시험이 있을 때 그 부분을 세 번 쓰다듬으면 점수가 잘 나온다는 설도 있는데, 얼마나 효험이 있는지는 모르겠다.

그 곰 조각상이 사라진 것을 발견한 때는 어제 보반의 간판 전원이 켜진 오후 다섯 시경으로, 누가 장난으로 가져간 것 같다고 파출소에 전화가 걸려왔다고 한다.

비싼 물건은 아니다. 몇십 년이나 밖에 놓여 있었다. 2번가에는 캐노피가 있어서 비를 맞지는 않았지만 언제 바스러져도 이상하지 않을 물건이다.

하지만 애착이 있다. 나만 해도 그렇다. 그 간판이 사라진 것을 봤다면 어디로 갔나 신경이 쓰여서 가만히 있지 못했을 것이다.

보반의 사장님 아리타 아저씨는 경찰이 상점가를 샅샅이 뒤져서 찾아내든지 가져간 사람이 뉘우치고 돌려줬으면 좋겠다고 말했다.

경찰이, 아니 정확히는 '꽃길 파출소'의 산타 씨와 카도쿠라 씨가 이 일을 절도 사건으로 처리할지 고민하던 그때, 영업을 마치고 다른 간판을 정리하러 나간 아리타 아저씨가 그것을 발견했다.

가게 앞 거리 한가운데에 곰 간판이 우뚝 서 있었고, 중학생이나 고등학생 같은 글씨체로 '장난이었어요. 죄송합니다. 용서해주세요'라고 적힌 두꺼운 종이가 곰의 배에 붙어 있었다.

아, 다행이다, 다행이야, 하며 사건은 일단락되었다. 엄밀히 말하면 절도 사건이지만, 돌아왔으니 됐다고 아리타 아저씨가 마무리를 지었기에 산타 씨와 카도쿠라 씨는 별다른 행동을 취하지 않았다.

하지만.

그건 아빠 짓이다.

아빠가 한 짓이 분명하다.

아니, 아빠가 장난을 쳤다는 의미가 아니라, 장난친 범인을 찾아내서 그 사람이 가져간 곰 간판을 멋대로 되돌려놓은 게 분명하다는 뜻이다.

"못 살아, 정말!"

입안에서 작게 중얼거리며 주먹을 꽉 쥐었다. 하지 말라고 그렇게 입이 닳도록 말했건만. 그런 건 경찰에 맡기라고 지겹도록 말했건만.

또 저질렀다.

도둑질을.

게다가 남을 돕는 도둑질이라서 괜히 더 얄밉다.

그런 도둑질이니 화를 내고 싶어도 화를 낼 수가 없다. 그런데도 체포되면 어쩌나, 다치면 어쩌나, 노심초사 또 노심초사…. 사실은 당장 집에 돌아가서 아빠에게 호통을 치고 싶다. 하지만 장을 보러 가야 한다.

"아, 내가 제명에 못 살지."

3번가와 4번가 사이에 있는 건널목에서 뚝심 있게 신호를 기다리다가 파란불이 들어와서 길을 건넜다. 이쪽에는 차가 거의 다니지 않아서 그냥 무단횡단을 하고 싶지만, 파출소가 코앞이라 그럴 수 없다. 그런 의미에서 '건널 수 없는 건널목'이라고 불린다.

3번가에 들어서자 상점가 천장을 덮은 캐노피 때문에 햇볕이 가려져 조금 어둑했다. 하지만 그 캐노피 덕분에 비 오는 날에는 장을 보기가 무척 편하다. 집에서 여기까지 걸어오는 사이에 조금 젖기는 하지만, 엄청난 장대비가 쏟아지지 않는 한 우산은 챙기지 않는다.

예전에는 4번가에도 캐노피가 있었다는데, 내가 태어나기 전에 화재로 타 없어졌다고 한다. 그래서 4번가에는 비교적 덜 낡은 가게와 집이 많다. 내가 사는 상가주택도 그중 하나다.

3번가에는 낡은 가게가 압도적으로 많다. 이유를 추측해보면, 아마 1번가 쪽으로 갈수록 역에 가까워서 지나다니는 사람도 많고 젊은이들을 대상으로 하는 가게도 많아서 그런 것 같다.

사람이 많아봤자 거기서 거기지만.

활기를 잃어만 가는 꽃길 상점가.

역사와 전통과 정이 있는 곳이라는 건 누구나 인정하지만, 손님은 그것만으로는 오지 않는다. 애초에 이 마을에 사는 젊은이는 점점 줄어들고, 교외에는 큰 쇼핑몰이 늘어난다. 어쩔 수 없는 폐업으로 빈 상가가 매년, 아니 매달 늘고 있고 실제로 다른 지역으로 떠나버린 동창도 많다.

상점가의 앞날이 정말 어둡다.

"이렇게 한숨이나 쉴 때가 아니지!"

잽싸게 달려가서 3번가 북쪽 한가운데 고색창연한 간판이 변함없이 당당하게 가게 위에 위치한 '시로가네 가죽공방'의 문을 밀어젖혔다. 순간 가죽과 접착제에서 나는 듯한 독특한 냄새가 콧속으로 날아들었다.

"어서 오…."

카운터를 지키던 카츠미가 거기서 말을 멈추고 휘둥그런 눈으로 나를 보더니 다음 순간 반사적으로 미소 지었다.

의심의 여지 없는 비위 맞추기용 미소다. 볼에 경련까지 인다.

"아야 누나, 어서 와."

"어서 와는 무슨."

다행이다. 카츠미의 아버지 타츠미 아저씨는 가게에 없다. 나는 서

승없이 걸어가서 카운터에 팔꿈치를 대고 카츠미에게 얼굴을 바싹 들이밀었다.

"왜, 왜 그래?"

이 태도. 역시 예상대로다.

"했지?"

"뭘…요?"

카츠미는 볼에 경련을 일으키면서도 미소를 유지했다.

나보다 네 살 어려서 초등학교에 입학하던 날부터 한동안 내가 손을 잡고 등교시켜준 카츠미. 그때는 정말 귀여웠다. 아야 누나, 아야 누나 하면서 내 뒤를 졸졸 쫓아다녀서, 외동인 나는 무척 기뻤다.

안다. 카츠미가 나를 좋아한다는 걸. 누가 알려주지 않아도, 카츠미는 감정이 얼굴에 그대로 드러나는 편이라 엄청나게 티가 난다.

물론 기분이 나쁘지는 않다. 카츠미는 그럭저럭 괜찮은 남자고, 한때는 엇나가던 시절도 있었지만 지금은 어엿하게 가업을 이어서 훌륭한 가죽 장인이라는 평을 듣는다. 카츠미가 만든 가죽점퍼와 가죽가방은 반응이 꽤 좋아서 인터넷 쇼핑몰로 전국에서 주문이 들어오는 덕에 이제는 이 가게의 기둥을 떠받칠 정도다.

하지만 나보다 네 살이나 어리다. 화는 났지만 스물다섯인 누나로서 골려주고 싶은 마음도 있다. 나는 카츠미의 옷깃을 쥐고 확 잡아당긴 다음 살짝 미소 지으며 속삭이듯 말했다.

"카츠미."

"아, 네."

"아빠한테 부탁받아서 또 도둑질을 도왔지? 호쿠토랑 같이 곰 조각상을 되돌려놨잖아."

"아, 아니…."

"사실대로 말해야지?"

"네, 그랬습니다."

역시 그랬구나, 이 녀석.

"잘 들어, 카츠미. 내가 전에도 말했지?"

"네."

"누나가, 뭐라고, 했죠?"

"두 번 다시 도둑질하지 말고, 세이진 아저씨를, 누나네 아버지를 돕지 말라고요."

바로 그거다. 나는 손을 놓고 허리를 곧게 폈다.

"다음에 또 이러면 정말 연 끊을 거야. 두 번 다시 안 볼 거라고. 알았어?"

"아니, 누나, 그건…."

누나! 라는 비통한 외침을 뒤로하고 가게를 빠져나왔다. 또 다른 조력자인 호쿠토는 그냥 내버려 둘까. 모르긴 몰라도 카츠미가 부추겼을 게 뻔하니까. 소심한 아이라서 혼내기도 미안하다.

"하아."

한숨을 쉬었다. 그렇다. 저녁 장을 봐야 한다. 아빠가 오늘 저녁에 튀김을 먹고 싶다고 했다.

나는 이렇게 진심으로 걱정하는데.

엄마가 돌아가신 뒤로 이 세상에 유일하게 남은 가족이다. 아빠는 이제 일흔. 만약 체포되면 두 번 다시 못 보게 될지도 모른다.

❀

'Last Gentleman-Thief 「SAINT」.'

50세 이상의 영국인이라면 누구나 이 이름에 반응을 보일 것이다. 아 그래, 하고 살짝 웃으며 기억난다고 말할 것이다. "엄청난 도둑이었지" 하면서. 자세히 아는 사람이라면 "해치지 않고, 위협하지 않고, 잡히지 않았어. 도둑이긴 해도 대단한 놈이었지" 하며 고개를 끄덕일 것이다.

그렇다. 영어를 해석해보면 '마지막 괴도 신사 「세인트」.'*

50년대 말부터 60년대까지 영국에서 상류층의 미술품과 금품을 훔치고도 단 한 번도 잡히지 않은 세기의 대도(大盜)다.

영국에서는 요즘도 가끔 그에 관한 특집 다큐멘터리 프로그램이 편성돼서 그 이름에 대한 기억이 옅어지지 않는다. 런던 경찰국에는 'BK17627444'라는 파일에 기록이 남아 있다. 활동 말년에는 '트리플 포'라고도 불린 범죄자.

유학 시절에 힘닿는 대로 조사하고 다녔지만, 사진은 고사하고 체형이나 생김새를 알 수 있는 자료조차 없었다. 다만 현장에 '세인트'라는 자수를 새긴 장갑 한쪽이 남아 있었다고 한다.

그 사람이 바로 일흔 된 우리 아빠 야구루마 세이진이다.

영국 이름은 도니타스 윌리엄 스티븐슨.

영국과 일본 혼혈인 엄마와 결혼해서 일본으로 귀화한 지 벌써 40

* 세인트는 '성인(聖人)'이라는 뜻이다.

년이 되어 간다. 세이진(聖人)이라는 일본 이름은 당연히 세인트라는 활동명에서 따온 것이고, 그 활동명은 성인(聖人)들 이름 중에 '도니타스'라는 이름이 많다는 데에서 유래했다고 한다.

엄마를 알게 된 과정이나 결혼할 때 있었던 일, 일본이 좋아서 일본으로 귀화한 이야기는 아주 여러 번 들었다. 둘이서 싱글벙글하며 신나게 이야기해주었다.

나는 두 사람이 마흔을 넘어서야 생긴 첫 아이로, 과거 일본에서는 그런 아이를 창피해했다는데, 나는 그야말로 창피할 만큼 두 사람에게 사랑을 듬뿍 받으며 자랐다.

부모님이 두 분 다 외국 생활을 오래 해서 "사랑해" 같은 말을 평소에 아무렇지 않게 자주 해주었고, 인사 삼아 하는 부녀간의 키스도 아빠와 나 사이에는 여전히 평범한 일이다.

너무나 사랑하고 존경하는 부모님이었다. 물론 지금도 존경하지만.

그런 우리 아빠가 영국에서 전설의 대도였다니.

"아야 누나!"

앞쪽에서 목소리가 들려왔다.

"어머."

호쿠토다. 평소처럼 남색 추리닝에 부스스한 머리, 검은 뿔테 안경을 낀 모습으로 살짝 숨을 헐떡인다. 늘 그렇듯 당장이라도 죽을 것 같은 낯빛이다.

"죄송해요!"

도로 한복판에서 나를 향해 깊이 허리를 굽힌다. 아니, 잠깐. 그만해.

"뭐 하는 거야?"

팔을 잡아서 세웠다.

"사람들이 또 내가 너를 괴롭히는 줄 알잖아!"

한산하기는 하지만 상점가 사람들 대부분이 우리를 안다.

"카츠미한테 전화 받았어요."

애처로운 표정으로 울먹이는 호쿠토를 보자 나도 모르게 어깨를 늘어뜨리며 한숨을 쉬었다.

"됐어. 자, 앉아."

도로 곳곳에 놓인 벤치 하나에 걸터앉았다. 주변에서는 한가한 가게 사장님들이 담배를 피우며 이러쿵저러쿵 잡담을 나눈다.

호쿠토는 나보다 네 살 어리다. 카츠미와 동갑이다.

예전부터 심약한 아이였다. 중고등학생 때 은둔형 외톨이로 지낸 적도 있다. 하지만 골목대장에 껄렁껄렁하던 카츠미와 친하게 지낸 덕에 어찌어찌 졸업할 수 있었고, 이제는 2번가 남쪽에 있는 전자 제품점 '마츠미야 전파사'의 어엿한 후계자다.

아니, 어엿하지는 않은가. 사람들 앞에 서면 쩔쩔매는 탓에 가게 안쪽에서 수리를 전담하니까.

"그래서."

"네."

"늘 그랬듯 네가 상점가 CCTV 영상으로 범인을 알아낸 거지?"

"맞아요."

"여전히 CCTV 영상을 맘대로 훔쳐보는구나."

"네."

그렇다. 아빠가 일흔이 되어서도 태평하게 도둑질을, 아니, 정확히 말하면 도둑질이 아니라 도둑의 기술을 이용해서 남을 돕는 일이지만, 아무튼 그런 짓을 할 수 있는 데에는 호쿠토의 영향이 크다. 우리 호쿠토 님은 전기는 물론이고 인터넷과 관련된 것까지 뭐든 가리지 않고 다 잘하신다. 여차하면 해커로 전향해도 될 만큼 그쪽 분야에서도 실력이 좋다고 한다.

거기에 으름장을 놓는 데 선수고 운동신경도 좋은 카츠미까지 합류하는 바람에 아빠가 노쇠한 몸으로도 할 수 있는 일이 많아졌다.

"범인은 누구였어?"

"중학생 두 명이었어요. 단순한 장난이었고요."

호쿠토가 눈을 내리깐 채 작은 목소리로 말했다. 저 길기만 한 앞머리를 당장 가위로 잘라버리고 싶다.

"또 전처럼 카츠미가 열심히 애들을 겁주는 사이에 아빠가 물건을 채 온 거지?"

"맞아요."

대단한 실력이라고 칭찬해 줄 수도 있겠지만, 사실 범죄나 다름없다. 나는 다시 한숨을 쉬며 화를 삼켰다.

이 일을 공공연하게 드러낼 수는 없으니까. 그리고 엄마가 돌아가신 뒤로 삶의 의욕을 잃을 뻔한 아빠에게 남은 것은 '마지막 괴도 신사'라는 자부심뿐이니까.

그것마저 사라진다면 아빠가 정말 완전히 무너질 것 같다.

"호쿠토."

"네."

드디어 호쿠토가 고개를 들었다. 버려진 강아지 같은 눈. 1번가에 있는 식당 '바클레이'의 나오와 사귄다는 소문이 있던데 정말일까. 그렇게 예쁜 나오와 호쿠토라니, 도무지 상상이 안 된다.

"카츠미한테는 말해도 소용이 없어서 너한테 말할게."

"네."

"그만두라고 해봤자 아빠는 어차피 그만두지 않을 테니까, 적어도 하나만 약속해줘."

호쿠토가 어리둥절한 표정을 지었다.

"무슨 약속이요?"

"최선을 다해서 도망칠 길을 찾아놔."

아, 갑자기 표정이 진지해졌다.

"보나 마나 이런저런 작전을 세우는 사람은 우리 아빠겠지만, 거기에 필요한 기자재를 준비하거나 기계를 다루는 건 호쿠토 너일 것 아냐? 그러니까 아빠가 절대 잡히지 않도록 신경 써줘."

물론 카츠미와 호쿠토, 너희도 잡히지 말고.

"알았지?"

"네. 최선을 다하겠습니다."

호쿠토는 고개를 꾸벅 숙이고 돌아갔다. 딱히 최선을 다할 필요는 없는데. 애초에 훔치지 않으면 되잖아.

그나마 다행인 것은 '마지막 괴도 신사 「세인트」'가 악당이 아니라는 점이다.

"어머, 아야."

"안녕하세요."

"오늘 저녁 반찬으로는 뭐 가져갈래?"

생선가게 '바른생선'을 운영하는 토시코 아줌마는 항상 빨간 앞치마에 빨간 헤어밴드, 빨간 장화를 착용한다. 그 모습이 무척 귀엽다.

"오징어 주세요. 오징어 튀김 하려고요. 그리고 흰살생선도 튀길 건데, 적당한 걸로 주세요."

"예, 알겠습니다. 피시 앤 칩스 만드는구나."

"맞아요."

아줌마와 함께 웃었다. 아빠의 고향 음식. 아빠는 일주일에 한 번은 먹어야 직성이 풀리는 모양이다.

"세이진 아저씨는 잘 지내셔?"

"똑같죠, 뭐."

정말 똑같다. 어디 아픈 데도 없이 건강하다. 하루 일과인 산책도 매일 두 시간 넘게 한다. 건강을 위해서는 좋은 일이지만, 매일 산책 경로가 달라져서 조금 난처하다.

"휴대전화를 갖고 다니라고 하는데도 전혀 들을 생각을 안 해요."

토시코 아줌마가 깔깔 웃었다.

"세이진 아저씨가 좀 옛날 스타일이잖아."

산책할 때도 꼭 정장을 갖춰 입는다. 스무 살 때부터 들고 다녔다는 지팡이를 든다. 동그란 안경을 쓰고 허리를 꼿꼿이 펴고 천천히 반듯하게 걷는다. 영락없는 서양인이라 키가 커서 위엄 있어 보인다.

영국인이지만 일본을 사랑한다. 그래서 비 오는 날 산책할 때는 지팡이 대신 종이우산을 들기도 한다. 여름이 되면 삼베로 만든 기모노를 입을 때도 있다. 일본인 중에 존경하는 인물은 우리 엄마와 코이즈미 야쿠모*라는 실없는 소리도 한다.

"아이고, 저게 누구야."

물건을 받고 돈을 내는 와중에 뒤에서 왁자지껄 떠들며 달려가는 발소리가 들렸다. 이 근처에 사는 초등학생들이었다. 뒤를 돌아보니 우리 학원 학생인 싱고의 뒷모습도 보였다. 토시코 아줌마가 웃는 얼굴로 나를 배웅하며 물었다.

"학원은 어때?"

"신경 써주시는 덕분에 그럭저럭 이어가고 있어요."

---

* 1850년 출생. 영국인으로 살다가 일본에 귀화한 소설가

이 저출산 시대에 망하지 않고 어찌어찌 유지되고 있다. 사실 아빠 소유의 상가주택 1층에 있어서 월세가 나가지 않는 덕이 크지만.

"아까 지나간 '남룡(南龍)'네 아들도 거기 다니지? 싱고 말이야."

"네, 맞아요."

3번가 북쪽에 있는 라멘 가게 남룡의 아들 싱고. 6학년이다. 토시코 아줌마가 눈썹을 살짝 찌푸려서 신경이 쓰였다.

"왜 그러세요?"

"아니, 그게 말이지."

토시코 아줌마가 바싹 붙어 서며 목소리를 낮췄다.

"요즘 싱고가 좀 이상하거나 그러지 않아?"

잠깐 생각해 봤지만 짚이는 데가 없었다. 싱고는 아주 활기찬 남자아이다. 반에서도 리더십을 발휘하는 것 같았고 학원에서도 꽤 우수하다. 놀 때는 신나게 놀고 집중할 때는 제대로 집중할 줄 아는, 손이 많이 가지 않는 고마운 학생이다.

"무슨 일이 있나요?"

어디나 그렇겠지만, 우리 상점가 아주머니들의 네트워크는 실로 대단하다. 디지털 기기는 상대도 안 될 만큼 빠르고 정확하게 여러 소문과 사실을 나르고 퍼뜨린다.

토시코 아줌마는 목소리를 더 낮췄다.

"큰 소리로 말하기는 그런데."

"네, 네."

큰 소리든 작은 소리든 어차피 똑같은 것 아닌가?

"그 집 남편이 있지, 바람을 피우는 것 같아."

"어머."

그런데 이 이야기가 어떻게 아주머니 네트워크에 퍼졌을까. 싱고네 엄마의 귀에도 들어갔다는 뜻일까.

토시코 아줌마에게 물어보니, 아직 소문은 퍼지지 않았다고 한다.

"나밖에 모를 거야."

"혹시 뭘 보셨어요?"

"아니, 그게 말이야."

대략 일주일 전 토요일이었다고 한다. 토시코 아줌마는 여느 때처럼 배달할 생선을 작은 트럭에 싣고 돌아다녔다. 장을 보러 오지 못하는 노인이나 사정이 여의치 않은 고객을 위한 서비스였다.

그날도 여기서 2킬로미터쯤 떨어진 아사히쵸에 위치한 손님 집에 가서 생선을 배달하고 돌아가려는데, 그 집 옆에 있는 연립주택에서 익숙한 아이의 모습이 보였다.

"싱고였나요?"

"맞아."

처음에는 친구네 집에 놀러 왔나 했지만, 거기는 이 동네와 학군이 완전히 다르다. 게다가 싱고는 묘하게 주변 눈치를 살피면서 어떤 집의 문을 살펴보고 있었다.

"못된 장난이라도 꾸미나 싶어서 말을 걸려고 했는데 글쎄."

싱고가 갑자기 도망치듯 달려서 가까운 쓰레기장에 숨었다. 다음 순간 문이 열리더니 집 안에서 젊은 여자가 나왔다.

"젊은 여자요?"

토시코 아줌마는 주변을 살피다가 고개를 끄덕였다.

"그 여자, 왜 있잖아, 요 앞에 있는 '불효 거리'의 술집 여자."

"술집이요?"

"응, 그게 말이지."

남룽네 남편분이 자주 드나드는 바(bar)라고 한다.

"음…."

토시코 아줌마와 마주 보며 잠깐 생각에 잠겼다.

"그러니까 한마디로…."

"지금 아야가 한 생각을 나도 똑같이 했어. 싱고 걔는 행동력도 있고 정의감도 강한 애잖아?"

"그렇죠."

맞는 말이다. 싱고는 그런 아이다.

"뭐, 내 착각일 수도 있지만."

그때 손님이 와서, 토시코 아줌마는 내 팔을 두어 번 토닥이고 돌아섰다. 팔을 토닥인 건 쉽게 말해 싱고를 신경 쓰는 게 좋겠다는 의미였다.

"흐음."

나는 신음하면서 귀갓길에 올랐다.

상가주택 1층에 있는 나의 직장 '야구루마 영어수학 학원'.

원래는 부모님이 차린 학원으로, 예전에는 여기 있던 낡은 주상복합건물 1층에서 운영됐다고 한다. 그 시절 사진을 보면 젊은 부모님과 20세기 느낌이 물씬 나는 작은 아이들이 와글와글 찍혀 있어서 나도 모르게 웃음이 난다.

영어의 본고장에서 온 영국인이 가르치는 영어학원이 당시에는 매우 드물어서 학생 수가 많았던 모양이다.

지금은 학생이 총 열 명이다. 인원이 조금씩 달라지기는 하지만, 최고치를 찍어도 거기서 크게 벗어나지 않는다. 월세 걱정도 없는 내가 혼자 먹고살기에는 그럭저럭 나쁘지 않다.

아빠가 먹을 저녁밥을 차려 놓고 배가 고프지 않을 정도로만 가볍게 끼니를 때운 뒤, 이른 시간대 반 아이들이 오는 오후 네 시 반쯤에 학원 문을 열고 안에서 기다린다. 그러면 하교 후 곧장 학원으로 온 아이들이 각자 해야 할 숙제나 공부를 시작한다.

이 시간부터는 초등학생 반이다. 여섯 시가 지날 즈음에는 중학생 반이 온다.

"안녕하세요."

"응, 안녕."

소문의 주인공인 싱고가 왔다. '사토 약국'네 딸 사토 아이, '대학 앞 책방'네 딸 나츠노, 그리고 쇼야도 있다. 5학년과 6학년이 섞여 있지만, 이 네 명은 집이 가까워서 서로 아주 친하다.

싱고는 평소와 똑같았고, 애초에 나도 선생인지라 매일같이 아이들에게 세심하게 신경을 쓰는데, 지금껏 이상한 낌새는 느끼지 못했다.

"아야 선생님."

"왜?"

동그란 눈이 귀여운 사토였다.

"고옴!이 외출했다가 돌아온 거 알아요?"

나는 어색하게 웃었다. '고옴!'은 요즘 아이들이 보반의 곰 간판을 부르는 이름이다.

"알지 그럼. 파출소 산타 아저씨한테 들었어."

"걸어서 어디를 갔다 왔대요." 나츠노가 말했다.

"옥상에 올라갔다고 들었는데." 얼굴이 작은 쇼야가 말했다.

"에이, 다 뻥이야. 그럴 리가 없잖아."

싱고의 말을 끝으로 다 함께 웃었다. 그러고 보니 장난으로 간판을 가져간 중학생들은 그렇다 쳐도, 아빠 일당은 지나다니는 사람들이 적지 않은 그 시간대에 어떻게 아무에게도 들키지 않고 간판을 옮겨다 놓았을까. 세기의 대도에게는 대체 어떤 기술이 있는 것일까.

상가주택 쪽 입구에서 똑똑하는 소리가 나자, 아이들이 일제히 밝은 얼굴로 그쪽을 돌아보았다.

오셨군요.

문이 천천히 열리더니, 마르고 길쭉한 사람이 모습을 드러냈다. 큰 키에 은발, 풍성한 콧수염. 입꼬리를 살짝 올리며 씩 웃는다.

"Hello! Ladies and Gentlemen."

우리 아빠. 야구루마 세이진.

"Hello!! Mr. Saint!!"

아이들이 하나같이 생글거리며 한목소리로 외쳤다.

"Good! 역시 발음이 훌륭하구나."

아빠는 그렇게 말하며 들고 온 도넛을 아이들에게 나누어 주었다. 이게 아빠의 평소 일과다. 아이들은 늘 도넛 때문에 아빠가 오기를 기다린다.

"오늘도 무사히 학업을 마치고 왔니, 싱고?"

"당연하죠!"

"좋아. 그럼 doughnut이다."

"Thank you!"

"사토, 오늘 졸지 않았니?"

"안 잤어요."

"좋아. 그럼 doughnut이다. 나츠노는 지각하지 않았니?"

"안 했어요."

"Good! 그럼 doughnut이다. 쇼야는 급식을 남기지 않았니?"

"죄송해요. 비빔밥이라 다 먹지 못했어요."

"비빔밥이었구나. 그래, 식성은 어찌할 수 없는 면이 있지. 그런 건 어른이 돼서 먹으면 된단다. 그럼 doughnut이다. 모두 손을 닦고 먹으렴."

그런 식으로 한 사람 한 사람에게 다가가 잠깐이나마 대화를 나누고 종이에 싼 도넛을 나눠주면서 돌아다닌다. 정성이라고 해야 하나, 뭐라고 해야 하나.

"잘 먹겠습니다!"

아빠는 조금 멀찍이 서서 아이들이 도넛 먹는 모습을 흐뭇하게 지켜보았다. 아이를 무척이나 좋아하는 것처럼 보이지만, 본인이 말하기를 그렇지는 않고, 아이들이 학업에 정진하는 모습을 보는 것이 좋다고 했다. 그 모습을 계속 보고 싶으니 미끼를 써야지, 라고 그야말로 영국 신사다운 짓궂은 농담을 했다.

"세이진 아저씨."

도넛을 통째로 삼켰나 싶게 빨리 먹어치운 싱고가 말했다.

"왜 그러니?"

"세이진 아저씨는 한 30년 전까지 영국에 있었죠?"

"그렇단다. 정확히는 38년 전이지. 1972년에 일본에 왔으니까."

싱고가 어쩐지 기쁜 표정을 지으며 몸을 앞으로 내밀었다.

"그럼 영국의 대도 이야기도 알아요? 괴도 신사 세인트 말이에요!"

학원 일을 끝내고 청소와 뒷정리를 마친 뒤 상가주택 1층에서 맨 위층인 5층 우리 집으로 돌아가면 늘 오후 9시 20분쯤이다.

상가주택이라고는 하나 크지 않은 건물이라 한 층에 네 가구가 산다. 1층은 학원이니 총 열두 가구가 들어올 수 있는데 현재 두 곳이 빈집이다. 월세 수입으로 생활하지만 아빠와 단둘이 살기에는 충분하다면 충분하다. 사치하지 않으면 아무 문제도 없다.

"다녀왔습니다."

문을 열자, 실내를 채운 향긋한 홍차 냄새가 코에 스민다. 이 향기는 뭘까. 지금껏 맡아본 적 없는 상쾌하고도 달콤한 향기다.

"왔니?"

아빠가 실내복으로 즐겨 입는 스모킹 재킷 차림으로 나를 맞아주었다. 이렇게 나를 위한 홍차를 우려두는 것도 평소와 똑같다.

"향기가 엄청 좋다. 오늘은 뭐야?"

"'누아르 생크'. 이 프랑스어 이름은 조금 발칙하지만, 다즐링에 장미류를 블렌딩한 것 같구나."

아무튼 향기가 좋다며 부엌 테이블에 앉는 아빠를 따라 나도 앉았다. 아빠가 테이블에 놓인 동그란 찻주전자로 무척이나 아름다운 빛깔의 홍차를 도자기 찻잔에 따라주었다. 물론 전부 오래된 영국제 다기 세트다.

어릴 때부터 사용해서 익숙하기도 하고 소중히 쓰고는 있지만, 설거지할 때는 역시 조심스러워진다. 아빠는 그런 저속한 이야기는 하고 싶지 않다며 말을 삼갔으나 틀림없이 어마어마하게 비쌀 것이다.

이렇게 평소에 자주 사용하는 물건으로는 1번가에 있는 '야마시타'에서 몇백 엔짜리 찻잔 같은 것을 사다 쓰고 싶지만, 아빠가 그것만은 허락하지 않는다. 찻잔뿐만 아니라 밥그릇과 국그릇에 대한 애착도 몹시 강해서 아주 값비싼 식기를 사용한다. 설거지하는 내 입장도 생각해주면 좋으련만.

"맛있다."

"나쁘지 않네."

서로 눈을 마주치며 웃었다. 나는 고개를 끄덕이고 일어나 저녁 먹을 채비를 했다. 미리 만들어 둔 반찬을 전자레인지로 데웠다. 된장국은 아빠가 미리 데워 주었다.

식사 전 빈속에 홍차를 마시면 몸이 따뜻해지고 식욕이 살아난다.

"잘 먹겠습니다."

“그래.”

사실 저녁 식사도 아빠와 함께 먹고 싶지만 내가 학원을 운영하는 한 불가능하다. 그래서 아빠는 내가 밥을 먹는 동안 테이블에 자리를 잡고 앉아 차를 마시며 옆에 있어 준다.

“홍차는 또 겔랑 씨가 보내주신 거야?”

“그렇단다.”

고향인 영국과 거의 연을 끊은 아빠지만, 유일하게 겔랑 하이필드 씨와는 마음을 터놓고 연락한다. 아빠보다는 젊은 사람이라는데 몇 살인지 무슨 일을 하는지는 듣지 못했다. 어느 정도 연세가 있는 남자분인 건 확실해 보였다.

아빠는 ‘부모자식 사이에도 비밀이 있어야 인생이 풍요롭다’고 했다. 영국의 오래된 속담이라는데 정말인지 모르겠다.

“애들은 어땠니?”

“평소랑 똑같았지, 뭐.”

일이 끝난 둘만의 시간.

둘이서 학원 아이들이나 오늘 겪은 일에 관해 대화하는 귀중한 시간이다. 아빠는 산책하러 나갈 때 말고는 거의 자기 방에 틀어박혀 지내는 사람이고 워낙 말수도 적은 데다 집안일이라고는 홍차 우리기와 욕실 청소밖에 하지 않기 때문이다.

“아, 그러고 보니까.”

“왜 그러니?”

“싱고 말이야.”

3번가 북쪽에 있는 라멘집 남룡네 아들이다. 조금 전 도넛을 먹을 때 세인트를 아냐고 물어서 조금 놀랐다.

"싱고한테 무슨 일이 있니?"

"'바른생선'의 토시코 아줌마가 그랬는데…."

내가 들은 이야기를 전했다. 아사히쵸 연립주택에서 토시코 아줌마가 본 싱고의 수상한 행동.

"그게, 싱고네 아버지가 불효 거리의 바 접대부와 바람을 피우는 것 같대."

아빠가 눈을 가늘게 뜨며 고개를 살짝 갸웃했다.

"요약하면, 자기 아빠가 바람피우는 현장을 우연히 목격했는지 어쨌는지 해서 싱고가 여자의 정체를 확인하려고 그 연립주택을 찾아가 기웃거리는 모습을 우연히 본 것 같다고 토시코 아줌마가 추측했다는 거지."

"그렇구나."

아빠는 콧수염으로 호를 그리며 씩 웃었다.

"토시코 씨는 일도 잘하고 붙임성도 좋은 훌륭한 여성이지만 그쪽 방면에 관심이 과한 경향이 있지."

"아니, 뭐, 그건…."

다들 비슷하잖아. 그렇게 말하자, 아빠는 씁쓸하게 웃으며 고개를 끄덕였다.

"그래, 토시코 씨는 선한 사람이야. 주변 사람의 삶에 경의를 표하고 나아가 그 사람이 평온하게 살기를 바라는 마음에 그런 관심을 갖는 거니까 비난할 생각은 없단다."

아무튼, 하고는 말을 잠시 끊었다. 홍차를 입으로 가져가 한 모금 마신다.

"네 말대로 싱고의 행동은 초등학교 6학년 남자아이답지 않아서 이상하구나."

"그렇지?"

"뭔가 이유가 있을 텐데."

"그야 있겠지, 분명."

"불효 거리에 있다는 바 이름이 뭐니? 그 여성이 일한다는 가게 말이야."

거기까지는 듣지 못했다.

"그걸 알아서 어쩌려고?"

"별생각은 없어. 궁금해서 확인했을 뿐이란다."

"하지 마."

제발 괜한 일에 참견하지 마세요.

"당장 무슨 문제가 일어난 것도 아니니까, 내가 싱고를 잘 지켜보다가 정 안 되겠으면 담임인 후지사키 선생님한테 연락할 거야."

머리가 비단결처럼 고운 싱고의 담임 후지사키 선생님은 공교롭게도 나와 같은 헬스장에 다닌다. 아빠는 눈을 가늘게 뜨고 나를 보았다.

"아야."

"응."

"너는 내 몸을 너무 걱정해."

몸을 걱정하는 게 아니거든요. 아니, 물론 몸도 걱정하지만.

"눈에 띄는 행동은 삼가시라는 말씀입니다."

아빠는,

"범. 죄. 자라고. 알고 있어?"

"아야."

"왜?"

아뇨, 그렇게 슬픈 눈으로 바라봐도 안 넘어갑니다. 그 아름다운 푸른 눈동자도 20년 넘게 봐 온 덕분에 익숙하거든요.

"정말 서운하구나. 꼭 내가 악당이라는 말 같아."

"아니, 실제로 그렇잖아요. 아빠는 도둑인걸."

학원에서 싱고에게 질문을 받았을 때 정말로 심장이 입 밖으로 튀어나오는 줄 알았다. 하마터면 '네가 그걸 어떻게 알아?!'라고 소리칠 뻔했다.

"물론 괴도 신사 세인트는 영국에서 책으로 출간됐을 정도니까 일본에서도 인터넷을 검색하면 어느 정도 정보가 나오겠지만, 설마 내 제자한테서 그 이름을 들을 줄이야."

"아이가 어떤 분야에든 관심을 갖는 건 좋은 일이잖니."

"좋지 않거든요."

싱고는 인터넷으로 우연히 세인트를 알게 되었다고 했다.

"세인트가 멋있다잖아."

"아이들은 보통 그렇게 생각하지. 아동용 애니메이션에서도 괴도는 어김없이 인기가 많잖니."

"애니메이션은 괜찮지만, 세인트는 실존 인물이야."

지금 내 앞에 있는 사람.

"경찰에 쫓기는 게 지겨워서 일본으로 귀화하고 이런 시골 마을에 온 거잖아. 남은 인생을 여기서 엄마랑 조용히 살기로 한 거 아니었어? 그 덕에 지금까지 별 탈 없이 몇십 년을 살았고. 그럼 끝까지 그렇게 해야지."

"내 생각에는 말이다, 아야."

"뭔데요?"

"도둑을 뜻하는 '도로보오(泥棒)'라는 일본어는 보기가 안 좋아. 늘 하는 생각인데, 'Thief'라는 단어를 일본어로 번역할 때 '도로보오'라는 말로 바꾸는 건 적절하지 않아. 왜 '진흙 이(泥)'에 '막대 봉(棒)' 자를 쓸까. 누가 생각해낸 말인지, 원."

"갑자기 그 얘기가 왜 나와? 그런 건 일본어학자한테나 물어봐요."

아무튼.

"제발 노인답게 점잖게 있어 주세요."

"엄격하구나, 아야."

엄격하게 굴고 싶어서 이러는 게 아닙니다.

"엄마 역할을 대신하는 거야."

그렇다. 우리 엄마. 야구루마 시즈. 아빠가 도둑인 것을 알면서도 연애하고 결혼한 사람.

엄마는 항상 그렇게 말했다. 아빠는 뼛속까지 괴도 신사라고.

통쾌하게 남의 눈을 속여 금품을 훔치고, 그 이야기를 전해 들은 제삼자에게 칭찬받는 쾌감을 추구하는 사람.

어떤 의미에서는 예술가다.

그리고 아빠는 실제로 초일류 예술가였다.

그건 고칠 수도 없다. 가능하면 평생 그 기술을 갈고닦게 해주고 싶지만, 범죄인 이상 막을 수밖에 없다. 그러니 그 욕구가 다른 곳으로 향하게 해야 한다. 쓸데없는 일에 눈을 돌리지 못하도록 끝없이 잔소리를 해야 한다.

"나쁜 짓 하면 안 돼."

그래서 나는 매일 밥 먹듯 말한다.

"알았죠?"

아빠는 어깨를 으쓱하고 나를 본다. 외국인이라 그런 동작이 정말 잘 어울린다. 영화를 찍는 기분이 든다.

"네가 착각하는 게 하나 있구나."

"뭔데요?"

아빠가 빙긋 웃으며 말한다.

"내가 이곳에 온 이유는, 물론 조용히 살고 싶은 마음도 있었지만, 무엇보다…."

천천히 거실 한쪽으로 시선을 던진다. 작고 둥근 테이블에 사진 액자가 죽 늘어섰다. 엄마와 아빠의 추억이 담긴 사진으로 가득하다.

"시즈를 사랑하고, 이 나라를 사랑해서였어."

아아, 그래. 그랬다. 나도 씁쓸하게 웃었다.

"응. 그래서였지."

"물론 나쁜 짓을 할 마음은 조금도 없지만, 아이들의 안전을 신경 쓰는 정도는 괜찮지 않겠니?"

"신경만 쓰는 거라면."

그건 괜찮지만.

"스스로 조사하려고 하지 말고, 모형 제작자로서 도니타스 윌리엄 스티븐슨의 일만 열심히 해줘."

그렇다. 우리 집의 또 다른 수입원. 아빠는 전 세계에 이름을 날린 프로 모형 제작자다. 특히 아빠가 황동으로 조각하고 연마해서 만드는 클래식카 모형은 전 세계에 열렬한 수집가들이 있을 정도다.

역시 손재주가 좋다.

“뭐, 일은 할 테지만.”

내가 식사를 마치자, 아빠는 담배 파이프에 라이터로 불을 붙이고 입을 뻐끔뻐끔했다. 순식간에 퍼지는 마른 잎 같은 향기. 나는 담배를 피우지 않고 댓진 냄새를 풍기는 것도 싫어하지만, 그래도 담배 냄새는 홍차나 커피 향과 잘 어울린다. 그것만은 인정한다.

“그나저나 아야.”

“왜?”

“싱고는 씩씩한 남자아이지만, 그래 봬도 꽤 섬세하고 예민한 구석이 있잖니.”

“응.”

맞는 말이다. 아빠는 그런 것까지 보고 있었구나.

“그런 아이가 직접 행동에 나선 걸 보면 제 나름대로 이유가 있었을 거야.”

아빠는 천천히 의자에 고쳐 앉아서 파이프 담배를 피웠다. 담배 연기가 마른 잎 냄새와 함께 퍼져나갔다.

“신경을 좀 쓰는 게 좋겠구나.”

# 04

꽃길 상점가를 걸으면서 나도 참 웃기는 사람이라는 생각을 했다.

"결국 아빠가 시키는 대로 하는 것 같은 느낌이야."

영국식이 아닌 순수한 일본식 아침밥을 만들어 먹고 나서, 아빠는 오전 산책을 하러 나갔고, 나는 설거지와 청소를 마쳤다.

이제 학원을 열기 전까지 내 시간이다. 하고 싶은 일이야 많다. 보고 싶은 TV 드라마와 영화도 잔뜩 쌓여 있고, 가끔은 친구들에게 연락해서 함께 쇼핑을 하거나 수다 떨며 점심을 먹고 싶은 마음도 있다.

하지만 지금 이렇게 호쿠토에게 가고 있다.

싱고가 너무 신경 쓰이고 신경 쓰인다. 말썽을 빚지 않고 조사하려면 역시 호쿠토에게 의지하는 수밖에 없다.

"뭐, 제자니까."

학원이긴 해도 선생은 선생이다. 제자를 돌보는 게 당연하다고 나 자신을 타일렀다.

오전 열 시쯤. 가게 대부분이 이미 문을 열었지만 셔터가 닫힌 채 방치된 가게도 있었고, 거기에는 누군가가 장난으로 낙서한 흔적이 남아 있었다. 굳게 닫힌 셔터가 죽 늘어선 쇠퇴한 상점가를 셔터 거리라고들 하던데, 그건 너무 슬픈 단어다.

꽃길 상점가는 아직 괜찮지만, 위기감을 느끼는 사람이 적지 않다. 위기감을 느끼면서도 어차피 앞으로 살날이 많지 않으니 이대로 괜찮다고 하는 나이든 사장님들도 있다. 나로서는 갓난아기 때부터 평생을 함께해 온 상점가라 어떻게든 활기를 되찾았으면 좋겠고 내가 할 수 있는 일이 있으면 뭐든 돕고 싶지만, 마음처럼 되지를 않는다.

많은 사람이 의기투합하기가 어렵기 때문이다. 게다가 오늘 아침 지역 신문 코너에서 읽었는데, 교외에 또 대형 쇼핑몰이 생긴다고 한다.

"괜찮으려나."

한숨을 쉬며 2번가로 걸어 들어가자, 이미 벤치에 앉아 있는 호쿠토의 모습이 보였다. 가게 안에서 대놓고 그런 이야기를 할 수도 없고, 그렇다고 근처 찻집에 가자니 온통 아는 사람뿐이라서 역시 이렇게 가게 앞 벤치에 앉아 잡담을 나누는 척하는 것이 제일 자연스럽고 무난하다.

"안녕하세요."

"안녕, 호쿠토. 오전 일찍부터 미안해."

"그래요? 싱고가요?"

싱고가 인터넷으로 괴도 신사 세인트를 알게 되었다고 이야기하자, 호쿠토는 감탄했다. 사실 나는 휴대전화를 익숙하게 다루고 컴퓨터로 엑셀이나 워드 같은 것을 어느 정도 사용할 줄은 알지만, 인터넷 검색은 자주 활용하지 않는다.

"그렇게 감탄할 일이야?"

"그게, 어떻게 검색했나 싶어서요."

"뭐를?"

호쿠토가 씩 웃었다. 항상 그렇게 웃는 얼굴이면 그나마 인상이 좋아 보일 텐데.

"일본어로 세인트를 검색하면 기껏해야 애니메이션 정보밖에 안 나오거든요."

"그래?"

"네. 세이진 아저씨에 관한 정보는 영어로만 나오니까."

"아아."

그렇구나.

"제가 정기적으로 검색해 보니까 확실해요. 일본어로 번역된 괴도 신사 세인트에 관한 정보는 아직 인터넷상에 없어요. 그러니까 싱고는 Last Gentleman-Thief나 saint라는 영어 단어로 검색해서 조사했다는 뜻이에요."

"정기적으로?"

설마.

"우리 아빠를 걱정해 준 거야?"

내가 묻자, 호쿠토는 쑥스러운 듯 고개를 끄덕였다.

"영국에서는 아직 지명수배 중이잖아요. 이미 죽었을 거라고 생각하는 사람이 대다수라 영국 경찰도 적극적으로 수사하는 것 같지는 않지만."

"고마워. 감동이야."

친딸인 나는 전혀 생각도 못 했는데. 정말 고맙다. 그래, 바클레이의 딸 나오는 호쿠토의 이런 면에 반했나 보다. 제법 남자 보는 눈이 있는 모양이다.

내가 고맙다고 하자, 호쿠토는 "이 정도로 뭘요" 하며 멋쩍게 웃고는 "그런데"라고 덧붙였다.

"그런 영단어로 검색해도 어떤 목적이 없으면 제대로 된 정보에 다다르기는 힘들어요. 영어 실력이 뛰어나지 않은 이상 검색 결과로 나온 글을 못 읽을 테니까요."

싱고가 영어를 그렇게 잘하냐고 물어서, 나는 고개를 가로저었다.

"그럴 리가."

인터넷에 나오는 영어 문장을 제대로 이해하려면 적어도 고등학생 정도는 되는 실력, 그것도 상당히 우수한 영어 실력이 필요하다. 싱고는 아직 초등학교 6학년이다.

"기껏해야 영어로 된 가사나 제목을 이해하는 정도야."

확실히 영특한 아이라서 벌써 중학생 정도의 실력은 되지만, 긴 영어 문장을 전부 읽고 이해하지는 못한다.

"그렇다면."

호쿠토는 검지를 빙글빙글 돌렸다.

"싱고네 아버지가 바람을 피우는지 안 피우는지보다 싱고가 어떻게 '마지막 괴도 신사'를 알아냈는지가 더 궁금해지네요."

그런가. 듣고 보니 그렇다.

"알았어. 그럼 내일 싱고가 등원하면, 내가 슬쩍 물어볼게."

"네. 저도 집에 가서 싱고가 어떻게 정보를 알아냈는지 조사해볼게요."

호쿠토가 정말 든든하게 느껴졌다.

"이제 가장 중요한 남룡네 아저씨의 바람 문제가 남았는데."

"음…. 그렇죠."

호투코가 고개를 옆으로 기울이며 팔짱을 꼈다.

"조사할 방법이 있을까?"

내가 묻자, 검은 뿔테 안경 너머로 보이는 의외로 사랑스러운 눈동자가 진지해졌다.

"불효 거리에 있는 바랬죠?"

"맞아."

"거기에는 바가 두 곳밖에 없는데 둘 중에 남룡네 아저씨와 바람피울 만한 나이대의 여자가 있는 곳이라면 '머메이드'겠네요. 이름은 모르지만 그 나이대로 보이는 여자가 최근에 들어왔거든요."

"역시 대단하다."

호쿠토는 이 마을 사람들에 관해서라면 꽃길 파출소에서 20년 근무한 카도쿠라 씨 못지않게 훤히 꿰고 있다. 집에 틀어박혀 지내느라 한가해서 그렇게 됐다는 건 씁쓸하지만.

"그 여자가 남룡네 아저씨의 불륜 상대가 맞는지 확인할 방법은 있어?"

호쿠토가 끙 하며 머리를 헝클었다. 정보는 있지만 행동력은 없는 호쿠토로서는 역시 무리인가.

"불효 거리에는 CCTV가 없어서…."

"그러게."

불법이긴 해도 CCTV가 있었으면 일이 훨씬 쉬워졌을 것이다.

"바니까 카운터에 인터넷이 연결된 컴퓨터도 없겠죠."

"그렇겠지."

있었다면 오히려 놀라웠을 것이다. 그런데.

"컴퓨터가 있으면 어떻게 할 방법이 있는 거야?"

"있죠."

최근에는 마이크나 카메라가 달린 컴퓨터도 많아서, 거기에 침입하면 가게 상황을 살펴볼 수 있다고 한다. 대단하다.

"하지만 인터넷이 연결되어 있지 않거나 전원이 꺼진 상태면 아무것도 못 해요."

"그렇겠지."

그 정도는 나도 안다. 호쿠토가 "그러니까" 하며 말을 이었다.

"조사하려면 역시 카츠미에게 부탁하는 수밖에 없어요."

"카츠미랑 뭘 어쩌려고?"

"그 바에 술을 마시러 간다든가…."

그래. 그 방법밖에 없겠다.

"안 그래도 둘이서 자주 술을 마시러 다니기도 하고, 불효 거리에 있는 '토리하치'에도 자주 가거든요."

'토리하치'에는 나도 가본 적이 있다. 닭꼬치가 정말 맛있는 집이다. 다른 음식도 센스 있게 잘 나온다.

"지나가는 길에 들러서 술을 마시는 척하면 자연스럽겠네."

"네."

그 방법밖에 없나.

"말썽을 일으키지 않으려면."

"그렇죠."

카츠미의 손을 빌리자니 또 괜한 기대감을 심어주는 것 같아서 미안하지만….

"그럼 카츠미한테도 말해볼게."

"그렇게 해주세요."

호쿠토는 카츠미가 승낙하면 자기는 괜찮다며 웃었다. 호쿠토, 슬슬 카츠미에게서 독립하는 게 좋을 것 같은데.

"아."

"왜?"

내가 일어서려고 하자, 호쿠토가 잠깐 기다리라는 듯 손을 들었다.

"왜 그래?"

"아, 아뇨."

그러고는 고개를 갸웃했다.

"그게, 제 착각일 수도 있는데…."

"왜, 왜?"

"아, 역시 아니에요."

뭐지?

“신경 쓰이잖아. 어서 말해.”

호쿠토는 안경을 쓱 올렸다.

“사람들이 의외로 저한테 그런 걸 많이 털어놓거든요. 푸념이라고 할까, 가족 문제 같은 걸요. 계속 가게 뒤편에 숨어 있어서 그런지, 다들 뒷문으로 들어와서 이것저것 털어놓고 가요.”

그래, 그렇다. 마츠미야 전파사의 뒤쪽 현관은 커다란 차양과 판자로 둘러싸여 있어서 자그마한 창고 역할을 한다. 수리 중이거나 필요 없어진 전자제품을 비롯해 잡다한 물건이 쌓여 있다. 어릴 때는 거기에 들어가면 안 된다고 배웠지만, 남자아이들은 원래 그런 장소를 좋아하기 마련이라 들어갔다가 혼나는 애들이 많았다.

그리고 바로 그 맞은편에 작디작은 ‘꽃길 공원’이 있다.

코끼리 미끄럼틀과 그네, 벤치밖에 없는 아주 작은 공원이지만, 재떨이도 있고 음수대도 있고 잔디밭도 있어서 동네 아저씨 아줌마 할아버지 할머니가 찾아와 한 대 피우며 쉬는 장소다.

“그래서?”

“예를 들면.”

“응.”

“사토 약국 말인데요.”

“사토 약국?”

3번가 남쪽에 있는 사토 약국. 3번가에서 가장 오래된 가게다. 그리고 우리 학원에 다니는 사토 아이네 집이다.

호쿠토가 주변을 슬쩍 살피며 목소리를 낮췄다.

"그 집 사모님이 호스트 클럽에 다니면서 젊은 남자한테 푹 빠졌다는 얘기 들었어요?"

나도 모르게 입을 틀어막았다.

"처음 들어. 진짜야?"

"진짜예요. 사토 약국네 할아버지가 비밀이라면서 넋두리를 늘어놨어요."

"말도 안 돼."

남을 비방할 생각은 없지만. 그래도….

"그 집 사모님이면 사토네 엄마잖아."

"맞아요."

이름은 모르지만 당연히 만나본 적이 있다. 키가 조그마하고 살가운 어머니 같은 인상이었다.

"그리고요."

"뭐가 또 있어?"

"대학 앞 책방의 미나미 알아요?"

"미나미?"

1번가 북쪽에 있는 대학 앞 책방은 스즈키 일가가 운영한다. 근처에 대학교가 있던 시절에 개업한 아주 오래된 서점이다. 현재는 대학교가 다른 곳으로 옮겨졌는데, 그것도 이 일대가 쇠퇴하게 된 요인이었다.

"연결고리는 전혀 없지만, 나랑 나이대가 비슷하지?"

"저희 동창이에요. 미나미의 여동생 나츠노도 누나네 학원에 다니죠?"

"맞아, 맞아."

스즈키 나츠노. 5학년이다. 나이 차이가 꽤 나는 언니가 있다는 이야기는 들어서 알고 있었다.

"미나미 걔 요즘 불륜에 빠졌어요."

세상에.

"그 얘기는 누구한테 들었어?"

"아이카와라는 동창한테요. 걔가 고등학교 때 미나미랑 사귀었거든요."

"옛 여자친구가 요즘 그렇게 지낸다고 푸념을 늘어놨구나."

"맞아요."

"만나는 상대가 누군데?"

"거기까지는 몰라요."

아무튼 연상 남자는 확실한 것 같다.

하지만 그것도 사적인 문제다. 나는 불륜을 부추기고 싶지 않지만 당사자끼리 눈이 맞았으니 어쩔 도리가 없지 않은가. 내 친구 중에도 그런 애가 있다.

"그런 소문을 많이 듣는구나, 호쿠토."

"정말 많이 들어요."

호쿠토가 쓴웃음을 지었다. 그동안 나는 전혀 인지하지 못했지만, 호쿠토는 남의 말을 무척 잘 들어주는 편인가 보다.

"그거 말고도 이런저런 사소한 일이 있는데…."

"응."

"느낌이 오지 않아요? 방금 한 이야기랑 싱고를 합쳐서 생각해 보면."

"합쳐서?"

나는 생각에 잠겼다. 호쿠토의 눈빛이 진지했다.

"음…."

뭘까. 평범한 일상 속에도 비밀이 잔뜩 숨어 있구나 싶어서 한숨만 나오는데, 또 뭐가 있다는 걸까.

"싱고네 이야기까지 합쳐서 지금 나온 소문이 총 세 가지인데, 거기에 해당하는 세 집 모두 누나네 학원에 다니는 아들이나 딸이 있잖아요."

"어머."

그러고 보니…. 우연히도 그렇네, 라고 말하자, 호쿠토는 눈을 가늘게 떴다.

"우연이 지나치지 않아요?"

어?

"꽃길 상점가를 포함해서 이 인근에 사는 초등학생, 중학생은 오륙십 명쯤 돼요. 그중에 아야 누나네 학원에 다니는 아이는 열 명이죠?"

"그렇지."

"저는 그중 세 가정에서 일어난 사건을 지난 몇 주 사이에 연달아 들었어요. 게다가 공교롭게도 전부 아침 드라마에 나올 법한 일들이고요. 확률상 이상하지 않아요?"

그래. 듣고 보니 정말 그렇다.

"정말 그렇긴 한데…."

나와 호쿠토는 얼굴을 마주 보며 동시에 흐음 하고 신음했다.

"어떻게 된 걸까요?"

"어떻게 된 거지?"

전혀 모르겠다.

"어이, 아야."

교차로 모퉁이, 파출소 앞에 서자, 안쪽에서 나를 부르는 태평한 목소리가 들려왔다. 옆에 선 카츠미의 몸이 움찔하며 반응했다. 나는 마지못해 뒤돌아서 싱긋 웃으며 말했다.

"아, 수고 많으십니다."

반질반질한 대머리에 길고 흰 턱수염을 기른 시마즈 영감님이 찻잔을 들고 철제 의자에 여유롭게 앉아서 손을 흔들었다. 내가 뒤돌아서 입구 쪽으로 두 걸음 다가가면서도 파출소 안에 들어가지 않은 이유는 붙잡히지 않기 위해서였다.

"뭐야. 시로가네네 아들도 있네."

"아, 안녕하세요."

카츠미가 허리를 굽혔다.

카츠미의 인사를 받은 영감님은 꽃길 상점가의 중진 '시마즈 포목점'의 시마즈 타이지로다. 그는 포목점 간판이 걸려 있지만 이제는 천과 관련된 것이면 뭐든 취급하는 희한한 가게를 운영한다.

이 영감님은 반경 1미터 이내에 여자가 들어오면 다리가 됐든 허리가 됐든 배가 됐든 어딘가가 아프다는 핑계를 대며 어김없이 몸을 기대려고 한다. 그런데도 성추행으로 고소당하지 않는 이유는 언제 죽을지 모를 노인이기 때문이다. 애초에 시마즈 영감님이 몇 살인지 아는 사람도 없지 않을까. 그런데도 그 끈질긴 변태 성향은 줄어들 기미가 보이지 않는다.

"어이, 시로가네네 아들내미."

"네?"

"너 설마 아야를 건드리려는 속셈은 아니지?"

"그, 그런 거 아니에요."

카츠미는 당황하며, 가방을 수리해 달라는 부탁을 받아서 외출할 겸 견적을 내러 가는 것뿐이라고 말했다. 그렇다. 그 말은 사실이다. 나는 조금 전 싱고 이야기를 하러 카츠미네 가게에 갔는데 타츠미 아저씨가 계셔서 말하지 못하고, 대신 꾀를 써서 가방을 수리해달라는 핑계로 카츠미를 불러내 함께 집에 가는 중이었다.

"뭐, 됐다. 어차피 아야가 너처럼 무능력한 놈을 좋아할 리가 없어."

틀린 말은 아니지만 영감님이 할 말은 아니거든요! 라고 쏘아붙이고 싶은 것을 참으며 싱긋 웃었다. 카츠미도 "조용히 좀 있어, 이 영감탱이야!"라고 외치고픈 충동을 억누르는 듯했다. 상대는 어른이니 별

수 있나.

"아야, 오늘 밤에 괜찮지? 이번에도 아야한테 부탁하고 싶은데."

"네, 네. 기다릴게요."

"세이진 씨한테도 오시라고 해."

파출소 벽에 걸린 거울로 신호가 바뀐 것을 확인한 나는 "알겠습니다!" 하며 잽싸게 자리를 떴다. 산타 씨와 카도쿠라 씨가 쓴웃음을 지으며 손을 흔들었다. 파출소 경찰분들도 참 고생이다. 산책하다가 휴게소 삼아 파출소를 이용하는 할아버지 할머니를 상대해야 하니 말이다.

"준비해둬야겠네."

"누나가 매번 고생이다."

3주에 한 번 있는 상점가 상인회. 예전에는 골목마다 모임이 따로 있었다고 하는데, 이제는 1번가부터 4번가까지 다 함께 모인다. 그만큼 가게 수도 적어졌고, 모임에 참여하지 않는 사장님들도 있다. 오래된 상점가이긴 해도 가끔은 새로운 가게도 생기고, 사람들마다 사고방식도 다르다.

불경기로 한 치 앞도 보이지 않는 이때 상인회에 돈을 쓸 수는 없으니, 공짜로 빌릴 수 있고 넓기까지 한 우리 '야구루마 영어수학 학원'은 회의 장소로 제격이었다. 학원 수업은 상점가 사장님들이 모일 수 있는 시간대가 되기 전에 끝나고, 책상에 앉아서 진행하니 바닥에서 뒹굴다가 잠드는 사람이 생길 일도 없다.

무엇보다 우리 야구루마 가문은 앞으로도 계속 상점가 상인회에 다과를 제공할 사명이 있다.

"아야 누나."

엘리베이터를 타자, 카츠미가 물었다.

"전부터 궁금했는데 야구루마 가문에 왜 그런 사명이 있다는 거야?"

"나도 그냥 적당히 하고 싶은데…."

엄마 쪽 집안인 야구루마 가문은 대대로 이 일대의 대지주였다고 한다. 꽃길 상점가도 원래는 작은 연립주택이 늘어선 지역이었고, 주민들은 전부 야구루마 가문의 세입자였다.

"아, 집주인이었구나."

"몰랐어?"

"지주였다는 이야기는 초등학생 때쯤에 들었는데."

"지주가 뭔지 몰랐지?"

카츠미는 뜨끔한 표정을 지었다.

"지금은 알아."

"당연히 알아야지."

그래서 야구루마 가문은 옛날부터 정기적으로 세입자들을 불러모아 잔치를 열었다고 한다. 한마디로 지역 친목회를 주최했다는 뜻이다.

"예전에는 야구루마 가문도 잘 나갔구나."

"응, 예전에는."

그 친목회는 어느샌가 상점가로 변모한 이 꽃길 상점가의 사장님 모임이 되어 버렸고, 야구루마 가문은 이렇듯 몰락했지만 예전 관습을 따라 그 모임에 어느 정도 이바지하는 의무를 지게 되었다.

"그러니까 뭐…."

투덜대봤자 소용없다. 내가 관둔다 해도 아무도 비난하지 않겠지만, 전통과 역사를 소중히 여기는 것은 아버지의 천성이기도 하다.

"그런데 아야 누나."

집 문을 열고 안으로 들어갔다.

"왜?"

"야구루마 가문도 여러모로 사정이 좋지 않잖아."

그래, 무슨 말을 하려는지 안다. 야구루마 가문의 현재 수장은 나다. 수장이라고 해봤자 내가 이어받은 것은 이 상가주택과 이 근방의 손바닥만 한 토지뿐이지만. 아빠는 어디까지나 엄마 집안의 데릴사위니까.

그래서 내가 결혼해서 아이를 낳지 않으면 나를 끝으로 야구루마 가문의 대가 끊기고 만다. 그렇게 되면 상점가 상인회에 이바지하는 역할도 끝이다.

"그러니까 너랑 결혼이라도 하자고? 이런 데서 청혼하는 거야?"

"아, 아니!"

그런 뜻으로 한 말이 아니라며 얼굴을 벌겋게 물들인 채 손을 크게 휘젓는 카츠미.

"경제적으로 힘들지 않냐는 말이었어!"

나도 안다. 놀려서 미안하다.

"농담이야. 자, 들어와."

물론 둘만의 시간은 아니다. 아빠가 집에 있다.

카츠미는 어릴 때 우리 옛날 집에 자주 놀러 왔다. 우리가 5년 전에 지어진 이 상가주택으로 이사한 뒤에도 키츠미는 이런저런 일로 자주 드나들었던 터라 이런 방문이 낯설지 않다. 카츠미는 "실례합니다" 하며 성큼성큼 거실로 들어왔다.

"오."

아빠가 베란다 문을 활짝 열어놓고 집 안 공기를 환기시키며 소파에 앉아서 홍차를 마시고 있었다. 이러면 상쾌하다면서 자주 이렇게 있는다. 문을 오래 열어두면 먼지가 들어와서 나는 그다지 좋아하지 않지만.

"안녕하심까, 세이진 아저씨."

"오늘은 어쩐 일이니?"

"누나가 수리할 가방이 있대서 봐주러요."

싱고와 관련된 일 때문이라고는 아직 말하지 않았다. 어쩐지 아빠가 말한 대로 흘러가는 것 같아서 조금 분하니까.

"마침 잘 왔구나, 캬츠미."

"무슨 일 있으세요?"

아빠가 발음하는 '카츠미'는 항상 '캬츠미'로 들린다. 아빠는 오랫동안 일본에서 생활한 덕분에 일본어 자체는 지나칠 정도로 완벽하지만, 역시 가끔은 외국인 같은 발음이 섞여 나온다.

"너희 집에 금속공예 할 때 쓰는 조각정 중에 남는 게 있니?"

"쓰시던 게 망가졌어요?"

조각정이 뭐더라.

"날이 조금 무뎌져서."

그럼, 하며 카츠미가 손을 펼쳤다.

“저한테 주세요. 1번가 ‘우치다 칼 공방’에서 갈아달라고 하면 돼요.”

아빠가 “우치다…” 하며 조금 석연치 않은 표정을 지었다.

“거기 괜찮니? 물건을 사본 적은 있지만 날을 갈아본 적은 없는데.”

나도 꽤 오래전에 족집게는 사봤어도 칼갈이 같은 걸 맡겨보지는 않았다. 애초에 일상에서 칼날을 갈 일이 거의 없지 않은가. 쇼핑할 때 되도록 모든 물건을 상점가 안에서 사려고 신경을 쓰는데도 아무런 연이 없는 곳도 있다.

“괜찮아요. 저도 가끔 맡기는데 실력 좋아요.”

“그래? 그럼 한 번 맡겨볼까.”

아빠는 빙그레 웃으며 고개를 끄덕이고는 일어나서 조각정을 가지러 방에 들어갔다. 뭐, 좋은 일이기는 하지만, 아빠는 카츠미의 눈과 실력을 전적으로 믿는 것 같다. 나이가 50살 가까이 차이 나는데도 마치 오랜 친구처럼 서로 신뢰가 두터운 느낌이다.

이런 관계는 카츠미가 아빠의 정체를 안 그날부터 시작되었다.

약 3년 전, 카츠미가 고등학교를 갓 졸업했을 때, 나는 1년의 영국 유학을 마치고 돌아온 참이었다.

불량하게 지내며 부모님께 된통 걱정을 끼치던 카츠미가, 내가 자리를 비운 1년 사이에 갑자기 얌전해져서 열심히 가업 승계 수업을 받는 것을 보고 깜짝 놀랐다. 불량하기는 했지만 그때도 나를 대할 때는 예전처럼 “아야 누나, 아야 누나” 하면서 살갑게 굴어준 덕분에 개인적으로 낯선 느낌은 없었다.

나는 나대로 사연이 있어서, 어릴 때부터 대충 듣기는 했지만, 우리 아빠가 세기의 대도였다는 사실을 영국에서 질리도록 통감하고 돌아온 참이었다. 그리고 내가 돌아오기를 기다린 것처럼 엄마가 갑작스러운 병으로 돌아가셨고, 아빠는 깊은 슬픔에 잠겼다. 많은 일이 겹치고 겹치고 겹친 시기였다.

그러던 때에 카츠미가 정신을 차리고 가업을 잇는 데 열중하게 된 이유를 호쿠토가 알려주었다.

사기를 당했다고.

가족들이 어렵게 모은 돈을 한 푼도 남김없이 빼앗겼다고 했다.

자세한 이야기는 나에게 피해가 가면 안 된다며 알려주지 않았지만, 아무래도 조직폭력배와 관련이 있어 보였다. 그리고 질 나쁜 사람들과 어울리던 카츠미에게 그 원인이 있었던 것 같다.

그래서 카츠미는 정신을 차렸다.

자신이 지금껏 부모님께 큰 해를 입혔다는 사실을, 그것도 인생 최대의 민폐를 끼쳤다는 사실을 깨달았다. 도산 위기에 내몰린 '시로가네 가죽 공방'을 뒤늦게나마 살려보려고 성실히 일했다. 하지만 그대로면 틀림없이 가게를 접어야 한다는 사실도 잘 알았다.

아무것도 할 수 없는 나는 저녁 식사 후에 홍차를 마시며 파이프 담배를 피우는 아빠에게 그런 이야기를 들었다.

"아야."

아빠가 무언가를 생각하며 나를 조용히 불렀다.

"응."

"전에 내가 대단하다고 생각했댔지?"

"응? 아, '마지막 괴도 신사' 말이지?"

맞다. 그렇게 생각했다. 도둑질은 범죄다. 어떤 이유에서든 다른 사람이 소유한 물건을 훔치면 안 된다. 설령 그것이 예전에 어디선가 도둑맞은 명화고, 그 소유자가 불법으로 얻은 것이라 할지라도. 도둑맞은 고가의 물건이 검은돈에 팔려 넘어갔다 할지라도.

쉽게 말해 괴도 신사 세인트가 비록 의적이라 해도 범죄는 범죄다. 그래서 나는 그것만은 용납할 수 없다.

하지만 그 수법이나 사상은 감탄스러웠다. 용케 그렇게 깔끔히 처리했구나 싶을 만큼, 그야말로 예술이라고 해도 될 만큼 훔치는 기술이 대단하다고 생각했고, 단 한 명도 신체적으로 해하지 않았다는 사실에 탄복했다.

"대단하다는 건 감탄했다는 의미지?"

"그렇지."

"감탄했다는 건 꼭 나쁘게 여기지만은 않았다는 증거라고 생각하는데, 아니니?"

음…, 하며 고민했지만 맞는 말이다.

"나는 얼마 남지 않은 인생, 사랑하는 딸인 네게 미움받을 행동은 하고 싶지 않단다. 하지만 말이다. 여기에 돕지 않으면 무너질 가족이 있어. 그 가족은 우리와도 가깝지. 그중에는 너를 연모하는 젊은이도 있고."

"아."

무슨 말을 하려는 것인지 바로 알았다.

"너도 알다시피 시로가네 일가가 겪는 역경은 여러 상황으로 판단하건대 경찰도 해결해주지 못할 거야. 다시 말해 올바른 방법으로는 무고한 이들을 구할 수 없는 상황이야. 거기에는 너도 동의하지 않니?"

"그…렇지. 맞아."

그렇다고 들었다. 지식과 정보만은 남들보다 월등히 많은 호쿠토가 그렇게 말했으니 확실하다. 시로가네 일가의 위기는 올바른 방법으로는 해결할 수 없다. 체념하는 수밖에 없다.

"그건 불합리한 일이야. 하지만 슬프게도 이 세상에는 그런 일이 넘쳐나지. 무고한 이들이 울고 있단다. 그런데 만약 그 사람들을 구할 방법이 있다면 어떨까. 올바르지 않은 방법이지만 틀림없이 시로가네 일가를 구할 수 있을 거야. 아야, 그 일을 하려는 나를 비난하겠니?"

"그러니까…."

"그래."

"아빠가 도둑질을 하겠다는 거지?"

"직설적으로 말하면 그렇단다."

"카츠미네 가족이 사기당한 돈을 조폭한테서 훔쳐 오겠다고?"

"단적으로 말하면 그렇단다."

한숨이 나왔다.

"대체 무슨 생각을 하는 거야? 아빠 은퇴했잖아. 아니야? 그리고 아빠는 이제 노인이야. 어떻게 훔치는지도 모르겠고, 알고 싶지도 않지만."

"젊을 때였으면 몰라도, 이 늙은이 혼자 움직이려면 물론 힘들겠지.

당사자인 캬츠미와 캬츠미를 진심으로 걱정하는 호쿠토에게 도움을 받아야 할 거야."

"걔네한테 밝히려고? 아빠의 정체를?"

아빠가 빙그레 웃었다.

"그 둘은 믿을 만해 보이는데, 어떻게 생각하니?"

물론 반대했다.

시로가네 일가에게는 도움이 될 수도 있다. 하지만 전도유망한지까지는 몰라도 아무튼 미래가 있는 두 청년 카츠미와 호쿠토에게 도둑질을 거들라고 하다니, 말도 안 되는 이야기다. 만약 실패하면 어떻게 된단 말인가.

내가 그렇게 말하자, 아빠는 또다시 빙그레 웃었다.

"그래. 그럼 됐다."

"응?"

"너는 반대했어. 절대 그러면 안 된다고 말렸어. 그건 정직한 일이야."

"넌 정직한 사람으로 있으렴." 아빠는 내게 그렇게 말했다. 그리고….

"기억하렴. 마지막 괴도 신사 세인트는 훔치는 데 실패한 적이 단 한 번도 없단다. 승산 없는 싸움은 한 번도 한 적이 없어. 애초에 세인트에게 승산 없는 싸움은 존재하지 않거든. 항상 완벽하게 도둑질을 해내지. 그건 내가 죽을 때까지 오래도록 이어갈 영광의 역사란다."

결국 아빠와 카츠미와 호쿠토는 일을 저지른 것이 분명하다. 내게는 비밀로 한 채 몰래.

모르긴 몰라도 그 일이 대성공으로 끝났다는 사실은 말할 것도 없다.

나에게는 정말 아무것도 알려주지 않지만 시로가네 가죽 공방은 지금도 멀쩡히 영업 중이고, 나는 웬 조직폭력배 사무소가 우리 동네에서 철수했다는 신문 기사를 읽었다. 그리고 아빠와 카츠미와 호쿠토는 생채기 하나 없이 말짱했다.

그래서 그냥 그랬나 보다고 짐작할 뿐이다.

결국 나는 용납하고 말았다. 아빠가 활기를 되찾았기 때문이다. 세상에서 가장 사랑하는 엄마를 잃은 아빠의 마음을 되살린 것은 괴도 신사 세인트의 자부심 같은 것이었음을 나는 잘 안다.

"그래서?"

조각정을 가져와 카츠미에게 건넨 아빠가 소파에 앉으며 말했다.

"뭐가?"

"캬츠미를 불렀다는 건 싱고와 관련된 일을 부탁할 생각인 거잖니?"

빙그레 웃는다. 역시 다 꿰뚫어 본 모양이다. 나는 순순히 고개를 끄덕였다.

"기왕 말이 나왔으니 말인데, 카츠미."

이러이러한 사정이 있어서 싱고가 고민하는 것 같으니 조사해주겠냐고 묻자, 카츠미는 그 정도는 식은 죽 먹기라며 가슴팍을 두드렸다.

"살짝 떠보면 되는 거지? 그 정도는 껌이지, 껌."

그렇게 말하다가 "그런데 말이야…" 하며 고개를 살짝 틀었다.

"왜?"

"아니, 남룡네 아저씨가 바람피울 사람인가 싶어서."

아빠도 동의하듯 고개를 끄덕였다.

"나도 그게 의문이구나."

아빠는 의자에 앉은 채 긴 다리를 휙 바꿔 꼬고 양손 손가락을 마주 대면서 말했다.

"그 사람은 지극히 성실하고 여성 앞에서는 주눅이 들고 마는 남자야."

그렇다. 나도 그렇게 생각한다. 그 아저씨는 그런 느낌이 난다. "만약 정말로 바람을 피우는 거라면…" 아빠가 말을 이었다.

"보통 일이 아닌 것 같아서 걱정스럽구나."

# 06

페트병에 든 차와 보온병에 담은 커피, 상점가 사람들에게는 미안하지만 조금 멀리 나가서 상시 할인판매를 하는 마트에서 사 온 과자 몇 개를 준비했다. 상인회에 오는 사람들은 대부분 아저씨 아니면 할아버지라서 전병과 달짝지근한 비스킷, 그리고 살짝 매콤한 주전부리를 마련했다. 상점가에 있는 가게에서 사면 좋을 텐데, 이런 것을 파는 가게가 없다.

"오, 아야."

"아, 안녕하세요. 고생하십니다."

상점가의 사장님들이 잇따라 모여든다.

'시로가네 가죽 공방', '대학 앞 책방', '사토 약국', '남룡', '시마즈 포목점', '카포트', '보반', '바른생선', '라 프랑세', '바클레이', '무로야 도장

집', '타마히카루 안경', '토야', '나토리 신발가게', '스즈키 양장점', '생선정' 등등.

어릴 적 기억 속에서 이 상인회는 항상 북적거렸다. 담배 냄새가 지독하긴 했지만, 다 같이 왁자하게 웃고 떠들고 술을 마시다 보면 잔치판이 벌어지거나 마작대회가 열렸다. 그러고 보니 상점가 사람들끼리 온천 여행을 간 적도 있다.

어린 내 눈에는 즐거워하는 동네 아저씨들의 모습이 어쩐지 좋아 보였다. 내가 모임에 얼굴을 비치면 다들 "아야 왔네, 아야 왔어" 하면서 머리를 쓰다듬어주거나 안아주거나 과자를 줬다.

그렇게 즐거웠던 기억이 있기에 지금의 상인회가 공연히 더 쓸쓸하게 느껴진다. 다 같이 모여도 웃으며 대화하는 순간은 처음 잠깐뿐이고, 장사 근황이나 가까운 상점가의 상황, 대형 쇼핑몰의 동향 같은 주제가 나오면 다들 순식간에 미간에 주름을 잡는다.

그 주름은 벌써 수년에 걸쳐 죽 새겨져 있었다.

상가주택 쪽 문이 슥 열리더니, 아빠가 들어왔다. 아빠는 언제 어디서든 허리를 꼿꼿이 펴고 부드러운 미소를 짓는다. 그리고 이건 내 착각일지도 모르지만, 항상 들어오는 기척을 내지 않는다. 물론 들어오는 순간을 때마침 목격했을 때는 아빠가 왔다는 걸 알 수 있지만.

"오오, 세이진 씨. 왠지 오랜만에 뵙는 것 같군요."

"시마즈 씨, 건강해 보이셔서 다행입니다."

두 사람은 은밀하게 '꽃길 상점가의 2대 기둥'으로 불린다.

무슨 기둥인지는 모르겠지만, 아무튼 이 두 사람이 마주 서면 주변에 희한한 긴장감이 감도는 것만은 확실하다. 아무래도 내가 태어나기 전에 이런저런 일이 있었나 본데, 물어봐도 다들 "그런 건 모르는 게 나아"라고 대답한다. 내 질문을 들은 아빠는 유언장에 적어 두겠다며 웃어넘겼다.

"몸은 좀 어떠세요?"

"에이, 이 나이에는 어디든 아픈 게 당연하지요. 별일 없습니다."

딱히 싸우는 것도 아니고, 표면상으로는 서로 웃으며 대화한다.

사람들이 복작거리며 적당히 의자에 앉자, 늘 그랬듯 상인회가 시작되었다. 내가 꼭 참석할 필요는 없지만, 어쨌거나 이 공간을 빌려준 사람이니 모임이 끝날 때까지 구석에 앉아서 학원 일을 처리하거나 가끔은 책을 읽으며 시간을 때운다.

아빠도 아주 가끔 참석해서 상점가 사람들과 잡담을 나누는데, 보통은 회의가 시작되면 어느샌가 사라져 버린다.

하지만 오늘은 어쩐 일인지 다른 사람들과 함께 테이블 앞에 앉았다.

"왜지?"

나는 구석에서 중얼거리며 아빠의 등을 바라보았다.

"그럼 이제 시작할까요?"

상인회 회장인 사토 약국의 사토 아저씨가 말하자, 사람들이 하나같이 달갑지 않은 표정으로 고개를 끄덕였다.

"늘 그랬듯 여러분의 매장이 요즘 어떻게 돌아가는지 간단히 보고해 주시죠."

"그럼 저부터 하겠습니다." 하며 사토 아저씨가 수첩을 넘겼다. 그렇게 한 사람씩 순서대로, 쉽게 말해 장사가 잘되는지 안 되는지를 보고했지만, 장사가 잘되는 곳은 한 군데도 없었다.

내가 이 상인회에 참석한 이래, 아니, 구석에 앉아서 지켜본 이래 단 한 번도 경기가 좋다는 말을 들어보지 못했다. 확실한 것은 이 상인회의 구성원이 한두 명씩 줄고 있다는 것이다.

"기쁜 소식인지는 잘 모르겠지만, 이 근방에 생길 거라던 대형 쇼핑몰이 조사 단계에서 무산된 모양입니다." 사토 아저씨가 말했다.

그런 일이 있었구나.

"결국 경기가 안 좋아서 못 만든다는 뜻이잖아."

"딱히 좋은 일도 아니네."

"아니, 그래도 우리한테는 좋은 일이지."

"아니, 아니. 그냥 망하기까지 유예 기간이 조금 늘어난 것뿐이야. 차라리 얼른 끝내줬으면 좋겠어."

"그건 안 될 말이지. 그렇게 생각하는 것 자체가 문제야."

"손님을 끌어모으려면 새로운 흐름이 필요해. 오히려 쇼핑몰 건이 무산돼서 상황이 더 나빠질 수 있다고."

시끌시끌하다. 자꾸 푸념만 나오고, 회의는 제대로 진행되지 않았다. 조금 더 건설적인 방향으로 논의하면 좋을 텐데. 물론 가끔은 생산적인 의견도 나오고 변화를 꾀할 때도 있지만, 매번 효과가 미미하다.

이것만은 내가 어떻게 할 수 없다. 상점가의 점주도 아닌 내가 끼어들 자리가 아니다. 그렇게 장장 한 시간을 떠들다가 "그럼 다음번 회의 때까지 좋은 방향성을 찾아보죠." 하며 끝.

요즘 상인회는 늘 이런 식이다.

사장님들은 책상과 의자 위치를 바로잡고 뒷정리를 거든 후에 "그럼 아야, 다음에 보자" 하고 손을 흔들며 떠났다. 곧장 집으로 돌아가는 사람이 있는가 하면 어딘가에 술을 마시러 가는 사람도 있었다.

사실 카츠미와 호쿠토가 밖에서 몰래 대기하고 있었다. 물론 남룡의 사장님 아키야마 아저씨의 동향을 살피기 위해서였다.

아키야마 아저씨가 그 바에 술을 마시러 가는 것 같으면 두 사람도 따라갈 예정이었다. 나도 직접 확인하고 싶어서 근질근질했지만 두 사람의 보고를 참고 기다리기로 했다.

그나저나 아빠가 웬일로 회의 마지막까지 있었다.

"아빠."

"응?"

사장님들이 책상 열을 맞춰 주고 갔는데도 성에 차지 않는지 아빠는 책상 위치를 조금씩 고치고 있었다.

"남룡이 신경 쓰여서 끝까지 남은 거지?"

내가 묻자, 아빠가 가볍게 고개를 끄덕였다.

"그 때문이기도 했지."

"도?"

'도'라면?

"그거 말고도 신경 쓰이는 게 있었어?"

"있었단다."

아빠는 고개를 끄덕이면서 집에 가서 이야기하자고 말했다.

❀

아빠와 나는 겔랑 씨가 보내준 '누아르 생크'를 우려서 거실 소파에 마주 앉았다.

아빠는 여느 때처럼 스모킹 재킷을 입고 파이프에 담뱃잎을 채워서 천천히 피웠고, 방 안에는 마른 잎 냄새가 가득 찼다. 영국인은 다 이런지 궁금하다.

해야 할 일은 순서에 맞춰서 확실히 마무리 지어야 하고, 그 과정이 얼추 끝나지 않으면 이야기를 시작하지 않는다. 나는 이미 익숙해서 아무렇지도 않지만, 잘 모르는 사람은 끝까지 기다리지 못하고 답답해하거나 중간에 말을 건다.

그러면 아빠는 기분이 상해 미간에 주름을 잡으며 맨 처음부터 다시 그 과정을 반복한다. 귀찮은 스타일이다.

"그래서 뭔데?"

"흠."

뻐끔뻐끔 담배를 피운다.

"아야, 너는 오늘 상인회에 모인 상점가 점주들의 얼굴을 다 아니? 아주 정확하게 말이야."

"정확하게?"

기억을 되살려 보았다.

"음…. 뭐, 얼굴은 대강 알지만, 이름이랑 가게명이랑 얼굴이 한 번에 떠오르지 않는 사람도 있어."

"예를 들면?"

"예를 들면, 음…. 1번가 라멘집이랑, 뭐였더라? 왜 그, 네일샵이랑…. 맞아, 생긴 지 얼마 안 된 곳은 역시 아직 아리송하지. 솔직히 예전부터 교류하던 사람들 말고는 잘…."

아빠는 고개를 끄덕였다. 뭘까.

"그게 왜?"

"생긴 지 얼마 안 된 가게 중에서도 개점하자마자 상인회에 참석한 곳이 있는가 하면, 아직도 참석하지 않은 곳이 있어."

"그렇지."

그래서 말인데, 하며 아빠가 몸을 앞으로 기울였다.

"아무래도 신경이 쓰이더구나. 최근에 가게를 연 점주들은 모두 상인회에 참석했거든."

"좋은 현상 아니야?"

"그래."

좋은 현상이기는 하지만, 하며 아빠가 소파 등받이에 몸을 기댔다.

"지난 반년 동안 가게 여섯 곳이 사라졌잖니. 거의 한 달에 한 곳꼴이야."

"그렇지."

너무 많은 가게가 사라져서 다들 진심으로 걱정했다.

"그런데 반대로 가게 네 곳이 새로 생겨났어."

그도 그렇다. 쇠퇴해 가는 상점가라고는 하나 저렴한 월세에 이끌려 승부수를 두는 사람들이 있다. 그럭저럭 새로운 가게가 들어서는 편이다.

"네 곳 중에 두 곳은 방금 네가 말한 가게들이란다."

"아, 그렇네."

"아야."

"응."

아빠의 미간에 주름이 잡혔다.

"솔직히 말해서 나도 기억이 확실치는 않단다. 그때는 그런 걸 전혀 신경 쓰지 않아서 기억이 흐릿해."

"그때라니? 무슨 말이야?"

"아무래도 그 점주들 얼굴이 낯익구나."

"그래?"

새로 온 사람들인데 어떻게 낯익을까.

"어디서 본 적 있어?"

"그 사람들은 예전에 캬츠미를, 캬츠미네 가족을 속여서 돈을 빼돌린 조폭 쪽 사람들인 것 같다."

"뭐?!"

나도 모르게 목소리가 커져서 손으로 입을 막았다.

"물론 캬츠미가 아는 사람들은 아니야. 자세히 말할 수는 없지만, 내가 일할 때 면밀하고 세세하게 밑 작업을 하는 건 당연히 상상이 되지?"

"응."

그건 누구나 상상할 수 있을 것이다.

"그 과정에서 조폭들의 은신처를 드나드는 사람을 여럿 확인했단다. 그 사람들은 조폭의 일당이었던 것 같아. 적어도 네 명 중 두 명은."

그 말은…. 뭐지? 뭐가 어떻게 된 거야?

# 07

5월의 푸르름이라는 말은 오늘을 위해 있는 게 아닐까 싶을 정도로 하늘이 푸르다. 쾌청하다. 구름 한 점 없다.

이런 날이면 꼭 빨래를 하고 싶어지는데, 여자라서 이런 것일까. 남자 중에는 그런 사람이 없을까. 괜히 들떠서 그런 쓸데없는 생각을 했다. 요즘 초식남이라는 말이 쓰이는 것을 보면 분명 빨래를 좋아하는 남자도 있겠지.

"아빠! 산책하러 나가기 전에 빨랫감 다 꺼내놔!"

방을 향해 목소리를 높이며, 오늘은 빨래만 하는 날로 삼기로 했다. 시트와 이불 커버도 다 빨아버려야겠다.

아빠는 자기 옷에 빳빳하게 풀을 먹이지 않으면 싫어해서, 빨래한 뒤에 다림질이 중노동이다. 엄마는 정말 잘 해냈다. 하지만 나는 가끔 그 과정을 빼먹어서 혼이 난다.

"옥상에서 말려야지."

조금 전 카츠미에게서 전화가 왔다. 어젯밤 남룡네 아저씨를 미행한 결과를 알려주겠다고 했다. 나도 하고 싶은 말이 있었고 아무래도 남들 앞에서는 할 수 없는 이야기라서 마침 잘됐다 싶었다.

우리 상가주택 옥상은 빨래 너는 곳으로 사용된다. 건물주인 우리집 전용이다. 시트나 큰 빨랫감을 널 때만 사용하는데, 아무도 오지 않아서 비밀 이야기를 하기에는 안성맞춤이다.

정말 구름 한 점 없는 푸른 하늘이다.

옥상에 널린 시트가 5월의 산들바람에 흔들렸다. 피부가 타지 않도록 선크림을 바르고 카츠미와 호쿠토가 오기를 기다렸다.

상가주택 옥상에는 그다지 어울리지 않는, 멋들어진 영국 정원에나 있을 법한 정자 의자에 앉았다.

이 정자는 아빠가 영국에서 조금씩 들여온 석재와 목재를 이용해 혼자 만들었다. 정말 기가 막힌 손재주다. 아빠는 마음만 먹으면 여왕 폐하를 알현할 때 입을 모닝코트도 만들 수 있다고 했는데, 그 말이 사실일지도 모른다.

그렇다. 전설의 대도가 되려면 이런저런 일을 끝내주게 잘 소화해야 한다. 체력, 지력, 기술. 모든 것이 남들보다 뛰어나지 않으면 가질 수 없는 직업이다. 아니, 직업이라고 인정하고 싶지는 않다. 도둑이니까.

그런데 영국에서 아빠를 조사하다 보니 감탄이 절로 나왔다.

예를 들면 1958년. 영국에서 비틀즈가 데뷔하기도 전이다. 그렇게 생각하니 정말 까마득한 옛날이다.

그 이름도 유명한 대영박물관에 '고뇌하는 전사' 통칭 '피드나의 검투사'라는 높이가 3미터나 되는 석상이 있었다고 한다.

'입소즈의 아들 아리투즈의 엔가시아'라는 사람이 조각한 것으로, 고대 그리스 마케도니아에서 일어난 전사의 전투를 모티브로 제작했다고 한다. 땅에 한 전사가 쓰러져 누워 있고 그 옆에 선 전사가 손에 쥔 검을 높이 쳐들고 있는 형태다.

기원전 4세기 조각가 켄트시스가 완성했다는 기술을 모방한 작품으로, '인체 근육의 아름다움을 극한까지 강조한 작풍에서 헬레니즘 문화의 향기가 짙게 느껴지고 보는 사람으로 하여금 황홀경에 빠지게 한다'고 한다.

잘은 모르지만, 어떤 자료에 적혀 있던 내용이다. 아무튼 역사적으로도 미술적으로도 매우 귀중한 조각상인데 벌건 대낮에 전시 중인 홀에서 도둑맞았다고 한다. 현장에는 역시나 세인트라는 자수가 놓인 장갑 한쪽이 남아 있었다.

방문객이 현저히 적었고 시대가 시대이니만큼 경보장치가 지금에 비해 장난감 수준이었다고는 하나, 대체 어떻게 3미터나 되는 석상을 들고 사라졌을까. 관계자들은 머리를 쥐어짰지만 방법을 알아내지 못했다.

다만 그 조각상이 사라진 것으로 보이는 시각 직전에 넓은 박물관 여기저기에서 연달아 작은 사고가 일어났다고 한다. 방문객이 빈혈로 쓰러지고, 청소할 때 쓰는 양동이가 갑자기 회랑에서 1층으로 떨어졌다. 기록에는 그 사고들도 세인트가 계획한 속임수일 것이라고 적혀 있었지만, 그뿐이었다.

내가 물어보자, 아빠는 조용히 웃기만 하고 자세한 이야기를 들려주지는 않았다. 그저 "사람은 쉽게 속아. 마술사는 그 부분을 이용한단다."라고만 말했다.

한마디로 마술사 뺨치는 기술을 구사하는 모양이다. 그건 그렇고….

"현실감이 없단 말이지."

시트가 바람에 흔들리는 광경을 바라보면서 혼자 정자에 앉아 중얼거렸다.

아빠가 대도인 것은 알지만, 머나먼 나라 영국에서, 그것도 아주 오래전에 그랬으니 마치 '당신의 조상은 사실 이시카와 고에몬*이었다'라는 말을 들은 것처럼 현실감이 없다.

훔친 물건들이 어디에 있냐고도 물어보았다. 아빠는 "가이사의 것은 가이사에게, 하나님의 것은 하나님께"라고 말했다. 한마디로 대충 얼버무린 것인데, 적어도 본인이 한몫 잡으려는 목적이 아닌 것만은 확실해서, 그 부분은 그러려니 했다.

휴대전화가 울렸다. 아, 카츠미다.

"여보세요."

"나야, 카츠미!"

"응, 안녕. 옥상 문 열려 있어."

"알겠습니다."

카츠미도 이제 조금은 신사다운 말투를 쓸 때가 되지 않았나. 얼굴은 그럭저럭 나쁘지 않으니까 말투만 달라져도 내 가슴이 반응할지

* 16세기 일본에서 활동한 유명한 도둑

모르는데.

잠시 후 옥상 문이 열리자, 각자 다른 작업복을 입은 카츠미와 호쿠토가 들어왔다. 카츠미는 앞치마를 입었고 호쿠토는 평소처럼 추리닝을 입었다.

"일하는 중에 불러서 미안."

"한가해서 괜찮아."

"한가하면 안 되잖아."

농담처럼 말하자, 카츠미는 웃었고 호쿠토는 웃지 못했다. 시로가네 가죽 공방은 빠듯하게나마 장사가 되지만, 마츠미야 전파사는 심각한 수준이다. 가전제품 매출로 경쟁을 하자니 대형 매장에 당해낼 재간이 없어서 이웃집 전구 교체부터 새시 수리까지 전기상과 관련 없는 일을 겸하며 근근이 먹고사는 처지다.

내가 얼마 전에 마츠미야 전파사에서 밥솥을 사기는 했지만, 가전제품을 금방금방 바꿀 만큼 여유로운 가정은 적다.

"아무튼."

카츠미와 호쿠토는 정자 의자에 앉았다.

"어제 남룡네 아저씨가 예상대로 혼자 술을 마시러 갔어."

"그 바에?"

"머메이드."

그래, 그런 이름이었다.

"약간 시간 차를 두고 들어가는 게 나을 것 같아서 30분 정도 기다렸다가 들어갔는데, 남룡네 아저씨가 젊은 여자랑 테이블석에 앉아서 술을 마시고 있었어."

"접대부였겠지."

"이름이 아케미야."

"진부한 이름이네."

가명일 거라고 카츠미가 덧붙였다.

"우리가 들어가니까 아케미 씨가 카운터로 돌아왔어. 그때 남룡네 아저씨도 카운터석으로 자리를 옮겼고."

그랬겠지. 남룡네 아키야마 아저씨도 카츠미와 호쿠토를 옛날부터 알았으니 접대부와 단둘이 술 마시는 모습을 보일 수는 없었을 것이다. 그런 점에서는 뭐랄까, 철저한 사람인 것 같다.

"그러고 나서는 적당히 같이 마시면서 떠들다가 집에 갔는데, 그건 역시…."

"바람이었어요. 확실해요."

호쿠토가 보기 드물게 딱 잘라 말했다.

"그렇구나."

"그런 분위기가 역력했어요."

카츠미가 고개를 끄덕여 동조했다.

"일단 아케미 씨가 어디 사는지 뒤를 밟아서 확인했어. 집 위치는 알아냈어."

역시 사전 준비와 일 처리가 빠르다. 우리 아빠에게 그런 것만 배우면 안 되는데.

"이제 어떻게 할까요, 아야 누나?"

호쿠토가 조금 걱정스러운 표정을 지었다.

"아케미 씨네 집에 도청기를 설치하면 바람피우는 증거는 잡을 수 있을 텐데."

물론 카츠미와 호쿠토에게 그런 불법적인 일을 시킬 생각은 없다. 그냥 해본 말이다.

"바람피우는 걸 확인한다 해도 그 뒤에 어떻게 할지가 문제네."

우리는 셋이 마주 보며 고개를 끄덕였다. 같은 동네 주민이자 우리 학원 학생의 부모님이기는 하지만 결국은 타인이다. 바람피우는 증거를 잡는다고 우리가 뭘 어쩔 수 있을까. 아무리 싱고가 걱정돼도 말이다.

"싱고를 위해서 바람피우지 말라고 내가 나서는 건 이상하잖아."

"이상하기도 하고, 문제가 훨씬 복잡해지겠지."

"그렇겠지."

싱고를 슬쩍 떠볼까 했지만, 어린아이를 상대로는 그러고 싶지 않았다. 싱고의 어머니 마사코 아줌마에게 말하는 건 당치도 않고, 만에 하나 말했는데 마사코 아줌마가 이미 아는 사실이었다면 일이 훨씬 커질 것이다.

"어렵다."

하지만 싱고가 걱정된다. 그렇게 말하자 호쿠토가 물었다.

"그러고 보니 싱고는 세인트를 어떻게 알았대요?"

"아, 맞아, 맞아."

싱고는 어떻게 마지막 괴도 신사를 인터넷으로 알아냈을까. 싱고가 학원에 왔을 때, 최대한 태연한 척하며 물어봤다.

"그 아이, '도둑 연구'를 여름방학 자유 연구 주제로 삼을 거래."

"네?"

"도둑 연구?"

발단은 TV 애니메이션이었다고 한다. 꽤 오래전부터 방영되던 애니메이션으로, 유명한 미스터리 작품에 나오는 세기의 괴도를 이은 손자와 일본의 유명한 도둑 13대손이 함께 나오는 설정*이다.

"그 애니메이션이 너무 좋아서 괴도나 대도 같은 걸 닥치는 대로 조사했대."

"여름방학 자유 연구 주제를 왜 벌써 정했대요?"

호쿠토가 고개를 갸웃했다.

"숙제를 일찍 끝내면 아빠가 디즈니랜드에 데려가 준다고 했대. 싱고 말로는 그랬어."

다시 말해 남룡의 아키야마 아저씨와 간다는 의미다. 디즈니랜드라…, 하며 카츠미가 고개를 갸웃거렸다.

"그럴 경제적인 여유가 있나?"

나도 비슷한 생각을 했다. 아키야마 아저씨네는 할아버지 할머니가 팔다리도 튼튼하고 정정하시다. 가게 일도 열심히 도와주신다. 싱고에게는 쌍둥이인 여동생 둘이 있는데 아직 유치원에 다닌다. 그러니까 가족 구성원이 일곱 명인 대가족이다.

"다 같이 디즈니랜드에 가서 놀려면 비용이 꽤 들 텐데, 가게 문을 닫고 가려나?"

불경기라서 휴일까지 반납하며 거의 매일 가게를 여는데 말이다. 남룡의 아키야마 아저씨는 하루 매출이 적은데도 가게를 열지 않으면 그날 벌이가 없는 셈이니 영업을 할 수밖에 없다고 상인회에서 자

---

* 일본의 인기 애니메이션 시리즈인 루팡 3세를 말한다.

주 푸념했다.

물론 부모는 자기 자식을 위해 다소 무리할 때가 있는 법이고 아무리 돈이 없어도 아이들이 원하는 건 뭐든 해주고 싶을 것이다. 그래서 그런 약속을 했는지도 모른다.

"그리고."

호쿠토가 얼굴을 찌푸렸다.

"바람피우는 중이면 여자 쪽에서 돈을 대주고 있는 걸지도 모르죠. 남룡의 상황을 보면 싱고네 아버지가 바를 그렇게 드나들 만큼 수입이 있을 리가 없어요."

맞다. 그렇다. 불경기에 허덕이는 상점가의 라멘집 사장님이 그렇게 돈을 많이 벌었을 리가 없다. 실제로 점심때 말고는 가게가 한산하다.

"뭔가 이상해."

셋이서 시선을 교환하며 고개를 끄덕였다.

뭐가 어떻게 이상한지는 정확히 집어내기 힘들다. 각각의 사건은 일상 속에서 한 번쯤 일어날 법한 평범한 일이지만, 우리는 오래전부터 한동네에 살아서 그런지 불길함을 감지할 수 있었다.

"싱고만 해도 그래. 여름방학에 디즈니랜드를 가고 싶은 마음은 알겠는데 벌써 자유 연구를 시작한 건 이상해."

고개를 끄덕였다. 싱고는 절대 불성실한 아이가 아니지만, 그렇다고 해도 너무 이르다. 게다가 도둑 연구라니….

끙끙대며 고민하면서도 그 이상 이야기를 이어가지는 못했다.

"있잖아."

어제 들은 이야기를 카츠미와 호쿠토에게 하기로 했다. 아빠가 해준

이야기. 두 사람과도 깊이 연관되어 있으니까.

"아빠가 어젯밤에 얘기해줬는데…."

"뭘?"

설명했다.

이 꽃길 상점가에 새로 생긴 가게의 사장님 네 명 중 적어도 두 명은 예전에 카츠미가 엮인 조폭과 관련이 있는 것 같다고. 아빠가 그렇게 말했다고 전했다.

카츠미와 호쿠토의 얼굴색이 바뀐 것처럼 보였다. 적어도 조금 전보다는 훨씬 진지해졌다.

"정말이야?"

"정말이야."

카츠미는 눈을 동그랗게 떴고, 호쿠토는 얼굴을 찌푸리며 고개를 갸웃했다.

"얼굴이 전혀 안 떠올라."

호쿠토는 몹시 분한 표정이었다. 그야 그렇겠지. 이 동네일이라면 파출소 경찰보다 훤히 꿰고 있다고 자부하는 아이니까.

"새로 오픈한 가게 사장님들의 얼굴이 안 떠오른다고?"

"아니. 그 사건 때 거기를 드나들던 놈들 말이야."

아. 그쪽이었구나. 그래.

"카츠미 너는 생각나?"

호쿠토가 묻자, 카츠미가 고개를 가로저었다.

"직접 만난 놈들 말고는 전혀."

세이진 아저씨는 정말 대단하다며 고개를 끄덕인다.

"잘못 본 거면 좋겠지만, 아빠가 한 말이니 맞을 거야."

카츠미와 호쿠토가 크게 고개를 끄덕였다. 일흔을 넘겼는데도 아빠의 기억력은 조금도 감퇴하지 않은 것 같다.

"세이진 아저씨가 한 말이면 확실하지."

맞아, 맞아, 하며 호쿠토가 동의했다. 얼마 전 호쿠토에게 들은 이야기도 그렇고, 이 불길한 느낌은 뭘까.

예전에 조직폭력배에게 사기당한 일을 물으려는데, 카츠미가 오른쪽 손바닥을 내 눈앞에 척 펼쳐 보였다.

"누나한테는 알려주지 않을 거야. 그러기로 했으니까."

표정이 진지하다. 그건 그렇다. 아빠도 예전 그날부터 줄곧 나와는 상관없는 일이라고 말했다. 나는 한숨을 쉬며 고개를 끄덕였다.

"일단 이건 우리끼리 조사할게."

카츠미가 일어서자, 호쿠토가 동조하듯 고개를 끄덕였다.

"아무튼 조심해."

만약 정말로 조폭이 얽혀 있다면….

"괜찮아. 그 부분에서는 우리도 이제 어른이거든."

"그 어느 때보다도 진지하게 임할게요."

호쿠토가 그렇게 말하니까 조금 마음이 놓인다.

# 08

어쨌든 나는 나설 수 없었다. 카츠미와 호쿠토에게 또 연락하겠다는 말을 듣고 다시 집으로 들어갔다. 아빠가 산책을 마치고 돌아왔는지 집 안에서 홍차 향기가 났다.

"다녀오셨어요?"

"그래."

아빠가 "옥상?"이라고 물어서, 고개를 끄덕였다. 카츠미와 호쿠토를 만났다며 입을 열었다. 이대로면 아무 진척도 없을 테니 인생 선배인 아빠의 이야기를 들어보고 싶었다.

"그렇구나."

카츠미와 호쿠토가 남룡의 아키야마 아저씨가 바람피운다는 느낌을 받았다면 실제로 그럴 것이라며 아빠는 고개를 끄덕였다.

도자기 찻잔을 들고 느긋하게 소파에 앉아서 다리를 꼰다. 나는 아빠와 장단을 맞추려고 찻잔을 꺼내 주전자로 홍차를 따랐다. 아, 향기롭다.

"그렇게 생각해?"

"생각하고말고."

아빠는 찻잔을 내려놓고 파이프를 들더니 뻐끔뻐끔하며 불을 붙였다. 궐련보다 짙은 담배 연기가 퍼져 나왔다.

"지금까지 네게 말한 적은 없지만, 그 둘은 아주 유능한 젊은이들이란다."

"그래?"

"그렇고말고."

그렇지 않았으면 내가 함께 움직이지도 않았겠지, 하며 아빠가 미소 지었다.

"일류 도둑에게는 지식과 체력, 기술도 물론 필요하지만, 가장 중요한 건 육감이야."

"감 말이지?"

"너는 감이라고 쉽게 말하지만, 실제로 그걸 다루기는 몹시 어렵단다. 보통 사람은 누구나 그걸 갖고 있어. 하지만 '감을 작동하려면', 즉 육감을 마음대로 사용하려면 타고난 감각이 필요해. 다른 말로 '공기를 읽는다'고도 할 수 있겠구나."

"그 둘은 분위기 파악 같은 거 잘 못해." 내가 말했다.

아빠는 연기를 훅 내뿜고는 다시 미소 지었다.

"그런 뜻이 아니야. 주변 사람 눈치를 보면서 분위기를 파악한다는 의미가 아니라, 말 그대로 '공기를 읽는' 거야."

"무슨 말이야?"

아빠가 씩 웃었다.

"사람은 감정을 발산한단다."

무슨 말인지 모르겠지만 고개를 끄덕였다. 그래, 발산하지.

"말 그대로 몸에서 공기 중으로 발산한다는 뜻이야. 비유하자면 '냄새' 같은 거지. 슬픈 냄새, 기쁜 냄새, 괴로운 냄새. 인간은 마음속 감정을 공기 중으로 발산하거든. 그런 뜻이란다."

"그럼…."

홍차를 한 모금 마셨다.

"그 둘은 그런 걸 감지할 줄 안다는 말이야?"

아빠가 고개를 끄덕였다. 그게 무슨 뜻일까.

"어려운 개념이 아니란다. 예를 들면, 그래, 너도 조용한 방 안이 어떤 상황인지 문을 열어보지 않고도 느낄 수 있지 않니? 어딘가에 묵었을 때나 수학여행에 갔을 때 그런 느낌을 받아본 적이 있지?"

"아…."

그런 거라면 안다.

"응. 있어."

예를 들어 방에서 별다른 소리가 나지 않더라도 그 안에 있는 사람들이 자고 있는지 아니면 책을 읽으며 조용히 있을 뿐인지 어렴풋이 구별할 수 있다.

"곤히 자는 사람들은 무방비한 상태라서 '마음 놓고 쉬는 냄새'를 잔뜩 발산한단다. 달인이라 불리는 도둑들이 누가 자는 집에 숨어들어서 아무도 깨우지 않고 물건을 훔칠 수 있는 건 바로 '사람이 발산하는 공기'를 읽기 때문이야."

흠…. 알 것 같기도 하고 모를 것 같기도 하다. 어쨌든 상관없다.

"아무튼 아빠는 그 둘이 육감인지 뭔지를 사용하는 데 타고난 재능이 있다고 인정하는 거지?"

"그렇지."

그래서 카츠미와 호쿠토가 남룡네 아저씨가 바람을 피운다고 느꼈다면 실제로 그럴 것이라는 뜻이다.

"어떻게 하는 게 좋을 것 같아?"

그렇다면 접대부 아케미 씨를 미행해서 집을 알아낸 싱고가 더더욱 걱정된다.

"글쎄."

아빠가 담배 파이프를 든 채 생각에 잠겼다.

"어떻게 해야 할까."

"어떡하지?"

아무리 생각해도 결론이 나지 않을 것 같다. 이 일은 아빠의 인생 경험에 기댈 수밖에 없겠다. 아빠는 잠시 조용히 고민하는 듯했다. 파이프 담배를 피우면서 눈을 감고 생각한다.

활짝 열린 베란다에서 상쾌한 바람이 불어온다. 참새 소리도 들려온다. 맞다, 요전에 동네에 사는 새를 위한 모이통을 베란다에 놓기로 했었다.

"아야."

아빠가 눈을 뜨고 나를 불렀다.

"왜? 뭐 생각났어?"

"아니."

고개를 옆으로 기울인다.

"아쉽지만 말썽을 일으키지 않고 해결할 방법은 떠오르지 않는구나. 남녀 사이의 일에는 제삼자가 끼어들 수 없어. 그건 영국에서든 일본에서든 만국 공통이란다."

맞는 말이었다.

"다만."

"다만?"

"무언가를 밝혀내야 하는 공기가 느껴지는구나."

"밝혀내?"

뭘?

"무슨 말이야?"

아빠는 또다시 담배를 피웠다.

"확인하기도 전에 섣불리 말하기는 그렇지만, 뭔가 불길한 기운이 느껴져."

나도 그렇게 생각한다.

"그리고 아야, 호큐토에게 이 동네 소문을 들었지?"

카츠미가 캬츠미로 들리는 것처럼, 아빠가 발음하는 호쿠토는 호큐토로 들린다.

"아, 그…."

동네 사람들이 불륜과 호스트에 빠졌다는 이야기인가 보다.

"아빠도 알고 있었어?"

"물론이지. 호큐토가 네게 하는 이야기는 전부 내 귀에도 들어오거든."

"그건 좀 별론데."

내가 입을 삐죽이자, 아빠가 미소 지었다.

"걱정하지 말렴. 네 사생활은 캐지도 않고 호큐토도 이야기하지 않아. 나는 일본을 사랑해서 일본인이 됐지만 기사도 정신을 갖춘 신사란다. 가장 중요한 정신은 '고결함'이야."

"네, 그렇죠."

고결한 기사가 도둑질을 해도 되는지는 모르겠지만.

"아무튼 지난 몇십 년간 문제라고는 장사가 안된다는 것뿐이었고, 빈곤한 와중에도 평화롭던 이 꽃길 상점가에 먹구름이 몰려오는 것 같다는 예감이 드는구나. 산책하면서도 여기저기서 그런 느낌을 받았어."

"그랬구나."

"지난 몇 개월간 속으로만 어찌 된 건가 걱정했는데, 이쯤 되니 슬슬 행동을 취하는 게 낫겠다."

무의식중에 눈을 가늘게 뜨고 아빠를 바라보았다. 아빠의 눈빛이 조금 바뀐 듯 보였다. 꽤 들뜬 분위기를 풍기기 시작했다. 아, 이런 의미에서 나도 육감을 쓸 줄 아는 사람인가 보다.

"무슨 생각을 하는 거야, 아빠? 밝혀내겠다니 뭘 어쩌려고?"

아빠가 씩 웃었다.

"도둑질."

"도둑질?"

아빠는 여유로운 태도로 소파에 더 깊이 몸을 묻었다.

"불길한 공기는 깊은 곳에서 조용히 흐르지. 특별한 계기가 없으면 겉으로 드러나거나 그 주변을 에워싼 어둠이 걷히지 않는단다. 그리고 세상사가 다 그렇듯…."

파이프 담배를 휙 움직여 나를 가리켰다.

"빛을 비추기만 해서는 어둠이 드러나지 않아. 빛을 비출수록 어둠은 보이지 않게 되니까."

"그 말은…."

무슨 일이 있을 때마다 아빠가 늘 하는 말이다.

"올바른 방법으로는 무고한 사람들을 구할 수 없다는 거야?"

"그렇지."

이 세상에는 불공평과 부조리가 가득하다. 정직한 사람이 정직한 일을 하면 세상은 사건 사고 없이 평화로워져야 하는데 그렇지 않다. 어떤 문제가 불쑥 끼어들 때가 대부분이다.

"악당에게는 악당의 방식이 있다는 거지?"

"그렇지."

그게 '마지막 괴도 신사'의 방식이다. 도둑질을 하는 의의. 정직한 방법으로 구할 수 없다면 악당의 방식으로 대항한다.

"이 상점가에서 도둑질을 할 거야."

"무슨…."

아빠가 손가락을 세워서 좌우로 흔들었다.

"물론 누군가를 해치거나 위기에 빠뜨리지는 않을 거란다. 그래, 그 중학생들이 장난으로 곰 조각상을 가져갔을 때와 비슷한 정도일 거야. 나는 훨씬 쓸모 있는 물건을 훔치겠지만."

"훔쳐서 어쩌려고?"

"길잡이를 해야지."

길잡이?

"막무가내로 사건을 일으키려는 게 아니야. 지금 우리 앞에 닥친 다양한 문제를 제대로 파악하려면 필요한 물건을 훔치고, 또는 옮기고, 사람들을 놀래켜서 어둠 속에서 길을 찾아야 해. 그러기 위해서…."

"훔친다고? 뭘?"

"그건…."

아빠는 파이프 담배를 빙글 돌렸다.

"지금부터 생각해야지. 철저히 사전 준비를 하고 세심하게 주의를 기울여서. 때로는 대담하게 선수도 치면서."

"난 반대야."

도둑질은 범죄다.

"내가 하지 말라고 해도 할 거지?"

"아니."

아빠가 고개를 가로저었다.

"네가 하지 말라고 하면 하지 않으마."

"그래?"

물론이지, 하며 아빠가 어깨를 으쓱했다.

"아직 아무 일도 일어나지 않았잖니. 그런데도 말썽을 일으키려는 거야. 네가 이 꽃길 상점가의 평화를 해치지 않길 원한다면, 나는 아무것도 하지 않을 거란다. 절대로."

하지만 그러면….

"아무것도 하지 않으면 혹시…."

"그래."

심상치 않은 일이 일어날지도 모른다. 그럴 가능성이 크다. 왠지 모르게 나도 그러리라는 예감이 들었다.

"일어나지 않을 수도 있고, 일어날 수도 있어. 나는 싱고가 슬프지 않았으면 하니까 지금 단계에서는 그 일에만 손을 뻗을 생각이었단다."

"그럼 그것만 해."

그래, 그것만.

"싱고는 아주 착한 아이야. 싱고한테만 해당되는 이야기는 아니지만, 난 어린아이가 슬퍼하는 모습은 보고 싶지 않아."

남의 집에서 이혼 소식이 들려온다 해도 내가 어떻게 할 수는 없다. 어떤 핑계를 대더라도 내가 관여할 수 있는 문제가 아니다.

"하지만 알아 버렸으니까."

"그래."

"그렇다면…" 하며 아빠가 천천히 일어났다.

"이렇게 하자. 나는 싱고를 위해 남룡의 불륜과 관련해서 어떤 행동을 취하마. 거기엔 너도 동의했으니까. 하지만…."

"하지만?"

"행동이 있으면 뒤따르는 반응도 있기 마련이야. 나는 내 행동 때문에 일어난 또 다른 움직임에 대응해야 해. 세상은 원래 그렇게 돌아가니까."

그 말은….

"앞으로 일어날 일은 나와 상관없다고 말하고 싶은 거지?"

아빠가 고개를 끄덕였다.

"맞아. 너는 아무것도 모르는 거야. 수면 위로 떠오를 일을 그냥 지켜보면 돼."

계속 얌전히 있으라고 하니 따돌림당하는 것 같아서 기분이 썩 좋지는 않았지만, 그래도 아빠의 의도를 아니까 고개를 끄덕였다.

"이제 어떻게 하려고? 아빠는 뭘 할 거야?"

"뻔하지. 방금 말했잖니."

"도둑질을 할 거야." 라며 아빠는 대담한 미소를 지었다.

"남룡에서 소중한 걸 훔칠 거란다."

소중한 것이라니, 대체 뭘까.

일주일이나 열흘 정도 집을 비우마.

다른 사람들한테는 영국에 있는 지인이 세상을 떠나서 장례식에 갔다고 말해두렴. 하루에 한 번 연락하마. 급한 용건이나 안 좋은 일이 있으면 늘 그랬듯 '리치 켄싱턴 호텔'에 연락해서 메시지를 남겨놓으렴.

걱정하지 않아도 돼.

아침에 일어나서 거실에 나가보니, 영국인이 썼다고는 믿기지 않는 달필로 적힌 메모가 테이블 위에 놓여 있었다. 황급히 아빠의 방을 들여다보았지만, 당연하게도 텅 비어 있었다. 여행지에서 가져온 이상한 장식품, 낡은 책, 럭비공 같은 잡다한 물건이 많아서 어수선해 보여도 사실은 철저하게 정리 정돈된 방이다.

혹시나 하고 그 옆에 있는 작업실도 살펴봤지만, 아빠는 없었다. 벽 한 면을 채운 선반에 자잘한 부품과 재료가 깔끔히 정리되어 있고 작업 도구도 정해진 위치에 딱딱 놓여 있는 것이 평소와 똑같은 모습이었다.

방으로 돌아가서 아빠에게는 조금 미안하지만 확인 차 옷장을 열어보니, 여행할 때마다 사용하는 사슴 가죽으로 된 커다란 보스턴백이 없었다.

"흠…."

나는 이래 봬도 예민한 편이라 종종 한밤중에 들리는 소리에 반응해서 깨는데, 아빠가 나가는 것은 전혀 눈치채지 못했다. 예전부터 항상 그랬다. 아빠가 몰래 나갈 때 알아차린 전례가 없다. 역시 세기의 도둑이구나 하고 혀를 내두르게 된다.

아빠는 보통 1년이나 2년에 한 번 영국에 간다. 대체로 이유를 가르쳐주지도 않고 "볼일이 있다"고만 했다. 나는 아빠가 영국에 갔다가 체포될까 봐 조마조마한데, 아빠는 자신이 '마지막 괴도 신사'라는 사실을 애초에 아무도 모르기 때문에 여권이든 뭐든 문제 될 요소가 전혀 없어서 체포될 리가 없다고 말한다.

"이번에는 뭔가를 준비하러 갔나?"

아빠는 도둑질을 하겠다고 했다.

남룡에서 소중한 것을 훔치겠다고 했다. 이 꽃길 상점가에 감도는 불길한 공기의 정체를 드러내기 위해서.

사전 준비를 하러 영국에 갔을까? 하지만 영국에 가서 도둑질에 쓸 도구를 가져올 리도 만무하고, 그런 물건을 들고서는 세관을 통과할 수도 없을 것이다. 애초에 도둑질에 쓸 도구가 무엇인지도 모르겠다.

"겔랑 씨를 만나려나?"

오랜 친구라고만 들었는데, 나는 옛 동료가 아닐까 짐작했다. 겔랑 씨의 얼굴은 모르지만, 오래된 영국 저택 한쪽 방에서 두 사람이 남몰래 숙덕거리는 모습이 머릿속에 그려졌다. 내가 영화나 드라마를 너무 많이 봤나?

아니, 아니다. 굳이 다른 사람들에게 영국에 갔다고 하라는 것을 보면 사실은 다른 곳에 갔을지도 모른다. 무언가를 훔칠 준비를 하려고 이 근처 어딘가에 숨어 있을 가능성도 있다.

'리치 켄싱턴 호텔'은 실제로 영국 런던 교외에 있는 작은 호텔로, 아빠가 자주 이용하는 곳이다. 다만 그곳을 연락 창구로 삼았다고 해서 아빠가 거기에 묵는다는 의미는 아님을 진작에 깨달았다. 쉽게 말하면 그 호텔은 여러모로 아빠의 편의를 봐주는 곳인 것 같다. 우리 아빠지만 너무 비밀투성이라서 기가 막힐 지경이다. 도둑이니 당연한 현상일지도 모르지만.

"뭐 어쩌겠어."

혼자 끙끙대봤자 소용없다. 노인이라고는 하나 매년 건강검진에서 건강 그 자체라는 검증을 받지 않았나. 매일 두 시간 이상 산책하고도 거뜬할 만큼 다릿심도 좋다.

내가 할 수 있는 건 없다. 나는 그저 학원에 오는 싱고와 다른 아이들을 열심히 가르치고, 그 아이들이 잘 지내는지 확인하고, 말을 걸어주거나 걱정해주며 학교 선생님과 부모님에게 털어놓지 못하는 고민을 들어주면 된다.

그렇게 나도 활기차게 하루하루를 보내는 수밖에 없다.

"돌아오기를 기다리자."

늘 그랬듯 아침 청소를 하고 빨래를 한 뒤 학원에 갈 준비를 해야 한다. 아빠가 먹을 식사를 준비하지 않아도 되니 시간이 조금 남을 것 같다.

"아, 그렇지."

이 여유를 꽃길 상점가를 위해 써야겠다. 조금 이르지만 '남룡'에 점심을 먹으러 가면 어떨까.

꽃길 상점가의 평일 오후.

한산하다는 단어가 이 세상에서 가장 잘 어울리는 상점가를 천천히 걸었다. 예상대로 근처에 있는 회사와 공장 직원들이 상점가 식당을 휩쓸고 지나간 뒤였지만, 그런 건 정말 점심때뿐이다.

어쨌거나 걷기는 편해서 좋다. 가끔 가는 도쿄에서는 걷기조차 힘들다.

붐비는 시간대를 피한 오후 한 시 반 무렵. 원래는 붉은색이었을 텐데 세월에 바래어 희끗희끗하고 검붉어진 포렴을 가볍게 젖히고 문을 열자, "어서 옵쇼" 하는 할아버지의 밝은 목소리가 들려왔다.

"안녕하세요."

"어이쿠, 아야구나. 어서 오렴."

할아버지는 여전히 건강해 보였다.

"점심때 보기는 오랜만이네."

할머니가 가게 안쪽에서 얼굴을 내밀었다. 싱고의 동생인 쌍둥이

자매는 어디 놀러 갔나 보다.

가게 안에는 다른 손님이 세 명 정도 있었다. 주방에는 남편인 아키야마 아저씨와 부인인 마사코 아줌마가 있었다. 반갑게 웃는 얼굴로 "어머나" 하며 나를 맞아줬다.

그러고 있으니 여느 때와 다름없는 잉꼬부부로 보인다.

"세이진 아저씨는? 안 계셔?"

"네, 그게…."

영국에서 아는 사람이 돌아가셔서 그쪽에 갔다고 아빠가 시킨 대로 거짓말을 했다. 이 정도 거짓말은 특별할 것 없는 일상에서도 허용 범위니까 괜찮겠지.

"그래서 오늘만큼은 점심 만들기에서 해방되고 싶었어요."

아키야마 아저씨와 마사코 아줌마가 시원스레 웃으며 맞장구를 쳐주었다.

"그거 좋지. 우리도 덕 좀 보고."

"뭐 먹을래?"

"음…."

여기 음식은 나쁘지 않다. 깜짝 놀랄 만큼 맛있지는 않아도 옛날 맛을 그대로 간직한 느낌의 라멘이다.

"쇼유 라멘에 미니 볶음밥 주세요."

"예이."

나는 의외로 대식가다. 사실 볶음밥까지 일반 사이즈로 먹을 수 있지만 조금은 체면을 차리기로 했다.

아빠가 이야기한 '사람은 감정을 발산한다'는 말과는 약간 상반되는데, 나는 어릴 때부터 아키야마 아저씨와 마사코 아줌마가 이렇게 주방에 나란히 선 모습을 봐왔고, 예나 지금이나 사이가 나빠 보인다고 생각해본 적이 한 번도 없다.

아마 누구나 금슬 좋은 부부라고 생각할 것이다. 부부라는 사실을 모르더라도 틀림없이 그렇게 생각할 것이다.

남자들의 바람기를 나도 모르는 건 아니다. 이래 봬도 스물다섯 살이다. 이제 어리다고 떳떳하게 말하기가 망설여지는 나이다. 그런 사태 한두 번쯤은 겪어 봤다.

그러니 점잖고 성실해 보이는 저 아키야마 아저씨가 아케미라는 여자와 바람을 피운다 해도 대단히 충격적이지는 않다.

"음식 나왔습니다."

"아, 감사합니다."

할아버지가 아니라 마사코 아줌마가 직접 음식을 가져다주었다. 할아버지와 할머니는 바쁜 시간이 끝나서 집에 들어간 모양이다. 가게 안에 있던 손님들도 음식을 다 먹었는지 연달아 "잘 먹었습니다" 하며 떠났고, 마사코 아줌마는 계산대에서 그들을 배웅했다.

손님은 나 혼자만 남아 버렸다.

"마침 잘 됐다. 당신도 밥 먹어. 아야랑 같이 먹으면 되겠네."

"그럴까? 아야, 괜찮아?"

마사코 아줌마가 머리에 두른 흰 두건을 풀며 미소 지었다.

"당연히 괜찮죠. 같이 먹어요."

내가 천천히 먹는 동안 주방에 들어간 마사코 아줌마는 무언가를 전자레인지에 돌려서 잽싸게 들고 나왔다. 미리 만들어 둔 점심인지

주문을 잘못 받아서 만들어진 음식인지 모르겠지만, 약간 굳은 것 같은 닭고기 덮밥과 따뜻한 된장국이었다.

"왠지…."

마사코 아줌마가 또다시 후후 웃었다.

"아야랑 밥 먹는 건 처음인 것 같네."

"그러게요."

"좀 먹을래? 내가 다 먹기에는 많은데."

"아, 그럼 조금만요."

동네 사람들 앞에서 체면을 차려봤자 어디다 쓰겠나. 작은 접시에 닭고기 덮밥을 조금 나눠 담고 둘이서 함께 점심을 먹었다.

이렇게 가까이서 봐도 평소와 다름없는 마사코 아줌마다. 아키야마 아저씨는 주방 안쪽에 들어가서 둥근 의자에 앉아 신문을 읽으며 담배를 피웠다.

"세이진 아저씨 친구가 돌아가신 거야?"

"아, 그런가 봐요."

"벌써 그런 나이구나. 쓸쓸해하지 않으셨어? 영국에서 지내던 시절 친구였지?"

그렇죠, 라고 적당히 장단을 맞추며 고개를 끄덕였다.

"세이진 아저씨가 여기 처음 왔을 때는 영국에서 친구가 많이 왔어."

"그랬어요?"

처음 듣는 이야기다. 남룡은 아키야마 아저씨가 대를 이어 2대째 운영되는 식당이다. 마사코 아줌마의 본가는 이 근처였고, 두 사람은 동창으로 만나 결혼했다고 들었다.

마사코 아줌마가 몇 살이더라. 40대 중반쯤인 것 같은데, 그러면 아빠가 귀화했을 때는 초등학생이었을 것이다. 지금의 싱고보다도 어렸을지도 모른다.

"얼마나 놀랐는지 몰라. 이런 시골 상점가에 외국인들이 우르르 몰려왔거든. 생전 처음 실물로 본 영국인이었어."

마사코 아줌마가 웃으며 말했다. 그러고 보니 전에도 그렇게 말하는 사람이 몇 명 있었다. 처음으로 친해진 외국인이 아빠라고.

"어린 내 눈에는 꼭 영화에 나오는 배우 같았지. 난 세이진 아저씨 뒤를 졸졸 쫓아다니는 어린애 중 한 명이었어."

"그랬군요."

엄마도 그런 말을 한 적이 있다. 아빠가 이 마을에 처음 왔을 때는 정말 외국인을 보기 힘들던 시기여서 아빠가 산책하러 나가면 아이들이 우르르 쫓아왔다고 했다.

"세이진 아저씨가 싱고랑 애들한테 도넛을 사 주시지?"

"네."

마사코 아줌마는 항상 고맙다며 고개를 꾸벅 숙이고 이어서 말했다.

"우리가 따라다니던 시절에도 도넛을 자주 주셨어. 시즈 아주머니가 만든 작은 수제 도넛을 영자 신문으로 만든 봉투에 담아서."

그렇다. 엄마는 도넛을 잘 만들었다. 내가 어릴 때도 간식으로 자주 도넛을 만들어줬다. 아빠가 요즘 아이들에게 나눠주는 도넛은 수제가 아니라 미스터 도넛에서 산 것이지만.

이런 식으로 나는 옛날이야기를 자주 듣는다. 이 마을이 어떻게 생겨났는지, 모든 가게가 번창하던 시절은 어땠는지. 번창할 만하지 않은

가. 너나 할 것 없이 모두 이 마을 안에서 삶을 영위했으니 말이다. 장을 보러 멀리 가지도 않았고, 그날그날 필요한 것을 전부 이 꽃길 상점가 안에서 구했다. 멀리 있는 백화점에는 정말 특별한 날에만 갔다.

그런데 이런 것들이 사라지는 날이 정말 오는 걸까?

"그러고 보니 아야."

"네, 네."

마사코 아줌마가 몸을 쑥 내밀며 작은 목소리로 말했다.

"남자친구는?"

그래, 그 말이 왜 안 나오나 했다. 상점가를 돌아다니며 장을 보면 꼭 한 번은 받는 질문이다.

"아, 지금은 혼자예요."

"혼자라니 왜? 아야가 올해 몇 살이지? 스물일곱이던가?"

"다섯이에요."

다섯! 이라고 한 번 더 강조하고 싶었지만 꾹 참았다.

"다섯이구나. 그럼 시로가네네 카츠미랑은 네 살 차이였나?"

여기서 왜 카츠미 이야기가 나오는 것일까. 마사코 아줌마는 의미심장하게 웃었다.

"네 살이면 딱 좋네. 연하도 괜찮아."

"여기서 왜 카츠미가 나오죠?"

마사코 아줌마가 "어머" 하고 웃음을 터뜨리며 손을 내저었다.

"카츠미가 초등학생 때부터 맨날 그랬잖아. 나중에 크면 아야 누나랑 결혼한다고."

그랬다. 네, 그런 말을 했습죠. 마사코 아줌마, 그런 걸 잘도 기억하시네요. 그걸 또 언제 들으셨을까.

"그럴 때마다 아야 너도 알았어 알았어 하면서 고개를 끄덕였잖아."

"아니, 그건…."

누구라도 그렇게 했을 것이다. 네 살 어린 초등학생 남자애한테 그런 말을 들으면 당연히 네, 네, 알았어요, 하게 되지 않나.

그때의 카츠미는 정말 귀엽기도 했고.

귀에 딱지가 앉도록 카츠미 이야기를 들으며 점심을 다 먹은 나는 도망치듯 남룡을 나왔다. 불륜 따위는 걱정할 필요 없는 것 아닌가 싶을 정도로 마사코 아줌마는 기운이 넘쳤고 평소와 똑같았다.

만약 아키야마 아저씨가 바람을 피우는 게 사실이라면, 마사코 아줌마가 엄청나게 강하든가, 둔하든가, 아키야마 아저씨가 그 성실한 얼굴과는 달리 알고 보면 악당이든가 셋 중에 하나다.

"오."

휴대전화가 울렸다. 확인해 보니 호쿠토에게서 온 전화였다.

"여보세요."

'저 호쿠토예요. 지금 잠깐 괜찮아요?'

평소처럼 조금 가냘픈 느낌을 풍기는 호쿠토의 목소리였다.

"나는 남룡 앞에 있어."

'아, 그럼 저희 집에 들를 수 있어요?'

"들를 수는 있는데, 무슨 일 있어?"

'네, 조금.'

조금? 뭐지?

# 10

2번가 남쪽 마츠미야 전파사의 정문 옆에 있는 샛길을 쏙 빠져나왔다. 이런 길은 고양이와 동네 사람만 지나다닌다. 다행히 이 주변에는 술집이 없어서 샛길을 비집고 들어와 구토나 급한 볼일을 해결하는 망나니가 없다.

길을 빠져나가면 아주 작은 '꽃길 공원'이 나온다. 언제나 열려 있는 마츠미야 전파사의 뒷문으로 고개를 빼꼼 내밀자, SF 세상 속 고물상을 연상시키는 기계와 부품, 정체 모를 물건에 둘러싸여 작업하는 앞치마 차림의 호쿠토가 보였다.

"호쿠토."

"아, 누나!"

내 집처럼 훤히 꿰고 있는 곳이라 서슴없이 들어가서, 주로 이런저런 푸념을 늘어놓으러 오는 동네 할아버지 할머니가 쓰는 둥그런 손님용 의자에 앉았다.

"갑자기 불러서 죄송해요."

"괜찮아. 마침 잘 불렀어."

"왜요?"

호쿠토가 커피포트로 사기 주전자에 뜨거운 물을 부으며 물었다. 둥근 쟁반 위에 항상 일본 전통차 세트가 준비돼 있는 걸 보면 호쿠토는 역시 노인들의 친구구나 싶어서 조금 씁쓸해진다. 우리는 아직 젊으니까 커피로 하겠냐는 질문 정도는 해줘도 좋으련만.

"아빠가 없어졌는데, 뭐 들은 거 있지?"

호쿠토는 주전자로 찻잔에 차를 따르며 고개를 끄덕였다. 역시.

"죄송해요. 뭘 하는지는 알려드릴 수 없어요."

"그건 됐어."

이미 익숙하니까.

"자, 차 드세요."

"고마워."

스물한 살짜리 남자애가 이렇게 차를 우리는 데 더할 나위 없이 익숙한 것도 조금 이상한데, 괜찮은 걸까.

"호쿠토."

"네."

"아빠가 남룡에서 뭔가를 훔치겠다고 했는데."

"죄송해요."

"일일이 사과하지 않아도 돼."

"죄송해요." 하며 호쿠토는 또다시 사과했다.

"뭘 훔치는지도 알아?"

호쿠토는 말없이 차를 마셨다. 그래, 말할 수 없겠지.

"그럼 하나만 알려줘."

"뭘요?"

"훔치는 물건이 큰 거야, 작은 거야?"

그 정도는 괜찮지? 라는 뜻을 담아 최대한 사랑스러운 미소를 만들어 보였다. 자, 어때, 호쿠토? 호쿠토는 전혀 반응하지 않았다. 애초에 내 얼굴을 보려고 하지도 않았다.

"한편으론…"

호쿠토가 아래를 내려다본 채 말했다.

"한편으론?"

"엄청나게 크고, 또 한편으론 엄청나게 작아요."

수수께끼인가?

"그게 무슨 말이야?"

"죄송해요. 이 정도밖에 못 알려드려요."

그래. 뭐, 그럴 줄 알았으니 괜찮다.

"위험할 일은 없지?"

"그런 건 없어요."

호쿠토가 강하게 고개를 끄덕였다.

"실제로 움직이는 건 저랑 카츠미고, 세이진 아저씨는 절대 무리하시지 않게 하고 있어요."

그래, 든든하다.

"고마워. 잘 부탁해."

도둑질하는 데 잘 부탁한다는 말은 부적절하다는 생각이 들었지만 어쩔 수 없다.

"아무튼 제가 부른 이유는요."

"응."

맞다. 호쿠토가 불러서 온 거였지.

"두 가지 용건이 있어서예요. 이상한 이야기랑 나쁜 이야기가 있는데, 뭐부터 들으실래요?"

"그야…."

당연히 둘 다 듣고 싶지 않다. 왜 진지한 얼굴로 그런 걸 물어본담.

"그럼 나쁜 이야기부터."

네, 하며 호쿠토가 고개를 끄덕였다.

"내일 싱고가 학원에 오는 날이죠?"

"응."

감기라도 걸리지 않는 한 평소처럼 씩씩하게 등원할 것이다. 맞다, 잊고 있었다. 아빠가 없으니 내가 도넛을 사둬야 한다.

"생각나게 해줘서 고마워."

"뭘요?"

"아니, 별거 아니야. 그래서 뭐라고?"

호쿠토는 잠깐 숨을 들이쉬고 내쉰 다음 말했다.

"내일 학원 마치는 시간을 늦춰주세요."

"늦춰달라고?"

호쿠토가 네, 하며 고개를 끄덕였다.

"30분이면 돼요. 방법은 누나가 편한 대로 해요. 문제를 조금 오래 풀게 해도 되고, 잡담하느라 수업을 늦게 끝내도 돼요. 아무튼 싱고가 집에 돌아가는 시간을 30분만 늦춰주세요."

설마….

"혹시 도둑질과 관련된 거야?"

"말할 수 없어요. 어쨌든 30분은 좀 길긴 해도, 학원이 10분쯤 늦게 끝나는 날은 자주 있잖아요?"

그렇긴 한데….

"나를 도둑질에 끼워 넣자는 제안은 아빠가 한 거야?"

"결과적으로는 그렇게 돼 버렸지만, 아니에요."

뭐가 아닌데.

"아야 누나한테 부탁하지 않아도 싱고가 집에 들어가는 시간을 30분쯤 늦추기는 어렵지 않아요. 예를 들어 저나 카츠미가 우연히 마주친 척하면서 벤치에서 게임 이야기를 하면 30분은 금방 지나갈걸요."

그래, 그건 그렇다.

"그럼 왜 나한테 부탁하는 건데?"

"세이진 아저씨가 아니라 카츠미가 제안했어요. 나중에 아야 누나가 알게 되면 분명히 상처받을 거라고요. 안 그래도 정의감이 강한 사람인데 남룡에서 싱고가 아직 귀가하지 않았다는 전화라도 받았다가는 난리가 날 거라고 했어요. 그리고 결과적으로 그게 도둑질로 이어졌다는 걸 알면 아야 누나가 상처받을 거랬어요."

호쿠토가 진지한 얼굴로 나를 똑바로 보며 말했다.

"그러니까 이건 저랑 카츠미가 원한 거예요. 세이진 아저씨가 아야 누나한테 그런 걸 부탁할 일은 절대 없어요."

정말 진지한 얼굴이다. 이렇게 진지하고 꼿꼿한 표정으로 이야기하는 호쿠토가 거짓말을 할 리가 없다.

"위험할 일도 없는 거지?"

"없어요. 요즘 시기에는 귀가가 30분쯤 늦어져도 밖이 밝잖아요."

우리 집에서 남룡까지는 상점가가 일직선으로 이어져 있다. 게다가 아이들이 귀가할 때가 되면, 파출소에서 근무하는 산타 씨와 카도쿠라 씨가 늘 밖에 나와서 아이들이 돌아가는 모습을 지켜봐 준다.

"알았어."

그 정도로 모든 일이 좋은 쪽으로 흘러간다면, 아이들이 좋아하는 주제를 꺼내서 잡담으로 수업을 30분쯤 연장하는 것은 일도 아니다.

"해볼게. 하지만,"

아이들이 집에 가겠다고 하면….

"싱고가 30분을 기다리지 않고 집에 가버리면 내가 어떻게 할 수 없어."

"그것만은 막아주세요."

30분을 확보하지 못하면 곤란해지나 보다.

"그러니까 문제가 다 끝나기 전에는 집에 안 보내준다고 하는 게 나아요."

살짝 한숨이 나왔다. 조금 양심에 찔리지만 어쩔 수 없다.

"그래. 알았어."

"잘 부탁드립니다!"

괜찮다. 아빠와 카츠미, 호쿠토는 나쁜 짓을 하려는 것이 아니다.

"그래서 그다음은?"

"이상한 이야기예요."

"그게 뭔데?"

호쿠토는 차를 한 모금 마셨다.

"아야 누나, '매시 그룹'이라는 곳 알아요?"

"매시?"

아주 오래전에 '매시'라는 전쟁 드라마*가 있었던 것 같은데.

"홍콩의 대형 마트 체인이에요. 일본에는 아직 진출하지 않았는데, 몇 년 전부터 급성장한 기업이에요. 지점 수도 많고 실적도 꾸준히 오르고 있어요."

"그래?"

일본에는 아예 진출하지 않았다고 하니, 애초에 해외 마트와 인연이 없는 내가 알 리 없다. 업계 사람들이라면 알지도 모르지만.

"한국과 중국, 하와이에도 가게를 냈어요. 백화점 사업이랑 패션계에도 진출해서 이제는 세계 경제계가 주목하는 성장주 기업이 됐어요."

그래? 대단하네.

"그래서?"

호쿠토는 테이블 위에 놓인 컴퓨터 쪽으로 몸을 돌려 키보드를 두드리거나 마우스를 딸깍거렸다.

"이것 좀 보세요."

화면을 보고 금방 알았다. 꽃길 상점가 여기저기에 설치된 CCTV 영상이다. CCTV를 설치해달라고 의뢰한 것은 물론 상점가 사람들이

---

* M.A.S.H. 1972년부터 11년간 방영 된 미국의 인기 전쟁 드라마. 한국에서는 AFKN을 통해 방영됐다.

지만, 관리하는 것은 경비회사다. 최근에는 이 비용마저 부담스러우니 중단하자는 이야기가 나오고 있다.

"어?"

화면에 어떤 가게 앞이 비쳤다. CCTV라서 흑백에 저화질이지만 아는 사람이 찍히면 바로 알아볼 만큼은 된다.

"이게 어디더라?"

"얼마 전 1번가에 오픈한 네일샵이에요."

아, 거기구나. 거기와도 정말 인연이 없다. 물론 네일아트에는 관심이 있고 직접 손톱 손질도 하지만, 막상 그런 곳에 가려고 하면 괜히 주눅이 든다.

"그래서? 이게 왜?"

딱히 무슨 사건이 일어나는 장면은 아니었다. 가게 앞에서 누군가와 누군가가 서서 대화하는 영상이었다.

"이 청바지에 셔츠, 카디건을 입은 편한 차림의 남자."

"응."

어디서나 흔히 볼 법한 중년 남자였다. 아니, 어쩌면 중년이라고 하기에는 미안한 나이일지도 모르겠다.

"이 남자가 그 '매시 그룹'의 총수예요."

"뭐어?!"

총수면….

"제일 높은 사람이요. '타임'지 표지를 장식해도 이상하지 않을 사람이 이 지방 도시의 다 스러져가는 상점가 네일샵 앞에 있었어요."

"확실해?"

호쿠토의 정보 수집 능력이야 믿지만…. 내가 묻자, 호쿠토는 또다시 키보드와 마우스를 조작해 어떤 영상을 화면에 띄웠다.

몸에 꼭 맞는 정장을 차려입고 어마어마하게 비싸 보이는 소파에 앉아서 웃고 있는 인물이 보였다.

"이 사람이 '매시 그룹'의 총수 웡 라핑이에요."

"아."

같은 사람이다. 바로 알겠다. 단순히 닮은 사람이 아니다.

"이 사람이 이런 곳에 온 것만 해도 이상한데 심지어 이 가게 사장은…."

"아빠가 말했던!"

"그렇죠?"

이 가게 사장이 조폭 은신처를 드나들던 사람인 것 같다고 했다. 확증은 없지만, 아빠의 기억력은 확실하다.

"조폭의 일원까지는 아니어도 최소한 어떤 관련이 있는 가게에…."

"초대형 기업의 총수가?"

이건 정말….

"이상하다."

"이상하죠?"

"이상하기도 이상한데, 사실 엄청난 일 아니야? 위험해서 엄청난 일인지 그냥 놀라워서 엄청난 일인지는 모르겠지만."

호쿠토가 고개를 끄덕였다.

"가능하면 그냥 놀라워서 엄청난 일로 끝났으면 좋겠네요. 그런 엄청난 사람이 이 꽃길 상점가에 오다니! 하면서 다 같이 좋아하고 끝났으면 좋겠어요."

"그럴 것 같지는 않지만."

"그렇죠? 분위기상."

뭘까. 신이시여, 이 꽃길 상점가에서 대체 무슨 일이 일어나고 있는 거죠?

"아무튼 그냥 서프라이즈로 끝날지 어떨지 더 열심히 지켜볼게요."

"말이 좋아 지켜보는 거지, 사실 훔쳐보는 거잖아."

허락도 없이 보는 것이니 말이다.

"그건 그렇지만, 이제 살살 몸을 사릴 때가 아니라는 느낌이 들어요."

그렇게 말하는 호쿠토의 모습에 놀라고 말았다. 아, 역시 나도 육감이 발달한 사람인 것 같다.

지금껏 호쿠토에게서 느껴본 적 없는 무언가를 느꼈다. 뭐라고 해야 할까. 남자가 진지해졌을 때 풍기는 기운 같은 것. 진지하게 일하는 남자는 그런 기운을 풍기지 않나.

호쿠토에게서 그런 기운을 느끼자 나도 모르게 순순히 고개를 끄덕였다. 그리고 이렇게 말해 버렸다.

"알았어. 열심히 해."

그로부터 이틀 뒤. 나는 또다시 놀라고 말았다. 남룡에서 전화가 걸려왔다.

"아야니? 나 남룡의 마사코 아줌마인데."

"아, 네. 안녕하세요."

"세이진 아저씨는 아직 안 돌아오셨지?"

"아빠요? 네, 아직이에요."

"흠…. 이걸 어쩐다."

"왜 그러세요? 아빠한테 하실 말씀 있으세요?"

"그게, 세이진 아저씨가 미술에 정통하시잖아."

"그렇죠."

미술? 무슨 일일까. 남룡에 무슨 일이 있는 거지?

"아니, 한 번 봐줬으면 하는 게 있는데, 아야는 미술 잘 모르나?"

"뭐, 뭔데요?"

"우리 집에 말이야, 갑자기 그림이 생겼어."

"그림이요?"

# 11

"그림?"

그림이었다. 정말로 그림. 회화였다.

그것도 상당히 크다. 나는 그림 사이즈가 몇 호라느니 그런 건 전혀 모르지만, 액자 두께까지 합하면 그림 바로 밑에 놓인 TV 크기 정도는 되는 것 같다.

"이거 몇 인치예요?"

"34인치."

34인치 TV와 비슷한 크기다.

남룡네 집 거실. 찻장과 화장실로 이어지는 문 사이에 있는 공간. 아래에는 갈색 TV대가 있고 그 위에는 TV가 있다. 어디에서 상품으로 당첨됐다고 들었다. 싱고가 무척 기뻐하던 기억이 난다.

아니, 지금 그런 것은 중요하지 않다.

그림이 중요하다.

"어때? 누구 그림인지 알겠어?"

마사코 아줌마가 물었지만, 내가 알 리 없다.

"그림이 예쁘네요."

그 말밖에 할 수 없었다.

"그렇지?"

아니, 이렇게 한가한 대화나 할 때가 아니다.

"이 그림이 갑자기 나타났다고요?"

"맞아."

마사코 아줌마가 오른손을 휙 내저으며 얼굴을 찌푸렸다.

"정말 너무 깜짝 놀랐어."

어제저녁이었다고 한다. 다시 말해 싱고가 우리 학원에 있을 때였다. 물론 그 시간에 남룡은 영업 중이었다. 저녁을 먹으러 오는 사람들 덕에 하루에서 두 번째로 바쁜 시간대다.

"어느 순간 보니까 여기에 있었어."

"어느 순간 보니까요?"

그래, 하며 마사코 아줌마가 고개를 끄덕였다. 가게 쪽에서 무언가를 써는 소리가 들려왔다. 아키야마 아저씨가 한창 문 닫을 준비를 하고 있었다. 싱고는 학교에 있고, 쌍둥이 자매는 유치원에 갔다.

"처음에는 말이야."

"네."

"아버님이나 어머님이 누구한테 받아와서 걸어놓은 줄 알았어."

"그렇군요."

거실 벽에 갑자기 그림이 걸려 있으면 누구나 가족 중에 누군가가 걸었겠거니 생각할 것이다.

"그런데 두 분 다 모르는 일이라고 하고, 우리 남편도 깜짝 놀라는 거야. 싱고나 아야카, 사야카는 당연히 아닐 테고."

"그렇죠."

어린아이가 걸 수 있는 위치가 아니다.

"그럼 대체 누가 걸었나 하다가 일단 떼어 보기로 했는데."

마사코 아줌마가 직접 해보라고 해서, 그림에 손을 대고 벽에서 떼려고 했지만 뗄 수 없었다.

"어라?"

꿈쩍도 하지 않는다. 벽에 뺨을 붙이고 그림과 벽 사이를 들여다보려고 했지만 무리였다.

"전혀 안 움직이네요."

"그렇지? 어떻게 붙였는지 도무지 모르겠어."

수수께끼투성이다. 순간접착제인가? 생각나는 것은 그것뿐인데, 이렇게 힘을 줘도 떨어지지 않는다니, 대체 얼마나 강력한 접착제란 말인가.

"찜찜한데."

그래도, 하며 마사코 아줌마가 살짝 웃었다.

"이 그림 정말 예쁘지? 보고 있으면 왠지 마음이 평온해져."

그렇다. 유럽 어딘가의 녹음이 우거진 시골 풍경을 그린 것 같다. 계절은 봄인 듯하다. 신록이 넘실거린다. 자그마하게 사람도 그려져 있고 마차도 있는 것을 보니, 저기 있는 사람은 혹시 귀족 아가씨가 아닐까 하는 생각도 든다.

나는 정말 그림에 문외한이다. 그런데도 이 그림을 보니 그저 '좋다'라는 생각이 든다. 정말 훌륭한 예술은 그런 것이 아닐까.

아빠도 그런 이야기를 자주 했다.

'진짜 예술은 모든 이에게 평등하단다.'

그러니까 이 그림은….

"저기, 아야."

"네, 네."

"이 그림, 어떤 그림인지 알아봐 줄 수 있을까?"

제가요?

"왜, 요즘은 인터넷으로 쉽게 이것저것 찾을 수 있잖아. 우리는 그런 걸 전혀 못 해서."

"찾아볼게요."

일단 휴대전화를 꺼내서 그림 사진을 찍었다. 그러면서 속으로 중얼거렸다. '굳이 찾아보지 않아도 호쿠토나 카츠미에게 물어보면 알 수 있겠지.'

이건 틀림없이 아빠 일당이 벌인 짓이다. 확실하다. 그렇지 않으면 오히려 이상하다. 시간상으로도 호쿠토가 이야기한 그 시간대다. 싱고의 귀가를 30분 늦춘 그 시간대 말이다.

"아줌마."

"응."

"이 그림이 갑자기 나타난 시간대에 싱고는 학원에 있었죠?"

마사코 아줌마는 잠시 생각하다가 고개를 끄덕였다.

"맞아."

"싱고의 동생들 아야카랑 사야카는요?"

"할머니랑 공중목욕탕에 있었어."

공중목욕탕이라. 그렇구나. 물론 남룡네 집에도 욕실이 있지만, 이 동네에는 상점가 바로 뒤편에 있는 '거북탕'을 이용하는 사람이 많다. 그러고 보니 싱고가 우리 동생들은 공중목욕탕을 좋아한다고 말한 적이 있다.

그런 것까지 다 조사했다는 뜻이다.

그런데, 그런데….

아빠는 남룡에서 무언가를 훔치겠다고 했다. 만약 이게 아빠 일당이 벌인 일이라면, 훔친 것이 아니지 않은가. 그림을 두고 갔을 뿐이다. 설마 이 그림은 눈속임인가?

"저기, 마사코 아줌마."

"응, 왜?"

"이 그림 대신에 뭐 사라진 건 없어요?"

"그치, 그런 생각이 들지?"

들죠.

"그런데 도둑맞은 건 아무것도 없고 별다른 피해도 없고, 딱 이 그림만 생겼어."

어찌 된 일일까. 아빠 일당은 대체 무엇을 훔쳤단 말인가.

"그럼 저기, 파출소에는…?"

응, 하며 마사코 아줌마가 고개를 끄덕였다.

"어쨌거나 누가 여기에 그림을 걸었다는 건 주거침입이라는 거잖아."

맞는 말이다. 누군가가, 사실 누구인지는 알지만, 아무튼 누군가가 남룡의 뒷문도 아니고 집 현관으로 멋대로 들어와서 멋대로 그림을 두고 갔다.

"그래서 바로 파출소에 가려고 했는데, 음…. 그 왜, 있잖아. 사람을 놀라게 하는 거."

"서프라이즈요?"

"그래, 그래, 그거. 누가 우리 집에 그런 이벤트를 한 거 아니냐고 어머니가 그러시더라고."

"이런 걸 준비할 만한 짐작 가는 사람이 있어요?"

"전혀."

없다고요? 마사코 아줌마는 빙긋 웃었다. 맞다. 이 집 식구들은 다 이런 느낌이었다. 집안 살림이 궁한데도 '어떻게든 되겠지, 하하하' 하는 느낌.

"그럼 파출소에 알리지 않으실 거예요?"

"음…."

마사코 아줌마가 고개를 끄덕였다.

"악의가 느껴지지 않아. 그래서 당분간은 상황을 지켜보려고. 설마 하니 이 안에 폭탄 같은 게 설치돼 있지는 않겠지."

"폭탄은 없겠지만, 어쩌면 도청기 같은 게 있지 않을까요?"

아, 하며 마사코 아줌마가 입을 벌렸다.

"우리가 남들한테 못 들려줄 비밀 얘기를 하는 것도 아닌데 왜?"

그렇게 말하고는 손뼉을 짝 쳤다.

"마츠미야 전파사!"

"네?"

"그 집 호쿠토 말이야. 그 아이라면 이런 것도 살펴볼 수 있지 않을까? 도청기 같은 게 있는지."

"아."

이거 혹시…, 긁어 부스럼이었나?

마사코 아줌마는 곧장 마츠미야 전파사에 연락해서 다짜고짜 도청기를 찾아내는 장치를 들고 와달라고 그야말로 강다짐으로 밀어붙이고는 전화를 끊었다.

단 1분 만에 호쿠토가 왔다.

"어? 아야 누나도 있었어요?"

"으, 응."

깜짝 놀랐다. 호쿠토가 나를 보고 당황하면 어쩌나 걱정했는데, 매우 태연했다. 만약 이게 연기라면, 호쿠토는 내 생각보다 훨씬 사람들 틈에 잘 녹아드는 의젓한 남자일 것이다.

"그래서 어디를 조사하면 돼요?"

마사코 아줌마가 거실이야, 거실, 하면서 가리키자, 호쿠토가 신발을 벗고 거실로 들어갔고, 마사코 아줌마는 뒤이어 그림을 가리켰다.

"이거."

"이거요?"

자연스럽다. 호쿠토의 태도가 너무 자연스럽다. 아빠 일당이 이 그림을 가져다 놓은 줄 알았는데, 내 착각이었나?

"그럼 잠깐 살펴볼게요."

어디서 본 적도 없지만 딱히 대단해 보이지도 않는 기계를 가방에서 꺼낸 호쿠토는 이어서 허접하게 생긴 무전기 같은 것을 꺼내 전원을 켰다. 묘하게 웅 하는 전자음이 나더니, 그 소리가 '웅 우웅 우웅' 하고 물결치듯 울려 퍼졌다.

호쿠토가 허접하게 생긴 무전기 같은 것을 이쪽저쪽에 갖다 댔다.

나와 마사코 아줌마는 거실 한편에서 그 모습을 지켜보았고, 재료 준비를 마친 아키야마 아저씨도 가게 쪽에서 고개를 빼꼼 내밀고 보았다.

웅 우웅 우웅. 웅 우웅 우웅.

"흠…."

호쿠토가 신음하며 머리를 긁적였다.

"어때?"

"음…. 그게 말이죠."

호쿠토가 조금 난처한 표정을 지었다.

"이 그림에는 도청기가 없어요."

"어머, 그래?"

호쿠토가 잠깐 기다리라고 하더니 둥근 고리가 달린 막대기를 꺼냈다. 아, 저건 금속탐지기다. 보통 공항 보안검색대에서 볼 수 있는 물건이다. 호쿠토는 금속탐지기로 그림 위를 쓸었다.

“금속도 안 들어 있고, 이건 진짜 그냥 그림이에요.”

“그럼 아까 왜 뜸을 들인 거야?”

마사코 아줌마가 물었다.

“이건 그냥 그림이지만, 아무래도 다른 곳에 도청기가 있는 것 같아요.”

“뭐?”

마사코 아줌마가 경악했다. 아키야마 아저씨도 놀란 얼굴이었다.

“다른 곳을 살펴봐도 될까요?”

“되고말고. 살펴봐!”

# 12

이게 도청기라니. 겨우 이런 게.

남룡네 거실 테이블 위. 찻잔과 갑 티슈, 과자 쟁반 따위에 둘러싸인 채 덩그러니 놓인 물건.

“이걸 뭐라고 부르더라?”

마사코 아줌마가 불쑥 중얼거렸다.

“삼각 멀티탭이요.”

호쿠토가 대답했다.

“이건 삼각이 아니잖아. 사다리꼴이야.”

아니, 마사코 아줌마, 지금 그런 걸 따질 때가 아니잖아요. 확실히 사다리꼴이긴 하지만.

“예전에는 삼각형이었나 봐요. 아마 코너 멀티탭이라고도 부를걸요.”

테이블 위에 삼각 멀티탭이 분해되어 있었고, 그 안에 작고 검은 부품이 들어 있었다.

"이게 도청기인 건 확실해?"

아키야마 아저씨가 물었다.

"확실해요. 이 타입은 전원에서 전기를 공급받으니까 고장날 때까지 계속 도청할 수 있어요."

마사코 아줌마와 아키야마 아저씨가 동시에 "도청"이라고 중얼거렸다.

"누가 이런 걸…."

"당신, 짚이는 데 없어?"

"없지. 예전부터 계속 쓰던 물건이잖아."

"언제 산 건데?"

마사코 아줌마는 그것조차 모르겠다고 말했다. 그럴 만도 하다. 집에서 쓰는 이런 사소한 물건은 언제 샀는지 기억나지 않는다. 지금 우리 집에 있는 물건들도 내가 사놓은 게 아니다.

"바로 그거예요."

호쿠토가 말했다.

"이런 물건은 모양과 색이 다 비슷비슷하니까 달라져도 아무도 눈치채지 못해요. 원래 쓰던 물건을 바꿔치기하면 다들 몰랐다고 해요."

다들?

"호쿠토."

"네."

"원래 이렇게 도청기 찾는 일도 해?"

하죠, 라고 호쿠토가 가볍게 대답했다.

"뭐든 하지 않으면 이 힘든 시대에 살아남을 수 없으니까요."

틀린 말은 아니지만…. 나는 또다시 놀랐다. 은둔형 외톨이에 유약한 아이인 줄로만 알았는데 이제 보니 의젓하다. 바클레이의 어여쁜 나오와 사귀는 것도 수긍이 간다.

"사장님들."

호쿠토가 마사코 아줌마와 아키야마 아저씨에게 말했다.

"여기에 도청기가 있었던 건 사실이지만, 그리 심각하게 생각하실 필요는 없어요."

"어?"

마사코 아줌마와 아키야마 아저씨가 눈을 동그랗게 떴다. 어째서 심각하게 생각할 필요가 없다는 것일까.

"좀 이상한 이야기이긴 한데, 이런 거…."

호쿠토가 삼각 멀티탭을 집어 들었다.

"요즘은 쉽게 구할 수 있거든요. 아키하바라에 가면 별 어려움 없이 살 수 있고 의외로 인터넷으로도 쉽게 살 수 있어요. 그래서 요즘 '도청 마니아' 같은 사람들이 막 뿌리고 다니는 거예요."

"뿌리고 다닌다고?"

호쿠토가 고개를 끄덕였다.

"예를 들면, 아저씨."

"응?"

"새것이 아니라 이렇게 조금 지저분한 멀티탭이 가게 한쪽에 떨어져 있으면 어떻게 하시겠어요?"

호쿠토는 아저씨의 눈앞에 삼각 멀티탭을 들어 보였다.

"그야…."

아키야마 아저씨는 고개를 살짝 갸웃거리다가 삼각 멀티탭을 받아 들었다.

"왜 이런 데 떨어져 있나 하면서 주워서 근처에 아무렇게나 올려놓겠지."

"그렇죠? 보통 그럴 거예요."

"아."

나도 모르게 목소리를 높였다.

"그럼 그 '도청 마니아' 같은 사람들이 라멘을 먹으러 왔다가 가게 한쪽에 슬쩍 흘리고 가면…."

"맞아요. 아저씨는 일하느라 바빠서 그런 사소한 일은 금방 잊어버릴 거예요. 애초에 누가 멀티탭을 진지하게 신경 쓰겠어요? 그러다 나중에 할아버지나 마사코 아줌마가 '와, 마침 여기에 있었네' 하면서 그 멀티탭을 사용하겠죠."

"그럼 도청할 수 있게 되는 거고."

맞아요, 하며 호쿠토가 고개를 끄덕였다.

"솔직히 요즘 세상에 도청기는 산책하다 보면 열댓 개는 기본으로 나와요."

그렇게 많이? 정말?

"그 사람들은 뭐 때문에 그런 짓을 하는 거야?"

마사코 아줌마가 물었다.

"특별한 목적은 없어요. 그냥 즐기는 거예요."

"즐긴다고?"

"괴상한 취미이긴 하지만, 다른 집 대화를 몰래 엿들으면 재미있지 않겠어요?"

❀

결국 도청기 이야기로 열을 올리느라 갑자기 나타난 그림에 관해서는 제대로 논의하지 못하고 흐지부지 넘어갔다. 더 정확히 말하면 찜찜한 것은 사실이지만 경찰에 알려서 일을 크게 만들면 귀찮아질 테니 나에게 그림 조사를 부탁하고, 나아가 아빠가 돌아오기를 기다리겠다는 결론이었다.

"세이진 아저씨의 미술 사랑은 유명하죠."

호쿠토가 걸으며 말했다. 그림의 정체를 알아내면 무언가가 밝혀질지도 모른다. 잠시 기다리면 그 그림을 두고 간 사람에게서 어떤 메시지가 올지도 모른다. 그래서 남룡네 식구들은 그 연락을 기다리겠다고 했다.

이러니저러니 해도 그 그림이 매력적이지 않았다면 이런 결론이 나오지 않았을 것이다. 정말 멋진 그림이었다. 그런 그림이면 나도 갖고 싶을 정도다.

호쿠토와 함께 2번가 남쪽 마츠미야 전파사에 딸린, 항상 문이 열려 있는 뒤쪽 작업장으로 향했다. 걷는 동안에는 꼬치꼬치 물을 수 없어서 자연스럽게 작업장으로 돌아가 보니, 카츠미가 차를 마시고 있었다.

왠지 그럴 것 같다는 예상은 했지만.

"수고했어."

"응."

"누나도 수고했어."

카츠미가 살가운 미소를 지어 보였다.

"수고고 자시고."

"응?"

"뭐야? 왜 나를 끌어들여?"

아니, 아니, 하며 카츠미가 손을 내저었다.

"누나를 부른 건 내가 아니잖아. 남룡의 마사코 아줌마잖아."

그랬다. 아빠와 이 두 사람의 책략에 완전히 휘말린 느낌이라 착각했다.

그런데 마사코 아줌마가 나를 불렀다는 사실을 여기에 있는 카츠미가 어떻게 알았을까. 촌스럽게 물어볼 필요도 없었다. 컴퓨터 모니터에서 CCTV 영상이 버젓이 흘러나오고 있었다. 남룡의 포렴이 보인다.

"그래서?"

나는 털썩 소리를 내며 둥근 의자에 앉았다. 호쿠토가 어느 틈에 우린 차를 내 앞 테이블에 쓱 올려놓았다. 사실 테이블은 아니고 케이블을 감아놓은 커다란 실감개 같은 것이지만.

"자, 말해. 모른다는 소리는 하지 말고."

"뭘?"

"그 그림. 아빠가 한 짓이지?"

뭘 훔친다고 했으면서 그림을 걸어놓고 가다니 대체 무슨 생각일까.

"왜 그림을 걸어놨어?"

카츠미와 호쿠토는 시선을 교환하고는 씩 웃었다.

"몰라요."

그래, 그렇게 나올 줄 알았다. 좋아, 잘 알겠다.

"카츠미."

나는 최대한 교태를 부리며 카츠미의 손에 내 손을 살짝 얹었다. 카츠미의 몸에 퍼지는 긴장감이 느껴졌다.

"난 있지, 아빠가 걱정돼. 앞으로 무슨 일이 벌어질지, 뭘 할지, 궁금해서 못 참겠어."

몸을 가까이 대며 작은 목소리로 속삭이듯 채근했다. 자, 어떠냐, 카츠미.

"아니, 그게, 저기."

"안 돼, 카츠미. 세이진 아저씨가 절대 말하지 말랬잖아."

"아, 응."

카츠미가 장수풍뎅이를 잡듯 엄지와 검지로 내 손을 집어서 조심스레 떼어놓았다.

"참아, 누나. 우리는 말 못 해."

나는 토라진 초등학생처럼 볼을 부풀리고 입을 삐죽였다. 귀여운 척해도 안 넘어오는구나.

"말은 못 하지만 이건 가르쳐줄게. 아니, 보여줄게."

카츠미가 마우스를 움직여 무언가를 클릭하자, 곧바로 화면에 그림이 떴다.

이 그림.

"그래, 맞아. 이 그림."

나도 모르게 내 휴대전화를 꺼내서 좀 전에 찍은 그림 사진을 띄웠다. 맞다. 똑같다.

"무슨 그림이야?"

내가 물으니, 카츠미가 그림을 클릭했다. 그러자 해설문이 표시되었다.

[사무엘 데라그시탕의 「그리움」. 1863년작. 데라그시탕이 인상파 화가 중에서도 유독 이단아로 불린 이유는 색을 쓰는 방식 때문이었다. 인상파는 색채가 뚜렷한 것이 특징인데, 데라그시탕의 채색 방식은 그중에서도 특히 남달랐다. 같은 초목이어도 몇십 종류나 되는 녹색이 그림 속에 선명히 혼재되어 있어서 입체감이 뛰어나고 그림이 덮쳐오는 듯한 위압감이 느껴진다. 하지만 그림 전체를 보면 산뜻한 인상이라서 오히려 가볍다는 생각까지 든다. 모네는 그 절묘한 균형감을 두고 '흉내 낼 수 없다. 대체가 불가하다'라고 말했다. 파리의 무희들을 그린 초기작 중에도 좋은 작품이 많지만, 남프랑스 풍경을 그린 후기작 중에는 목가적이면서도 생명의 강인함을 묘사한 작품이 많으며 걸작이 줄을 잇는다.]

그렇구나.

그래, 그렇구나. 이런 그림이었구나. 어라? 잠깐만.

"사무엘 데라그시탕은 생전 처음 듣는 이름인데? '인상파'라는 말은 들어봤지만. 유명한 사람이야?"

카츠미는 아니라며 고개를 저었다.

"모네나 세잔, 드가는 유명하지만, 이 사람은 일본에서 거의 무명이야. 그래도 애호가들 사이에서는 팬이 꽤 되나 봐. 말하자면 숨겨진 실력자인 셈이지."

화가에게 숨겨진 실력자라는 표현은 어울리지 않는다고 생각했지만 조용히 흘려들었다.

"해설문이 하나 더 있는데, 읽을래?"

카츠미가 마우스를 클릭했다. 창이 하나 더 뜨고 글이 보였다.

[데라그시탕의 후기 대표작이라 해도 과언이 아닌 「그리움」은 루탄 백작에게 의뢰를 받아 그린 그림인데, 백작이 몰락한 후 한동안 행방이 묘연했다. 이 작품이 세상에 다시 모습을 드러낸 것은 1958년이다. 미술상 맨 디가 알상블 미술관에 기증해 관계자를 기쁘게 했지만, 1959년 봄, 당시 영국을 뒤흔든 '마지막 괴도 신사 세인트'에게 도둑맞아 다시 행방불명되었다.]

맙소사. 역시! 깊은 한숨이 터져 나왔다.

"아빠구나."

생각해 보니 아빠가 훔친 물건을 실제로 본 적은 처음이었다.

역시 그 그림을 남룡네 거실에 건 사람은 아빠였다. 그리고 그 일을 거든 사람은 카츠미와 호쿠토였다. 어떤 방법을 썼는지는 전혀 모르겠지만.

카츠미는 시치미 떼는 얼굴이었다. 호쿠토는 걱정스러운 표정을 지었다. 그럼 나는 어떻게 해야 할까.

"잠깐 생각 좀 해볼게."

두 사람에게 오른손을 들어 보였다. 그래, 생각해 보자. 뭐가 어떻게 돌아가는 건지 궁금하지만, 이 두 사람은 절대 속 시원히 알려주지 않을 것이다. 나와는 상관없는 일로 묻어두고 싶을 테니까.

그래. 그 마음은 고맙다.

하지만 궁금하다.

"카츠미."

"응."

"너희가 절대 가르쳐주지 않을 거 아니까, 지금부터 나 혼자 말할게."

두 사람의 머리 위에 물음표가 떠올랐다.

"내 말이 틀리면 고개를 저어 줄래? 그걸로 만족할게."

좋다 싫다 반응이 없지만, 나는 계속 말했다.

"우선 아빠는 남룡에서 뭔가를 훔치겠다고 했어. 이 마을에 떠도는 불길한 공기의 정체를 알아내기 위해서."

두 사람은 나를 가만히 보며 이야기를 들었다.

"아빠는 그렇게 자취를 감췄고, 곧바로 남룡에서 사건이 일어났지. 하지만 뭐가 사라지기는커녕 오히려 생겨났어."

아빠가 옛날에 훔친 그림이.

"그렇다는 건 그게 바로 남룡에서 무언가를 훔치는 과정이었다는 뜻이야. 다시 말해 아빠는 '남룡'에서 '평화로운 일상을 훔친' 거 아니었을까?"

두 사람은 여전히 말없이 나를 보고 있었다.

"아빠는 어둠을 겉으로 드러내겠다고 했어. 그 그림을 놓고 가면 분명히 어떤 반응이 일어날 테고, 결국에는 이 꽃길 상점가를 떠도는 불길한 공기의 정체를 알아내는 데 길잡이가 될 거야."

어때? 라고 물었다. 카츠미와 호쿠토가 시선을 교환했다.

"그럼 아야 누나, 반대로 묻겠는데."

"내가 질문하는 중이잖아."

"괜찮으니까 들어 봐."

나는 괜찮지 않다. 하지만 뭐, 됐다. 카츠미가 씩 웃었다.

"도청기 소동은?"

"도청기?"

그건….

"우연이잖아. 호쿠토도 그렇게 말했고. 마사코 아줌마는 그 그림이 갑자기 생겨나서 불안하니까 살펴보려고…."

아.

아니다.

"설마."

도청기가 진짜 목적이었나? 그럼 그 그림은 뭐지? 카츠미가 차를 한 모금 마셨다.

"장담하는데, 남룡의 마사코 아줌마는 사람들한테 이렇게 말할 거야. '우리 집에서 도청기가 나왔어! 글쎄, 마츠미야 전파사네 아들한테 조사해달라고 했는데, 걔 말로는 요즘 도청기가 발에 차이게 많대!'라고 말이야."

그래. 분명 그럴 것이다. 그림 이야기는 꺼내지도 않을 것이다. 마사코 아줌마는 그 그림을 무척이나 마음에 들어 했으니까.

"그러면 꽃길 상점가 사장님들이 우리 집도 좀 살펴봐 달라고 호쿠토한테 앞다퉈 연락하겠지."

"그게 목적이었어?"

그런데 왜 도청기 같은 게….

"세이진 아저씨가 우리한테 가르쳐줬어. 악당들은 일을 시작할 때 제일 먼저 정보 수집부터 한대. 그게 가장 중요하대. 이 꽃길 상점가에 불길한 공기가 떠도는 이유는 악당들이 남몰래 정보를 수집하기 때문이라고 하셨어. 요즘 세상에 정보 수집 하면 제일 먼저 떠오르는 건 '도청'이잖아."

"그다음은 이…."

호쿠토가 화면을 가리켰다.

"CCTV고요. 참고로 이 CCTV 영상을 누가 어떤 식으로든 손에 넣으려고 하면 제가 즉시 알 수 있게 조치해 놨어요."

"악당들은 초조하겠지. '도청기'가 차례로 발견돼서 정보를 수집할 수단이 사라지면 분명히 움직일 거야."

카츠미가 씩 웃었다.

악당이 움직인다. 한마디로 불길한 공기의 실체가 수면 위로 떠오른다는 뜻이다.

"그걸 노린 거야?"

전혀 몰랐다.

"세이진 아저씨한테 들은 얘기를 하나 더 해주자면."

카츠미가 이어서 말했다.

"요즘 시대에 정보를 수집할 때는 도청기가 최고지만, 옛날에는 아니었대. 그때는 그렇게 편리한 기계가 없었으니까. 아야 누나, 옛날에는, 세이진 아저씨 시대에는 어떻게 했을 것 같아?"

"어?"

옛날? 음….

"몰래 숨어들어서 벽에 귀를 대고 엿듣는다든가…."

"그리고?"

그리고? 그래, 그거다. 시대극에서 자주 나오는 장면이 있다.

"목표 대상의 집에 얹혀사는 고용인 같은 걸로 잠입하는 거지. 아, 그런 걸 '더부살이'라고 하던가?"

시대 소설에서 읽은 적이 있는 것 같다. 카츠미가 미소를 머금었다.

"얹혀사는 고용인은 무리지, 요즘 세상에. 그럼 불륜은 어때? 목표 대상과 같이 사는 사람이랑 바람을 피우는 방법 말이야."

어? 어어?

# 13

"설마."

그게 그러니까….

"그렇게 된 거야? 그래서 남룡네 아저씨가 바람을…."

나도 모르게 목소리가 커지자 카츠미가 황급히 손으로 내 입을 막아서, 뒷부분은 제대로 말하지 못하고 우물거렸다.

"누나 목소리가 너무 커!"

카츠미의 커다란 손이 내 뒤통수와 입을 붙들었다. 이런 적은 처음이다. 아니, 어릴 때는 장난치다가 이렇게 접촉한 적도 있었던 것 같지만, 그때 이후로 처음이라 마음이 조금 울렁거렸다. 얼굴도 빨개진 것 같다.

작게 고개를 끄덕이자, 카츠미의 손이 살짝 떨어졌다.

"미안."

"흥분하지 말고 작게 말해. 여기가 비밀 기지이긴 하지만 가게에는 호쿠토네 아버지도 계신단 말이야."

네, 잘못했습니다.

"저기, 그…."

세상에. 가슴이 조금 두근거린다. 들키지 않으려고 얼른 말을 이었다.

"그러니까 불륜 사건은 그 접대부가 파 놓은 함정이라는 거야?"

"아니, 우린 그런 말은 안 했어. 어디까지나 세이진 아저씨한테 들은 이야기를 했을 뿐이야. 그렇지, 호쿠토?"

"응."

호쿠토는 평소처럼 다정하면서도 유약한 미소를 지으며 고개를 끄덕였다.

"그냥 그런 시절도 있었다는 얘기예요."

아, 답답하네.

됐다, 그래. 오랜만에 느낀 두근거림도 금세 어딘가로 날아가 버렸다.

"이제 그만해."

"그만하라니?"

"너희가 아빠랑 무슨 일을 꾸미는 거 다 알아. 나를 끌어들이지 않으려고 자세히 이야기하지 않는 그 마음은 고마운데, 정말 감사한데, 이제 슬슬 짜증이 나려고 해."

매섭게 째려보자, 카츠미와 호쿠토가 약간 겁을 먹었다. 지금이 밀어붙일 타이밍이다. 카츠미의 옷깃을 붙잡고 의자에서 일으켜 세웠다. 사실 내게 그런 힘은 없다. 정확히 말하면 내가 옷깃을 붙드니 카츠미가 알아서 일어나줬다.

“카츠미.”

“아, 네.”

“나는 마지막 괴도 신사의 딸이야. 이미 뭔가가 시작된 마당에 나 몰라라 하고 두고 볼 수는 없어.”

“아니, 근데….”

“다 말해.”

“근데….”

“근대든 현대든 무슨 상관이야? 어차피 난 절대 이 작전에 가담하지 않을 거야. 너희가 나한테 털어놨다는 걸 아빠한테 알리지 않으면 그만이잖아. 나도 너희가 알려줬다는 얘기는 안 할 거야.”

카츠미를 툭 떠밀었다. 카츠미가 의자에 풀썩 주저앉았다.

“당, 장, 말, 해.”

딱 버티고 서서 허리에 손을 얹었다.

그렇다. 이 둘이 말썽꾸러기 꼬맹이였던 시절, 상점가 도로에 페인트로 낙서한 것을 두고 따끔하게 혼냈을 때처럼.

카츠미가 한숨을 후 내쉬더니 어깨를 늘어뜨렸다.

“어쩔 수 없네.”

“카츠미.”

“아니, 괜찮아. 아야 누나 말대로 이미 시작된 일이니까. 무슨 일이 생기면 내가 세이진 아저씨한테 죄송하다고 할게.”

“그럴 필요 없어. 만약 그런 상황이 오면 내가 아빠한테 잘 얘기할게.”

부녀지간이니까. 카츠미가 고개를 끄덕였다.

"앉아, 누나. 그러고 있으면 무서워."

"무섭긴 뭐가 무서워?"

가녀린 아가씨한테 못 하는 소리가 없네.

"아무튼 거의 누나가 추측한 그대로인데…."

"응, 응."

"순서대로 말할게."

카츠미는 내가 전에 아빠에게 들은 이야기를 반복했다.

"세이진 아저씨는 꽃길 상점가에 떠도는 불길한 기운을 전부터 계속 느꼈대. 그러다가 이번에 남룡네 아저씨의 바람 소동이 일어난 거야."

응. 그랬지.

"게다가."

"게다가?"

"호쿠토가 전에 말했지? 사토 약국의 아줌마가 젊은 남자에 푹 빠져서 호스트 클럽에 다닌다는 얘기랑 대학 앞 책방의 미나미가 불륜에 빠졌다는 이야기."

"응!"

그래, 맞다. 완전히 잊고 있었다.

"남룡을 포함해서 이 세 가지 사건, 한마디로 '바람 소동'이 같은 시기에 일어난 거야. 사건과 관련된 모든 가정에 아야 누나네 학원에 다니는 학생이 있는 건 뭐, 우연이라 쳐도 말이야."

"그렇지."

정리하면 그렇게 된다.

"이 세상에서 바람 소동이 밥 먹듯 일어난다 해도 나는 아야 누나

밖에 모르지만."

"그런 얘기는 됐고."

하던 이야기나 마저 하자.

"이 좁은 상점가의 가게 세 곳에서 이런 일이 동시에 일어난 건 이상하지만, 우연이 아니라고 단정하기는 힘들어. 근데 아야 누나, 그 가게 세 곳을 같이 놓고 봤을 때 뭐 생각나는 거 없어?"

"가게 세 곳?"

"'남룡'이랑 '사토 약국'이랑 '대학 앞 책방'."

뭘까.

"공통점을 말하는 거야?"

"맞아, 맞아."

내가 고개를 갸웃하자, 호쿠토가 말했다.

"세 곳 다 꽃길 상점가의 터줏대감이잖아요."

"아."

그러고 보니 그렇다. 맞다. 세 가게 모두 2대나 3대에 걸쳐 여기서 장사를 한 곳이다. 카츠미와 호쿠토도 2대이긴 하지만 아직 완전히 세대교체 되지 않았고, 두 사람의 가게는 여기서 장사한 지 30년쯤 됐을 뿐이다.

'남룡'과 '사토 약국'과 '대학 앞 책방'은 어림잡아 60년은 됐을 것이다.

"그리고 세 가게 모두 이곳 토지를 갖고 있어. 빌린 땅이 아니야. 우리랑 호쿠토네는 빌려서 장사하는데."

"그래?"

거기까지는 몰랐지만, 2대 3대에 걸쳐 이어져 왔으니 그럴 만도 하다.

"그리고 공통점이 또 있어. 모르겠어?"

"음…."

'남룡'과 '사토 약국'과 '대학 앞 책방'이 어떻더라. 이마에 손을 얹고 잠시 고민했다.

알았다.

어? 그런데 그건…. 나도 모르게 눈을 동그랗게 뜨고 카즈미를 쳐다보았다.

"설마."

"그 설마가 맞아. 거기 사장님들은 셋 다 주민회 회장 경험이 있어서 발언권이 센 데다, 이 꽃길 상점가를 무슨 일이 있어도 지키려고 애쓰는 사람들이야. 꼭 노린 것처럼 그런 집에만 '바람 소동'이 일어났어."

카즈미가 당돌한 미소를 지었다. 그렇다. 역시 한때 불량했던 사람답게 문제가 일어날 낌새를 느끼면 활기가 돌고 듬직해지는 모양이다.

"절대 우연은 아니라는 생각이 들지 않아?"

"그러게."

맞는 말이다. 우연치고는 너무 절묘하다.

"그리고 이건 아직 확실치 않지만, 새로 오픈한 가게들이 조폭이랑 얽혀 있을지 모른다는 의혹도 있었잖아."

맞다. 그런 이야기도 있었다.

"그래서 세이진 아저씨는 우선 거기에 집중하셨어. 누가 이 꽃길 상점가에 어떤 공작을 하는 게 분명하다고 하셨어. 그리고 아까 말했듯이 악당들이 제일 먼저 하는 일은 정보를 모으는 거야. 그 정보원을 차단해 버리면 어떻게 나올지 보자고 하셨어."

"그래서…."

우선은 도청기를 모으기로 한 것이다.

"뜬금없이 도청기를 찾아다녀서 의심받을 수는 없잖아. 상점가 사람들이 자진해서 찾아달라고 부탁하도록 작전을 짠 거야."

"그래서 그 그림을?"

"맞아."

그 말은 그러니까….

"나는 내 발로 그 작전에 걸려든 거네. 아, 혹시 거기까지 계산했어?"

카츠미와 호쿠토가 히죽 웃었다.

"거기까지 계산하지는 않았어. 원래는 적당한 때를 보다가 나나 호쿠토가 밥을 먹으러 가서 방금 아야 누나가 한 역할을 할 계획이었어."

그런데 남룡의 마사코 아줌마가 나를 불렀고, 나는 아무것도 모른 채 개입되고 말았다. 아니, 어쩌면 아빠는 거기까지 예상했을지도 모른다. 그림을 놓고 가면 마사코 아줌마가 나를 부를 줄 안 것이다.

그런데….

"왜 하필 그림이었어?"

남룡에서 도청기를 조사하는 게 목적이었다면 그림을 두고 가는 것 말고도 훨씬 간단한 방법이 있지 않았을까. 왜 굳이 진짜 명화를 이용했을까.

그렇게 묻자, 카츠미와 호쿠토는 고개를 갸웃했다.

"그건 우리도 몰라. 세이진 아저씨가 그렇게 하라고 하셨어."

분명 복선일 텐데 어떤 복선인지는 전혀 모르겠다고 한다. 나도 열심히 생각해 봤지만 그 그림에 특별한 의미가 있는지는 알 수 없었다.

"아니, 잠깐만."

"왜?"

다른 의문이 머릿속에 떠올랐다.

"있잖아."

"응."

"우리 꽃길 상점가 사람들은 사이가 꽤 좋잖아?"

"그렇지."

"그럼 최근에 도청기가 유행하는 것 같은데 조사해보자고 호쿠토가 상인회에서 제안하면 되는 거 아니었어? 큰 비용이 드는 것도 아니니까 다들 좋다고 했을 테고, 실제 예를 들면 다들 섬뜩해 하면서 주민회 회비로 처리하자고 했을지도 몰라."

그랬을 가능성이 높다.

"그런데도 그런 계략을 세웠다는 건…."

"역시 아야 누나야. 머리가 좋아."

칭찬해도 아무것도 안 나오는데.

"방금 예시에서는 호쿠토였지만, 다른 누가 됐든 상점가 사람 중 누군가가 뭔가를 눈치채고 움직인다는 사실을 알리고 싶지 않았어. 그러니까 완전히 외부에서 비롯된 계기로 움직여서 도청기를 찾은 것처럼 보이고 싶었어."

그러니까 그 말은….

"확증은 없지만…."

"응."

"'남룡'과 '사토 약국'과 '대학 앞 책방' 이외에, 주민회 회장을 한 경험이 있어서 상점가에서 발언권이 세고 땅까지 갖고 있는데, 바람 소동은 물론이고 그 어떤 사건 사고에도 휘말리지 않은 곳이 딱 한 곳 있어. 영향력이 아주 큰 곳."

알겠다.

"꽃길 상점가의 중진 시마즈 타이지로의 '시마즈 포목점'."

"맞아."

카츠미가 크게 고개를 끄덕였다.

"만약 악당이 움직이고 있다면, 그 목적이 상점가인 건 명명백백해. 뭔가 손을 써서 상점가를 노릴 생각이면 제일 먼저 표적이 돼도 이상하지 않은 데가 '시마즈 포목점'인데, 그 영감탱이네는 만사태평하잖아. 의심해볼 가치가 있지 않겠어?"

그래서 상점가 사람들이 아무것도 눈치채지 못했다는 인상을 '시마즈 포목점'에 주려고 했다는 뜻이다.

나는 다시 이마에 손을 얹고 의자 등받이에 기댔다.

머리를 너무 많이 써서 열이 날 것 같다.

# 14

"산책하러 가자."

"산책하러 가자?"

"아, 아니. 죄송합니다. 같이 산책하러 가 주시겠습니까?"

아빠가 사라진 지 나흘이 된 일요일. 학원이 쉬는 날이다. 오늘 뭘 할지 이리저리 생각하는데 카츠미가 불쑥 찾아와서 그렇게 말했다.

"데이트하자는 거야?"

"아니, 뭐…. 그것도 있고 겸사겸사."

"흠…."

카츠미는 아무 일도 없다는 듯 태연한 표정이지만, 무언가 할 말이 있는 게 분명하다. 이번 사건 때문이겠지. 오늘은 친구와 만날 약속도 없으니 따라가 줄까.

"미리 말했어야지. 나도 바쁜 사람이야."

"아주 잠깐이면 돼."

"어디 갈 건데?"

"사쿠라야마 공원에나 갈까?"

"사쿠라야마?"

카츠미가 싱긋 웃었다.

"어릴 때 누나가 자주 데리고 가줬잖아. 가자."

그렇다. 예전에 자주 갔다. 버스와 노면전차를 갈아타고 한 시간 정도 달리면 도착하는, 우리 마을의 유일한 유원지다.

멀리서 보면 마치 하늘에서 신이 모래를 삭삭 뿌려 만든 모래 산 같은 '사쿠라야마'.

옛날 옛적 20세기 중반 호시절, 그곳에 만들어진 것이 사쿠라야마 공원이다. 유원지라고는 하나, 있는 것이라고는 회전목마와 원숭이 모노레일, 빙글빙글 도는 그네 같은 놀이기구, 고카트, 귀신의 집 정도다. 그밖에는 소소한 놀이기구가 여기저기 퍼져 있다. 처음 만들어진 20세기 당시의 모습을 그대로 간직한 곳이다. 문을 닫지 않는 것이 신기할 정도로 쇠락한 사쿠라야마 공원.

"사쿠라야마 도로 한가운데서 카츠미가 쉬야했었는데."

"또 그 얘기야?"

카츠미와 함께 웃었다. 사쿠라야마가 화제에 오를 때마다 이 이야기를 한다. 당사자인 카츠미는 기억나지 않는다고 하지만 틀림없이 기억할 것이다. 참고 참다가 바지에 오줌을 싸고 울음을 터뜨린 카츠미의 손을 이끌어 내가 화장실에 데려갔다.

다정한 동네 누나로서 간직한 추억이다.

그런 추억이 너무 많아서 카츠미가 좀처럼 남자로 보이지 않는다.

"버스로?"

"차로. '시로가네 가죽 공방'에서 쓰는 밴이지만."

"그것도 좋지. 실용적이고."

시계가 10시 38분을 가리켰다. 지금부터 대충 외출 준비를 하고 나간다 해도 도착하면 점심때일 것이다. 예전에는 유원지 안에 식당이 있었지만, 지금은 아무것도 없다.

"점심은?"

"중간에 편의점에서 주먹밥이라도 사가자."

"아깝잖아. 기다려봐. 금방 만들게."

남는 음식으로 얼른 만들어서 가져가야겠다. 사쿠라야마(櫻山)라는 이름의 유래인 벚꽃은 진작에 다 떨어졌겠지만, 그래도 거기서 경치를 보고 있으면 기분이 좋아진다.

어떤 이야기가 나올지는 몰라도 모처럼 가는 나들이니까 도시락을 싸가서 소풍하는 기분을 만끽해야겠다.

아빠가 내일 돌아온다는 전화를 줬다. 생각보다 일찍 돌아온다고 해서 조금 마음이 놓였지만, 앞으로 어떤 일이 벌어질지 불안했다. 남룡에서 도청기 소동이 일어난 이후 카츠미와 호쿠토가 말한 대로 순식간에 꽃길 상점가 곳곳에서 도청기를 수색하는 가게가 생겨났기 때문이다.

요즘 호쿠토는 분 단위로 일정이 잡혀서 정신없이 바쁘다. 아마 오늘이나 내일 중에 모든 가게에서 도청기 확인 작업이 끝날 것 같다.

그러고 나면 어떻게 되는 것일까. 당연히 도청기를 찾았다고 끝은 아닐 것이다.

도청기를 설치한 패거리는 이제 어떻게 나올까.

"어떻게 되려나."

'시로가네 가죽 공방'이라는 로고가 박힌 낡은 밴을 몰면서 카츠미는 "그러게." 하며 작게 고개를 끄덕였다.

"아야 누나."

"응."

"예상대로였어."

"뭐가?"

카츠미가 나를 힐끔 보더니 씩 웃었다.

"꽃길 상점가에서 호쿠토한테 도청기를 수색해달라고 의뢰한 가게는 총 스물다섯 곳 중에 스물두 곳이었어."

"스물두 곳?"

나머지 세 곳은?

"예상대로 세이진 아저씨가 조폭과 얽혀 있는 것 같다고 하신 새로 생긴 가게 두 곳이랑…."

"설마 '시마즈 포목점'?"

"맞아."

설마설마했는데 정말이었다니.

"그래서?"

"글쎄. 이제 임기응변으로 대처해야지, 뭐."

뭐라고?

"동굴 밖으로 나오도록 연기는 피웠으니까. 이제 그 연기가 사라진 뒤에 뭐가 보일지 기쁜 마음으로 기다려야지."

정말 신나 보인다. 카츠미는 가업을 잇는 대신 경찰이 되는 게 낫지 않았을까.

"어찌 됐건 아빠를, 그리고 너랑 호쿠토를 믿어."

그렇게 말하자, 카츠미는 앞을 바라본 채 살짝 미소 짓고 고개를 끄덕이며 말했다.

"고마워."

잘할 테니까 안심하라며 웃는다.

쉬야한 뒤처리까지 내 손으로 해준 카츠미. 초등학생 때부터 계속 나를 좋아한다고 말해줬다.

나는 주변에 남자가 많지 않고, 실제로 이 나이가 되도록 연애 경험이 딱 한 번뿐인데, 그마저도 대학 시절에 끝나 버렸다.

사람들은 자주 그런 말을 한다. 나를 좋아해 주는 사람을 잘 비축해놔서 나쁠 것 없다고.

하지만 나는 그런 건 싫다.

친구들은 내게 남자 문제에서 과하게 깨끗함을 추구하는 면이 있다고 하는데, 내가 생각해도 조금 그런 것 같다. 아빠가 말하길 옛날에는 그런 걸 새침데기라고 불렀다고 하지만, 그건 알면서도 모르는 척하는 사람을 가리키는 말이라 느낌이 약간 다르다.

영국에 가기 전, 나는 카츠미에게 제대로 못을 박았다. 나를 좋아해 줘서 고맙고 인간적으로는 당연히 싫지 않다. 싫기는커녕 같이 있으면 재미있다. 하지만 어디까지나 어릴 적부터 함께 지낸 남동생 느낌이라 아직 남자로 보이지 않는다고 했다.

그런데도 카츠미는 아무 문제없다며 웃었다.

같은 상점가의 자식이자 소꿉친구로 자라왔으니 지금처럼 계속 사이좋은 남으로 지내도 좋다고 했다. 그야말로 아직은 그런 상태니까.

사람의 마음은 언제 어떻게 변할지 모른다.

나에게 정말로 좋아하는 사람이 생긴다면 그 마음을 축복해줄 정도의 의리는 있고, 혹시라도 언젠가 자기를 남자로서 좋아하게 될 수도 있으니 그때를 기다리겠다고 했다. 그렇게까지 말해주는데 고맙지 않을 여자는 없을 것이다.

하지만 그런 걸 확인했다고 괜히 어색해져서 멀어지기는 싫다며 전처럼 계속 '아야 누나, 아야 누나' 하며 졸졸 쫓아다니겠다고도 선언했다.

그래서 나는 영국에서 돌아온 뒤에도 예전처럼 괜히 카츠미를 놀렸다.

그러지 않으면 불편해질 테니까.

"그러고 보니 우리 아버지 무릎에 물이 찼대."

"아."

카츠미의 아버지 타츠미 아저씨는 매우 고지식한 장인(匠人)이다.

"아무래도 연세가 있으시니까. 고치려고 애쓰기보다는 병이랑도 잘 지내는 수밖에 없을 것 같아."

"그래…. 고생이다."

"뭐, 다리를 써야 하는 업종은 아니니까 괜찮아. 아버지도 손이 움직이고 눈이 보이면 감지덕지라고 했어."

"그렇구나."

사실 카츠미도 나처럼 부모님이 조금 나이 들어서 낳은 첫 아이다. 둘 다 연로한 부모님을 둬서 차근차근 앞날을 생각해둬야 한다.

너무 이상론이라 절대 입 밖에 내지 않지만, 사실 나는 어릴 때부터 같이 자란 상점가 친구들과 계속 함께하고 싶다.

서로 푸념을 늘어놓고 앞날을 걱정하면서도 하루하루 열심히 살아내며 해를 거듭하면 좋겠다.

함께 할아버지, 할머니가 되어 가면 좋겠다.

슬슬 5월도 막바지인 화창한 일요일. 이제 계절은 초여름을 향해 달려가고, 동시에 끈적한 장마철이 다가오지만, 오늘은 정말 기분이 좋다. 사쿠라야마 주변에는 아직 논이 많아서, 그나마 역 앞이라 건물이 많은 우리 꽃길 상점가 근처와는 확연히 공기가 다르다.

산 중턱에 있는 허허벌판 같은 주차장에 차를 세우고 맞은편에 있는 사쿠라야마 공원 입구로 향했다. 입장은 무료다. 놀이기구를 타려면 여기서 승차권을 사면 된다. 대부분 1회 100엔이라 요즘 물가치고 매우 합리적이다.

"와, 오랜만이다."

"그러게."

단둘이 온 적이 있던가. 아마 없을 것이다. 카츠미는 항상 호쿠토와 붙어 다녔으니까.

산을 빙 두르듯 이어지는 산책로를 걷다가 유원지를 빠져나와서 임

산 도로로 들어가 10분쯤 걸으니 벚나무가 대중없이 심긴 광장이 나왔다. 전망대 역할도 하는 곳이라 우리 마을이 한눈에 보였다.

작은 민영 철도역이 있고, 그 근처에 빌딩 몇 채와 상점가가 있고, 그 주변은 주택가다. 조금 떨어진 곳에 공장이 몇 채, 그 뒤로는 논밭이 있다. 바다까지는 전철을 타고 산 하나를 넘어서 40분.

흔하고 전형적인 일본의 시골 마을이다.

"덥다, 오늘."

"그러게."

커다란 나무 그늘이 드리운 낡은 목제 벤치에 앉아서 쉬었다. 어릴 때는 여기까지 달려 올라온 것 같은데 역시 이 나이가 되니 지친다.

"담배 좀 피우고 올게."

"그래."

한산한 곳이지만 구석에 재떨이가 마련돼 있어서 카츠미는 거기서 담배에 불을 붙였다. 나는 벤치 한가운데에 냅킨을 깔고 토트백에서 도시락을 꺼내 놓은 다음 물통을 열어 안에 든 시원한 보리차를 한 모금 마셨다.

"맛있다."

가끔은 좋다, 여기도. 멍하니 우리 마을을 바라보는데 카츠미가 돌아왔다.

"주먹밥 먹을래?"

"응."

급하게 만들어서 치즈 가다랑어포 주먹밥과 매실장아찌 주먹밥 두 종류뿐이다.

"뭐부터 먼저 먹을래?"

"음, 가다랑어포."

내가 건네자, 카츠미가 한 입을 덥석 베어 물었다.

예전에는 자주 이렇게 밖에 나왔다. 상점가 사람들끼리 나들이도 다녔고 소규모 운동회 같은 것도 했으니까.

"아야 누나."

"왜?"

"참 좋은 마을이지? 시골이지만."

카츠미가 가리켰다. 우리 마을을.

"맞아."

"나는 원래 늘 도쿄에 가고 싶었는데."

"틈만 나면 왔다 갔다 하면서 놀았잖아."

그랬지, 하며 카츠미가 웃었다.

"역시 이 마을이 좋다는 생각이 들어, 요즘. 아니, 아직 어딘가에 완전히 정착할 나이는 아니지만. 사실 시로가네 가죽 공방을 키워서 도쿄에 가게를 낼까 해."

"그래, 좋다."

젊은이가 야망을 품는 것은 좋은 일이다.

"하지만 기반은 여기였으면 좋겠어. 이렇게 작은 마을에서 그럭저럭 먹고살면서 지금 모습 그대로 죽."

물론 발전은 꼭 필요한 것이고 뭐든 고이면 썩기 마련이지만, 나도 카츠미와 마찬가지로 이곳은 이대로도 충분하다고 생각한다. 허황되고 맹랑한 소망일지도 모르지만.

카츠미가 주먹밥을 맛있게 먹으며 입을 우물거렸다.

“보리차 마실래?”

“응. 고마워.”

내가 건네자, 카츠미가 차를 꿀꺽꿀꺽 마셨다.

“그런데 아야 누나.”

“응?”

“우리 마을 말이야. 의외로 좀 하는 것 같아.”

뭐가? 카츠미가 먼 곳을 가리켰다.

“여기서 산 하나만 넘으면 도쿄까지 한 시간도 안 걸리잖아. 아직은 전철이 자주 다니지 않아서 도쿄에서 일하는 사람들이 살 만한 동네는 아니지만, 시간상으로는 충분히 가능해. 특급열차를 운행하면 못해도 40분이면 도착할걸.”

“아, 그렇네.”

그렇게 되면 확실히 인구도 늘 것이다.

“게다가 저 산.”

카츠미가 손가락으로 둥그렇게 가리켰다. 우리 마을을 빙 둘러싼 산들이다.

“저기는 사실 전국에서 손꼽히는 그린 터프야.”

“그린 터프?”

그게 뭐지.

“한마디로 희귀 금속 생산지로 주목받는 지대라는 뜻이야. 우리 마을은 그 지하자원의 광맥이 존재한다고 추측되는 곳 중 하나야.”

“그래?”

희귀 금속. 귀한 광물을 가리키는 말이다. 그러고 보니 아주 오래전이 지역에 광산이 있었다는 이야기를 들은 적이 있다.

"그런 걸 용케 아는구나."

카츠미가 쓴웃음을 지었다.

"세이진 아저씨가 시켜서 호쿠토랑 같이 조사했어."

"아빠가 시켜서?"

아빠가 왜 그런 일을….

"왜, 그 사람 있잖아. 매시 그룹의 총수 웡 라핑."

CCTV 영상에 찍힌 어마어마하게 유명한 사람.

"그게 정말로 매시 그룹의 총수 웡 라핑이라면, 그런 사람이 뭐 때문에 이런 시골 마을에 왔을지 세이진 아저씨가 다방면으로 알아봤어. 그랬더니, 음, 확실치는 않지만 여러모로 그 사람이 눈여겨봤을 만한 요소가 드러났어."

"그게 뭔데?"

카츠미가 미간에 주름을 잡았다.

"우선 그 사람은 철도 사업에 뛰어들어서 일본의 민영 철도를 점령하려는 것 같아."

"민영 철도?"

혹시 우리 마을에 다니는 유일한 철도를?

"민영 철도를 점령해서 역사를 최대한 크게 확장한 다음 통째로 자기네 백화점으로 만들려는 것 같아."

"그 말은…."

어쩐지 엄청난 이야기를 들은 것 같다.

"그 말은 그러니까, 매시 그룹이 이 마을에 들어와서 자기네 특기인 백화점을 만들거나 대대적인 재개발을 할 거라는 거지?"

어느 정도 예상은 했지만….

"단순한 재개발이 아니야. 아까 얘기한 희귀 금속 말인데, 웡 라핑은 광산 쪽으로도 사업을 확장하고 있어. 정말로 이 마을에서 희귀 금속을 채굴하려면…."

카츠미는 커다란 원을 그렸다.

"이 마을 전체를 없애버려야 해. 다시 말해 모든 주민을 쫓아내지 않으면 불가능한 일이야."

뭐라고?!

아, 향기로운 홍차 냄새. 꿈속에서 그런 생각을 하다가 어쩐지 기분이 좋아서 후후후 웃었는데 실제로도 웃음이 나왔다.

그래서 눈이 뜨였다.

홍차 냄새?

침대에서 벌떡 일어나 잠옷 차림으로 방을 뛰쳐나가서 복도를 지나 거실 문을 열자, 홍차 냄새가 훨씬 짙게 끼쳐 왔다. 소파에 여유롭게 앉아서 다리를 꼰 채 왼손에 받침 접시를 들고 오른손에는 찻잔을 든 사람.

"아빠!"

내 큰 목소리에 놀라지도 않고, 이렇게 잠옷 차림으로 나올 줄 알았다는 듯 느긋하게 미소 지으며 꽃무늬 찻잔을 든 아빠가 고개를 까닭였다.

“잘 잤니?”

“응. 아빠는 언제 온 거야?”

아빠에게 이런 질문은 촌스럽지만 일단 물어봤다.

“네가 곤히 잠든 사이에 왔지.”

“그랬겠죠.”

아빠는 그렇고말고, 하며 웃고는 홍차를 마셨다. 배에서 꼬르륵 소리가 날 것 같다. 홍차 향기는 식욕을 자극하는 모양이다.

“새로운 홍차야?”

향이 다르다.

“맞아. 겔랑한테 받았단다.”

이 향은 뭘까. 달콤하다기보다는 묘하게 늦가을 유럽 같은 건조하고 떫은 향기. 그렇다는 건 역시 영국에 다녀왔다는 뜻일까. 하지만 이마저도 눈속임일지 모른다. 혼자 이러쿵저러쿵 생각해봤자 정답은 알 수 없지만.

벽에 걸린 뻐꾸기시계를 확인했다. 오전 7시가 되기 1분 전. 내가 평소에 일어나는 시간이다. 일부러 이 시간에 맞춰 홍차를 우린 게 분명하다. 내가 향기를 맡고 깨도록.

“아침밥 만들어야겠다.”

“그래.”

그 전에 알람 시계부터 끄고 와야겠다.

“역시 집이 최고구나.”

"그렇지?"

평소처럼 턴오버로 익힌 달걀 프라이에 토스트, 무화과 잼을 내놓았다. 거기에 아빠가 사 왔다는 허브 소시지와 내가 어젯밤에 만들어 둔 감자 샐러드도 곁들였다. 나는 우유와 커피를 섞어서 카페오레로, 아빠는 홍차에 우유를 넣어 밀크티로 마셨다.

"나이가 드니 우리 집이 얼마나 좋은지 알겠어."

"그렇죠."

그렇게 생각한다면,

"이상한 일로 멀리 나가지 말아요. 걱정되니까."

아빠가 미소를 머금고 알았다며 고개를 끄덕였다.

"아무튼 묻고 싶은 게 산더미 같아."

"왜? 캬츠미와 호큐토에게 다 듣지 않았니?"

역시 그 둘이 벌써 말했나 보다. 아빠는 집에 없는 동안 나보다 그 두 사람과 더 자주 연락한 것이 분명하다.

"그건 그거고, 우선은 그 그림."

그 그림은 대체 무엇을 위해…. 아니, 도청기 소동을 일으키기 위해서인 것은 알지만, 왜 꼭 '그림'을 두고 갔어야 했는지는 모르겠다며 카츠미와 호쿠토도 고개를 갸웃거렸다.

"그 그림은 아빠가 예전에 훔친 거고, 그걸 아빠가 남룡에 놓고 간 거지?"

"적극적으로 인정하지는 않겠지만, 우선 한 가지 사실은 명확히 해야겠구나."

"뭘?"

"그 그림의 정당한 소유권은 나한테 있어. 네가 얻은 정보는 잘못됐어. 만일 런던 경찰국이 그 그림을 발견한다 해도, 그게 도난당한 일로 나를 체포할 수는 없단다."

"그래?"

아빠가 고개를 끄덕였다. 아빠가 그렇다고 하면 사실일 것이다. 덕분에 걱정거리가 하나 줄었다.

"그리고 그 그림을 놓고 간 사람이 나라면 뭐 문제 될 게 있니?"

아빠는 마치 오늘 점심에 뭘 먹을지 묻는 것처럼 가볍게 말했다.

"문제는 없지만…."

그렇다. 아무 문제도 없다.

남룡의 마사코 아줌마와 아키야마 아저씨는 신경 쓰지 않는다. 왜 신경 쓰지 않는지 따져 묻고 싶을 정도다.

"그 집 식구들은 그림이 엄청 마음에 들었는지 그대로 두고 싶대."

누가 두고 갔는지 짐작도 안 되고 섬뜩한 것은 맞지만, 문제가 일어나기 전까지는 그대로 두겠다는 결론을 내렸다고 했다.

"그 그림 덕분에 가족 간의 대화가 늘고 지친 마음이 편안해진다나?"

아빠는 당연한 반응이라는 표정으로 천천히 고개를 주억거렸다.

"진짜 예술은 그런 거란다. 첫눈에 사람을 매료하고 마음을 녹이지. 예술은 그래야 해. 물론 그와 다른 방향성을 추구하는 예술작품도 있지만, 그런 작품들도 사람의 마음을 꽉 붙들고 놓지 않는다는 점은 같아."

"그렇구나."

그건 알겠는데.

"그림을 놓고 간 이유가 뭐야?"

아빠는 토스트를 맛있게 우물거리면서 말했다.

"밥상 앞에서 긴 대화는 삼가고 싶다만, 너는 뭐든 많이도 알고 싶어 하는구나."

"그냥 말해 줘요."

문제에 휘말리고 싶지는 않지만, 완전히 외부인으로 취급되는 것도 화난다. 우리 상점가와 관련된 일이니까.

"언젠가 알게 되겠지."

"언젠가가 언젠데?"

"그걸 알았을 때는 모든 게 끝난 뒤일 거야."

아빠가 씩 웃으며 의미심장하게 말했다.

아빠의, 아니 마지막 괴도 신사인 세인트의 머릿속에는 이미 큰 그림이 그려져 있는 것이 분명하다. 자신이 바라는 결말을 그려놓고 약간의 오차도 없이 그대로 실현되도록 실행에 옮긴다.

그것이 바로 세인트다.

"리틀햄프턴을 기억하니?"

갑자기 화제를 돌리는 것은 이 주제는 여기까지라는 뜻이다. 이제 나에게는 아무것도 말하지 않겠다는 의미일까. 그런데 갑자기 웬 리틀햄프턴?

"당연히 기억하지."

유학 중에도 한번 가봤다. 런던에서 남쪽으로 죽 가면 나오는 작디작은 항구 마을.

서식스주 리틀햄프턴.

아빠와 엄마가 처음 만난 추억의 마을이라고 들었다. 깨끗하고 조용해서 좋은 곳이지만 관광할 것은 거의 없는 마을이다.

하지만 바다가 무척 예쁘다. 해수욕장에 펼쳐진 예쁜 모래사장에 작고 귀여운 오두막이 줄줄이 늘어서 있어서 계속 사진을 찍은 기억이 난다.

그런 이야기를 하자, 아빠는 기쁜 얼굴로 고개를 끄덕이며 콧수염에 묻은 잼을 휴지로 쓱 닦았다.

"거기에 집이 있다는 얘기를 내가 했던가?"

"집?"

모른다. 처음 듣는다.

"집이라니? 아빠 소유의 집?"

"그래. 영국을 떠날 때 샀단다. 물론 계속 다른 사람에게 빌려줬지만."

"그랬어?"

그렇다면 그 집을 산 지 벌써 40년 가까이 지났다는 말이다. 엄마도 그런 이야기를 한 적이 한 번도 없었다. 우리 아빠지만 정말 비밀이 많은 사람이다. 도둑이니 어쩔 수 없나.

"무슨 우연인지 모르겠지만, 그 집 임대 계약이 올여름에 끝난단다. 세입자가 연장하지 않겠대."

"흠…."

"좋은 기회니까 이제 남한테는 빌려주지 말까 한다."

"빌려주지 않고 뭘 하려고?"

사람이 살지 않으면 집은 점점 지저분해지고 삭는다. 아빠는 밀크티를 한 모금 마시고 작게 고개를 끄덕였다.

"거기서 살아도 좋을 것 같구나."

"산다고?"

영국으로 돌아간다는 말인가? 내가 눈을 크게 뜨자, 아빠가 미소 지었다.

"내 집은 여기야. 일본. 내가 돌아갈 곳은 여기뿐이지만…."

"뿐이지만?"

아빠가 나를 똑바로 바라보았다. 이건 진지한 이야기를 할 때의 눈이다. 나도 모르게 허리를 꼿꼿이 세웠다.

"마음의 준비가 필요할 테니까 미리 말하마."

"네."

"아야."

"네."

"나는 이 마을을 떠나서 당분간 리틀햄프턴에 있는 그 집에서 살게 될지도 몰라. 아니, 십중팔구 그렇게 될 거라는 느낌이 드는구나. 그때가 오면 너도 같이 가야 해. 반드시 같이 가야 한단다. 네 몸의 안전을 위해서라도."

몸의 안전.

"사랑하는 이 꽃길 상점가를 지키기 위해서야. 사과는 하지 않으마. 각오와 준비는 해두렴. 물론…."

아빠는 오른손을 천천히 돌렸다.

"야반도주하듯 이곳을 떠나는 꼴사나운 사태는 내가 용납 못 한다. 당연히 제대로 채비해서 깨끗하게 뒤처리를 할 거야."

하고 싶은 말이 너무 많았지만, 순간 격앙된 감정을 꾹 참았다. 조금 평정을 되찾은 뒤에 "음…" 하며 말을 이었다.

"아까 우연히 여름에 계약이 끝난다고 했잖아."

"그래."

"그럼 그런 사태가 여름에 일어날 거라는 확신이 아빠 머릿속에 있는 거지?"

"그래."

"매시 그룹 때문이야? 그 사람들이 밀고 들어오니까 아빠가 거기랑 싸워서 그런 사태가 일어난다는 뜻이야?"

아빠는 천천히 오른손 검지를 세워서 입술에 댔다.

"아야."

"네."

"그 이름을 앞으로 절대 입에 올리지 말렴. 이 집 안에서조차. 물론 밖에서 상점가 사람들과 잡담하다가 그런 이야기가 나왔을 때는 상관없어. 뉴스에 나오는 외국 기업으로서 평범하게 이야기하는 정도는 괜찮아."

그 말은….

"이 집도 도청당하고 있다는 뜻이야?"

"그건 아니란다. 여기는 내가 몇십 년 전부터 정기적으로 청소하고 있거든."

"어?"

그런 걸 했단 말인가. 하긴 수긍이 간다. 아빠는 한마디로 도망자 신분이니까. 그런 일이 일상인 셈이다.

"하지만 상대는 전 세계를 넘나드는 일류기업이야. 기업은 살아남으려고 온갖 수단과 방법을 동원한단다. 그러니까 어떻게 보면 일류기업은 일류 범죄 집단이 될 가능성과 실력을 갖췄다는 뜻이야. 이…."

아빠가 자기 자신을 천천히 가리켰다.

"세계 최고의 실력자인 마지막 괴도 신사와 호각으로 겨룰 수 있을 정도지. 오히려 물량과 머릿수는 그쪽이 훨씬 위야. 그러니까 방심하면 안 돼."

나도 모르게 침을 꿀꺽 삼켰다. 아빠가 내 앞에서 이리 진지하게 도둑질 이야기를 한 적은 처음이다.

한마디로 그만큼 큰일이 일어나고 있다는 뜻이다. 얼마 전 사쿠라야마 공원에서 카츠미가 상상도 못 할 만큼 스케일이 큰 이야기를 해줬지만, 그때는 어쩐지 와닿지 않았다.

"알았어. 조심할게."

그렇게 말하자, 아빠가 빙긋 웃었다.

"평상시에는 그리 긴장할 필요 없단다."

여느 때처럼 평범한 일상을 보내면 된다고 한다.

"있잖아, 아빠."

"왜 그러니?"

"아까 이 마을을 떠난다고 했잖아. 아빠랑 나만 가는 거야?"

신경이 쓰였다.

"카츠미랑 호쿠토는 괜찮아?"

아빠는 이곳을 떠나야 한다. 자연스레 딸인 나에게도 불똥이 튈 수 있으니 나도 같이 떠나야 한다. 그렇다면….

"아빠를 도와주는 그 애들은?"

어떻게 되는 것일까. 아빠는 진지한 얼굴로 입을 열었다.

"몇 번이나 말하지만, 아야."

"응."

"나는 항상 퍼펙트하게 일을 처리한단다. 그 아이들의 장래에 털끝만 한 생채기도 내지 않고 과업을 완수할 거야. 그 아이들은 지금처럼 여기서 장사를 하며 꽃길 상점가를 지킬 거란다."

내 장래는 어떻게 되는 건가 싶었지만, 그 생각을 입 밖에 내지는 않았다.

그걸 발견한 것은 그날 오후 두 시였다.

나는 그리 천진난만한 성격이 아니지만, 사소한 일로 머리를 싸매고 고민하는 편도 아니다. 내가 태어난 순간부터 한결같이 우리 집, 우리 마을이 되어 준 이곳을 떠나야 한다니 몹시 슬프고 섭섭하지만, 아직 그날은 오지 않았으니 혼자 속앓이해 봐야 소용없다.

아빠는 나갔다 올 테니 점심을 차리지 않아도 된다며 또다시 외출했고, 나는 혼자 집에서 점심을 대충 때우고 저녁 장을 보기 전에 수영할 생각으로 집을 나섰다.

내 다이어트 방법은 수영이다. 수영이라고 해봤자 스포츠센터에서 우아하게 헤엄치는 것이 아니라 자전거로 5분 거리에 있는 주민 체육시설을 이용하는 것이 전부다. 편리하긴 하다. 수영장 이용료는 1회에

200엔이라 매우 저렴하고 시설도 그럭저럭 괜찮다.

상점가 1번가 샛길이 가장 빠른 지름길이라 자전거로 상점가 사이를 누비고 지나간다. 인적이 적어서 이럴 때는 편하다.

오늘도 그렇게 그곳을 빠져나가려고 하는데.

"어머."

모퉁이에 있는 커다란 가게. 아니, 커다란 가게였던 빈자리.

몇 년 전이었더라. 한 2년 되었나, 가구점 '키노시타 퍼니싱'이 문을 닫은 지가. 그 이후에 키노시타 가족이 어디로 갔는지는 아무도 모른다. 소문으로는 아주머니의 본가가 있는 마을에 가서 산다고 들었다.

키노시타 퍼니싱은 이 상점가에서 가장 큰 부지를 자랑하는 가게였다. 굳게 닫힌 셔터가 살풍경하다며 가까운 대학교의 미술 동아리가 그림을 그려 놓았다. 그 셔터가 허리를 숙이면 들어갈 수 있을 정도로 조금 열려 있었다. 게다가 실내에 불이 들어와 있다.

"새 가게가 들어오나?"

자전거 위에 걸터앉은 채로 안을 살짝 들여다보는데, 뒤에서 누가 어깨를 두드렸다. 그 손이 그대로 슥 내려와서 허리 부근을 툭툭 건드렸다.

이 손은….

"아야, 이런 데서 다 만나네."

아뿔싸.

시마즈 포목점의 시마즈 타이지로가 나타났다. 상황이 좋지 않다. 자전거를 탄 상태로는 움직일 수 없어서 이 변태 할아버지의 손을 피하기 힘들다. 그렇다고 인사하는 사람을 무시하고 도망치듯 떠나자니 무례하다.

"어머, 안녕하세요."

살갑게 웃으며 잽싸게 반대쪽으로 자전거에서 내렸다. 이제 시마즈 타이지로와 나 사이에는 자전거가 있다. 기대고 싶으면 자전거에 기대세요. 제가 붙잡아 드릴 테니.

평소처럼 편한 전통의상을 입고 조리를 신은 시마즈 영감님은 전혀 동요하지 않으며 내 자전거를 꽉 붙든 채 체중을 실었고, 나는 몸을 살짝 빼고 허리에 힘을 주며 자전거를 붙잡았다.

이러다가 자전거와 함께 쓰러지기라도 하면 시마즈 영감님은 다리가 아파서 못 걸으니 가게까지 업혀 가야 한다는 핑계로 내 몸을 실컷 만지려고 할 것이다. 절대 그렇게는 안 돼요, 영감님.

"나도 모르는 새에 누가 빌렸나 보구먼."

"어머, 그래요?"

카츠미와 호쿠토에게 이야기를 들은 뒤라 시마즈 영감님은 내 머릿속에서 완전히 악역이 되어 버렸다. 아니, 원래부터 시대극에 나오는 탐관오리처럼 못되게 생겼지만.

상점가의 중진인 시마즈 포목점에 한마디 인사도 없이 이곳을 빌리는 사람이 과연 있을까. 이 동네를 담당하는 부동산 업자라면 꼭 시마즈 포목점에 인사하라고 조언했을 텐데.

"어떤 가게인지도 모르세요?"

"몰라."

정말 아무것도 모르는 모양이다. 계속 이러고 태평하게 대화하다 보면 또 언제 어디가 아픕네 하며 어깨를 빌려달라고 할지 모른다. 억지를 부리는 시마즈 영감에 질릴 대로 질린 이 동네 사람들은 나를 도와주러 오지 않을 것이다.

나 혼자 재주껏 빠져나가야 하는데, 이 자리에 어떤 가게가 들어오는지 모른다니 마침 잘 됐다. 화를 돋우면 되겠다.

"어머, 무례하네요. 이 동네로 이사 온 거나 마찬가지인데 인사 한 마디 정도는 해야 하는 거 아닌가요?"

"내 말이 그 말이야. 요즘 젊은 놈들은 예의를 모른다니까."

"이제 그런 시대니까 어쩔 수 없죠, 뭐."

"없기는 뭐가 없어? 애초에 장사는 말이야, 상술은 두 번째고 목이랑 사람이 제일 중요하다고."

목소리에 열기가 배나 싶더니, 시마즈 영감님이 자전거를 꽉 붙들고 있던 손을 치켜들었다. 지금이다.

"아, 죄송해요. 약속에 늦을 것 같아서요."

잽싸게 자전거를 떠밀며 올라탄 뒤 힘껏 페달을 밟았다.

"그럼 가보겠습니다."

괜찮다. 시마즈 영감님은 쓰러지지 않았다. 좋았어.

페달을 밟으면서 생각했다. 빈 상가에, 그것도 가장 넓은 자리에 가게가 들어오는 건 좋은 일이지만, 시마즈 영감님에게 인사가 없었다는 것은 이상하다.

"수영장 갔다 돌아오는 길에 호쿠토한테 물어봐야겠다."

호쿠토라면 당연히 알고 있을 테니까.

"그게 말이죠."

2번가 남쪽 마츠미야 전파사 옆에 있는 샛길을 빠져나가면 함석지붕이 얹힌 늘 열려 있는 뒷문 틈으로 작업 중인 앞치마 차림의 호쿠토가 보인다.

수영을 마치고 머리를 꼼꼼히 말린 다음 그대로 자전거를 타고 달려가서 키노시타 퍼니싱의 이름을 꺼내자, 호쿠토가 곧바로 고개를 끄덕였다.

"저도 몰라요."

"모른다고?"

뛰어난 해킹 실력은 어디로 갔을까.

"아무리 그래도 제가 뚜렷한 이유 없이 아무 데나 침입하지는 않아요. 어쨌든 범죄니까요."

"그건 그렇지."

"아무튼 키노시타 퍼니싱의 토지를 관리하는 건 하루토요쵸의 '오가키 부동산'이에요."

전혀 몰랐다. 하루토요쵸는 여기서 차로 30분이나 가야 나온다. 일단 옆 마을이기는 하지만….

"한 반년 전에 그 토지를 넘겼나 봐요."

"그랬구나."

"여기까지는 아는 사람한테 물어보면 누구나 알 수 있는 사실인데, 그 뒤를 모르겠어요. 지금은 그 땅 주인이 누구인지, 그런 거요."

"등기부를 살펴보면 알 수 있는 거 아니야?"

그건 그렇지만, 하며 호쿠토가 씁쓸한 표정을 지었다.

"저는 탐정이나 흥신소 직원이 아니라서 그렇게까지 번거로운 짓을 하면 눈에 띄어요. 세이진 아저씨가 눈에 띄는 짓은 하지 말라고 하셨어요."

맞는 말이다. 어디에 누구의 눈이 있을지 모른다. 우리는 적일지도 모르는, 어떤 의미에서는 경쟁자인 매시 그룹에 아직 덜미를 잡히면 안 된다.

"그런데 말이죠."

"응."

"이것 좀 보세요."

작업대 위에 컴퓨터가 놓여 있었다. 호쿠토가 재깍 마우스를 움직여 클릭하자 이제는 너무나 익숙한 CCTV 영상이 나타났다.

키노시타 퍼니싱 앞쪽이 비쳤다.

"이건 어젯밤이고, 여기 사람이 왔을 때 찍힌 영상이에요. 여기는 가로등 밑이라 밝아서 잘 보여요."

"응. 그렇네."

화면은 흑백이지만 지인을 알아볼 수는 있겠다. 하지만 화면에 비친 것은 전혀 모르는 사람이었다. 게다가 외국인이 아닌가.

"이거 외국인이지?"

"그런 것 같아요."

체격이 꽤 좋다. 연령대는 잘 모르겠지만 젊지는 않다. 중년 같은 느낌이다. 그 사람 말고도 세 명 정도가 드나들었지만, 전부 외국인인지는 알 수 없었다. 하지만 몸놀림이 가벼운 것을 보니 젊은 듯했다.

"본 적 없는 사람들이야?"

"전혀 없어요."

화면 오른쪽 아래에서 트럭이 들어왔다. 상당히 큰 화물 트럭이었는데, 안에서 남자들이 짐을 내렸다.

"큰 짐도 있네."

"네. 작은 것부터 큰 것까지 있어요. 게다가 짐을 아주 철저하게 꾸린 느낌이에요. 대부분 나무상자고요."

"정말이네."

호쿠토가 마우스를 움직이자, 화면이 사라졌다.

"이게 세 번 정도 반복됐고, 이 이상은 정보가 없어요. 트럭은 렌터카라서 빌린 사람이 누구인지는 렌터카 회사를 해킹하면 당연히 알 수 있겠지만…."

"현재 단계에서는 할 수 없다는 거지?"

"그렇죠."

"옆에 있는 가게 '토야'에서는 아무것도 못 들었대?"

호쿠토가 그렇다며 고개를 끄덕였다.

"인사 한마디도 없었대요. 짐을 옮기고 안에서 뭔가를 하는 느낌은 있지만 딱히 인테리어 공사를 시작한 것 같지는 않아요."

"이상하네."

"그렇죠?"

뭘까.

"역시 매시 그룹인가?"

"확실치는 않지만 매시 그룹이었으면 당당하게 가게를 열었을 거예요. 견실한 기업이니까 몰래 움직일 필요가 없잖아요."

"하긴 그렇지."

"굳이 이상한 일을 벌여서 명성에 흠집이 날 짓은 하지 않을 거예요. 아무튼 현재로서는 지금처럼 감시하는 수밖에 없어요. 들락거리는 사람은 계속 있으니까 조만간 뭔가가 드러날지도 몰라요."

자꾸 일이 생겨서 정신이 없다.

"그러고 보니 도청기 소동은 어떻게 됐어? 불륜 어쩌고 한 건 이제 어떻게 되는 거야?"

"그건…."

호쿠토는 입에 지퍼 잠그는 시늉을 했다.

"저는 말 못 해요."

그래, 좋다.

"그럼 카츠미한테 물어봐야겠다."

"나한테?"

깜짝이야. 목소리의 주인이 누구인지는 듣고 바로 알았지만, 뒤에서 갑자기 소리가 나서 놀랐다. 뒤돌아보니 카츠미가 고물에 둘러싸인 채 히죽거리며 서 있었다.

"일은 땡땡이쳤어?"

"아야 누나가 있어서 온 거야."

"내가 여기 있는 걸 어떻게 알았어?"

묻고 나서야 촌스러운 질문이었다는 생각이 들었다. 이 두 사람은, 아니, 호쿠토는 컴퓨터에 정통하고, 카츠미도 그 나름대로 컴퓨터를 잘 다룬다.

"우리 대화를 듣고 있었어? 컴퓨터로?"

"에이, 무례하게 엿듣고 그러지 않아. 아버지도 있는데 가게에서 어떻게 그런 걸 들어?"

"그럼 어떻게 알았어?"

카츠미는 컴퓨터를 가리켰다.

"카메라가 달려 있잖아. 클릭 한 번이면 내 컴퓨터에 아야 누나의 모습이 나와."

그래? 그랬구나.

"그래서? 나한테 뭘 물어본다고?"

"대답해 줄 거야?"

"뭔지 들어보고."

"불륜 소동은 앞으로 어떻게 되는 거야?"

대놓고 물어보았다. 카츠미가 고개를 끄덕였다. 그러고는 손목시계를 확인했다.

"마침 잘됐다."

그러더니 호쿠토를 본다. 호쿠토도 고개를 끄덕였다.

"아무래도…."

"뭔데, 뭔데?"

"아야 누나는 타이밍을 기가 막히게 잘 맞추는 사람인 것 같아."

무슨 뜻일까. 나는 개인적으로 사소한 운이 나쁜 편이라고 생각하는데.

"자전거 타고 왔지? 내가 운전할 테니까 뒤에 타."

"어디 가는데?"

어디에 가나 했더니, 꽃길 상점가에서 2킬로미터쯤 떨어진 아사히

쵸 주택가였다. 그다지 연이 없는 곳이라, 가깝기는 하지만 낯선 장소다. 어디가 어떻게 연결돼 있는지는 대충 감이 오지만.

카츠미는 좁은 도로가 다니는 나지막한 비탈 위에 자전거를 세웠다.

"아, 역시."

"역시?"

나는 자전거 뒷좌석에 앉은 채, 카츠미가 가벼운 턱짓으로 가리킨 쪽을 향해 목을 뺐다.

저건….

"경찰차잖아."

나쁜 짓을 하지 않았어도 경찰차나 경찰관을 보면 누구나 긴장하기 마련이다. '꽃길 파출소'에서 근무하는 산타 씨와 카도쿠라 씨처럼 어느 정도 친분이 있으면 그렇지 않지만.

경찰차는 작은 연립주택 앞에 서 있었다.

연립주택?

"설마 저기가…."

"그 설마가 맞아."

카츠미가 목소리를 낮추며 말했다.

"저기는 남룡의 아키야마 아저씨와 바람피우는 걸로 의심되는 접대부 아케미가 사는 연립주택이야."

"설마…."

"그 설마도 맞아."

카츠미는 너무 빤히 보면 좋을 게 없으니 내리라고 하고는 자기도 자전거에서 내려서 금방 지나온 방향으로 천천히 자전거를 밀며 걸었다.

“경찰차가 온 이유는 아케미의 방에 도둑이 들었다는 신고가 들어와서야. 지금쯤 감식반이 와서 한창 지문 같은 걸 채취하고 있을 거야.”

도둑. 이렇게 밝은 대낮에.

“그 말은….”

카츠미가 씩 웃었다.

“말 안 해줄 거야, 그건.”

“그래서 이제 어떻게 되는 거야?”

“글쎄.”

어쨌든, 하며 카츠미가 말을 이었다.

“아케미가 그냥 접대부였고 남룡네 아저씨와의 불륜도 단순히 자기가 원한 거였다면 아무것도 변하지 않겠지만….”

“아.”

만약 그렇지 않았다면.

“아케미는 어딘가로 사라질지도 몰라. 도둑맞은 물건 중에 다른 데로 새어 나가면 안 되는 이런저런 것들이 있었을 테니까.”

“그럼….”

“누나가 추측한 대로야.”

카츠미가 크게 고개를 끄덕였다.

“사토 약국 사모님이 다니는 호스트 클럽 호스트의 집과 대학 앞 책방 미나미의 불륜 상대인 연상남의 집에도 도둑이 들었을지 몰라.”

# 17

올해는 마른장마가 이어져 6월에 들어섰는데도 공기가 끈적하지 않다. 그건 그것대로 무척 상쾌하지만, 비가 올 시기에 비가 오지 않으면 농작물에 피해가 가고, 그렇게 되면 서민인 우리도 힘들어진다.

채솟값이 비싸지면 바로 집안 살림에 영향이 간다. 물론 식당이나 채소 가게처럼 장사하는 곳에도.

최근에는 평범한 일상이 이어지고 있다. 아니, 원래 늘 평범한 일상이었지만, 그때 이후로 어쩐지 아빠가 느긋해 보인다.

경악스러운 것은 바 접대부인 아케미의 방에 도둑이 들었다는 사실이다. 아, 아니다. 그때 당황한 사람은 나뿐이었고 아빠는 평소와 똑같았다.

평온한 척하고 있지만, 어쩐지 나 혼자만 이다음에 어떻게 될까, 무슨 일이 일어날까, 주시하며 안테나를 바짝 세우는 느낌이다. 마치 《게게게의 키타로》에 나오는 키타로*처럼.

호쿠토에게 물어봐도, 카츠미에게 물어봐도, 아빠에게 물어봐도 당연히, 다들 미소를 지으며 "글쎄?"라고 대답하거나 고개를 갸웃할 뿐이었다. 카츠미와 호쿠토는 늘 그랬듯 장사에 힘을 쏟았고, 아빠는 생계 수단인 모형 제작자로서 성실히 모형을 만들었다.

편견은 없지만, 어떻게 그런 놋쇠 자동차나 전차, 비행기, 열차 같은 모형에 몇십만 엔이라는 가치가 매겨지는지 정말 신기하다. 어떨 때는 백만 엔 단위로 팔린다. 하긴, 그래도 재료비와 품이 만만치 않게 들어서 결과적으로 엄청나게 돈이 되지는 않는 것 같다.

꽃길 상점가에서는 딱히 불길한 그림자가 엿보이지 않았고 여느 때와 똑같았다. 여느 때처럼 손님은 적고, 가게 사장님들은 변함없이 외줄 타기 같은 생활을 근근이 이어갔다.

이번 달에도 가게 한 곳이 문을 닫았다. '무로야 도장집'. 손님이 줄어든 것이 제일 큰 원인이지만, 그러지 않아도 사장님이 고령이라 가게를 이어갈 기력이 없었다고 한다. 무로야 부부는 "아들네 집에 얹혀 살려고요"라고 말했다.

"그건 행복한 일이야."

"그래?"

6월도 슬슬 끝나가는 일요일.

가느다란 비가 추적추적 내렸지만, 아빠는 이런 날에도 창문을 열고 홍차를 마시는 것이 좋은지 베란다 문을 열어놓고 홍차를 우려서

---

* 유명한 만화 캐릭터로, 요괴를 감지하는 능력이 있어 요기를 느끼면 머리카락이 안테나처럼 꼿꼿이 선다.

소파에 앉았다.

바람이 없어서 비가 집 안으로 들이치지 않고 촉촉한 비 냄새만 천천히 흘러들어와 홍차 냄새와 섞여들었다. 아마 아빠가 나고 자란 영국에서는 이런 날씨가 보통이었을 것이다. 끈적하지 않고 촉촉한 공기가 피부에 맞는 모양이다.

"자식들과 한집에서 사는 거잖니. 부모에게는 그만큼 기쁜 일이 없어."

"흠, 그런가."

"너는 아직 젊어서 모르겠지."

아빠는 신세를 지는 것과 함께 사는 것은 다르다고 말했다.

"무로야 씨네는 아직 몸도 건강하고 연금으로 당신네 밥값 정도는 그럭저럭 충당할 수 있을 거야. 단순히 자식들 집에 얹혀사는 게 아니야. 일상을 함께하는 거라고 생각하면, 가족으로서 지극히 당연한 모습이지."

그러고 보니 그저 이미지이긴 하지만, 영국에는 집집마다 할아버지 할머니가 꼭 있는 느낌이다. 요즘은 어떤지 모르겠지만 영화에서는 그랬다.

"나는 일본이라는 나라를 사랑해. 현대의 편리함이 좋다는 것도 잘 알고. 그때 그 시절이 좋았다고 한탄할 생각은 전혀 없지만, 그래도 가족들이 사는 방식은 그때 그 시절이 훨씬 인간적이었다고 생각한단다."

한집에서 3대, 4대가 함께 살며 일상을 보내면 틀림없이 인격 형성에 좋은 영향을 미칠 것이라고 덧붙였다.

"응. 그런 장점은 있을 것 같아."

"애석하게도 네게 그런 대가족의 본보기를 보여주지는 못했지만."

아빠는 씁쓸하게 웃으며 엄마의 사진이 놓인 장식장 쪽을 바라보았다. 그런 건 계산으로 만들어낼 수 있는 게 아니다. 어쩔 수 없는 일이다.

아빠는 찻잔을 내려놓고 파이프를 집어 들었다. 담배를 채우고 성냥으로 불을 붙였다.

"아무튼 아야."

"응?"

"슬슬 사전 준비를 해두는 게 좋겠구나."

"사전 준비?"

아빠는 파이프를 물고 연기를 뿜으며 천천히 고개를 끄덕였다.

"영국에 가야 한다는 이야기야."

"아."

영국 서식스주 리틀햄프턴. 아빠와 엄마가 만난 추억의 마을에 당분간 몸을 숨겨야 하는 상황이 온다고 했다.

아빠는 재차 고개를 끄덕였다.

"물론 이 마을을 떠나지 않고 끝낼 수 있으면 제일 좋겠지."

그럴 수 있도록 노력하겠지만 어렵다고 아빠가 전에도 말했다.

"그런데…."

학원을 쉬어야 한다니.

"얼마나?"

"정확히 답하기는 힘들지만, 우선 반년 정도는 그쪽에 머무를 각오를 해야 할 거야."

반년이나….

"네가 학원 일을 정리해야 한다는 건 안다. 진짜 그때가 왔을 때 학부모들에게 일단 말해두기에는 그 정도 기간이 적당할 거야."

"일단? 반년보다 더 길어질 수도 있는 거야?"

"아니라고는 못 하겠구나."

그렇게 오래 쉬려면 어떤 이유를 대야 할까. 그런 생각을 하는데, 아빠가 내 마음을 읽은 듯 덧붙였다.

"이유는 걱정할 것 없어."

"왜?"

"내 몸 상태가 안 좋아서 당분간 영국에서 지내겠다는 말을 다들 수긍할 수밖에 없는 상황이 올 테니까."

"응?"

무슨 말인지 도무지 모르겠다.

"한마디로 아빠의 몸 상태가 안 좋다는 걸 상점가 사람들이 확실히 알게 되는 상황이 온다는 거야?"

"아마도. 물론 내가 스스로 건강을 해치는 위험한 짓은 하지 않을 거란다. 어디까지나 연극일 거야."

아, 뭐가 뭔지 모르겠다.

"거짓말을 하기는 미안하지만, 말썽을 일으키지 않고 사람들을 이해시키려면 이 노인이 병에 걸렸다고 하는 게 제일이야."

"하긴…."

장기간 학원을 쉴 구실로는 가장 적당할 것 같다.

"괴로운 표정으로 심각한 병이라고 말하면 다들 자세히 캐묻지 않겠지. 심약해진 내가 당분간 나고 자란 고향에서 지내고 싶어 한다고, 일단 반년만 영국에서 지내기로 했다고 하면 돼."

그럴 수가….

설령 거짓이라 해도 아빠가 위독하다는 말은 하고 싶지 않았고 상점가 사람들도 걱정할 테니 다른 핑곗거리를 찾고 싶었지만, 확실히 그것이 모든 사람을 이해시킬 수 있는 가장 그럴싸한 이유였다.

"적당한 때에 돌아와서 여기서 임종을 맞을 거라고 하면, 우리와 가까운 사람들도 이해해줄 거야."

흠….

"다른 선택지는 없어?"

"다른 거짓말을 생각해낼 수는 있지만, 네가 같이 영국에 갈 만한 구실은 그것밖에 없어."

그래. 그렇구나. 상점가 사람들에게 마음속 깊이 사과하는 수밖에 없겠다.

"언제 말하면 돼?"

아빠가 고개를 끄덕이며 말했다.

"미리 말할 필요는 없어. 일상 대화를 하다가 내 몸이 좋지 않다는 말을 은근히 흘리는 정도면 좋겠구나. 때가 되면 알 거야."

나도 모르게 한숨을 쉬며 어깨를 늘어뜨렸다. 얼마 전에 이런 이야기를 들었을 때부터 각오는 했지만, 막상 현실로 닥치니 마음이 무거웠다.

영국에서 아빠와 사는 것 자체는 싫지 않다. 영국은 나도 무척이나 좋아하는 나라고, 그 나름대로 재미도 있을 것 같다.

하지만 거짓말을 하고 이 마을을 떠난다니….

아니, 평생 이 마을에서 살았지만, 1년 가까이 영국에서 유학한 적이 있으니까 그리 심각하게 생각할 필요는 없다.

문제는 언제 돌아올 수 있을지 모를 사태가 벌어진다는 것이다.

"의심받지는 않을까?"

"응?"

"우리가 갑자기 그렇게 영국으로 가면 말이야. 그렇잖아. 아빠는 여기를 뜨기 직전에 이 꽃길 상점가를 지키기 위한 거대한 작전을 펼칠 거잖아? 그와 동시에 우리가 이 마을에서 사라지면, 이상하게 여기는 사람이 생기지 않겠어?"

내가 그런 걸 걱정해봤자 무슨 소용이겠냐마는 나도 모르게 푸념하듯 물었다. 하지만 아빠는 씩 웃었다.

"그건 걱정할 필요 없어. 만약 그렇게 생각하는 사람이 있다 해도 카츠미와 호큐토가 뒤에서 잘 보조해줄 거야. 아무도 의심하지 않도록."

"걔네가?"

아빠가 쓴웃음을 지었다.

"어릴 때부터 같이 자란 동생이라는 이유로 너는 그 둘을 너무 어린애 취급해. 그 애들의 능력을 과소평가하지."

"그래."

맞는 말일 수도 있다.

"잘은 모르지만, 걔네는 정신없이 바쁜 것 같더라."

농담으로 한 말인데, 아빠가 씁쓸한 표정을 지었다.

"그것도 네가 잘못 생각하는 것 같구나, 아야."

"응?"

뭘?

"내가 그 둘의 일상을, 소중한 하루하루의 삶을 갉아먹으면서까지 그 애들에게 일을 시킨다고 생각하니?"

"아니야?"

"마지막 괴도 신사는 그렇게 무능하지 않고, 그 아이들은 내가 시키는 대로 움직이는 수족이 아니란다. 같은 마을에 사는 소중한 친구고, 그중에서도 캬츠미는 너를 흠모하니 어쩌면 내 미래의 사위가 될지도 모르지."

"무슨…!"

아빠가 장난스럽게 씩 웃었다.

"캬츠미는 키도 크고 체격도 좋아. 웨딩드레스를 입은 네 옆에 모닝코트를 입고 서면 틀림없이 빛날 거야."

내 얼굴이 확 달아올랐다.

"가능하면 교회에서 식을 올리면 좋겠구나. 너는 기독교인이 아니지만."

실수다. 상상해버렸다. 분하다.

"아빠!"

"그건 그렇고."

아빠가 히죽거렸다. 아, 정말…. 진정해, 내 뺨아.

"그 둘만 움직인다고 생각하면 오산이란다."

"그래?"

그렇고말고, 하며 아빠가 근엄하게 고개를 끄덕였다.

"꼭 알아야 하는 건 아니지만, 너는 내가 마지막 괴도 신사로 있을 때의 참모습을 몰라. 나는 그 둘에게만 기대는 짓은 하지 않는단다. 안심하렴."

그렇구나. 아빠의 명령을 받고 움직이는 또 다른 사람이 누구냐고는 묻지 않았다. 물어봤자 지금은 말할 수 없다고 할 게 뻔하고, 만에 하나 알려줄 생각이 있다 해도 내가 모르는 사람일 것이다.

하지만….

"아빠."

"또 뭐가 남았니?"

"물어봐도 어차피 대답을 못 들을 것 같지만, 그래도 물어볼게."

매시 그룹이라는 국제 기업이 우리 꽃길 상점가를, 우리의 이 마을을 점령하려고 하는 것은 확실하다. 지금껏 일어난 일만 보아도 알 수 있다. 이를 저지하기 위해서 아빠 일당이 움직이는 것이니까.

"그런데 그 사람들이 왜 대놓고 나서지 않고 뒤에서 몰래 움직이는지 이해가 안 돼."

매수는 정당한 사업 수단이다. 상대를 고려해 대등한 위치에서 진행한다면 말이다. 그래서 이해가 안 된다.

"왜 그렇게 몰래 움직이는 거야?"

툭 치면 당장이라도 날아갈 것 같은 상점가인데. 아, 물론 날아가면 안 되지만.

"상상하기는 싫지만, 퇴거 보상금으로 적당한 금액을 제시했으면 다들 받아들이고 떠나지 않았을까? 그런데 매시 그룹은 왜 그러지 않았지? 그런 접촉이 있었다는 이야기도 전혀 안 들리고."

그렇다. 실제로는 엄청난 일이 뒤에서 진행되고 있다는 사실을 대충 알지만, 전혀 실감이 나지 않는다.

아빠가 영국에 가야 한다고 해도, '뭐, 그렇구나'라는 생각이 들 뿐이고 아직 그리 심각한 느낌은 없다.

상점가에 그런 분위기가 형성되지 않은 탓도 있다. 여기저기서 '매수'나 '퇴거'라는 단어가 들려왔다면 훨씬 심각한 느낌이 들었을 것이다. 하지만 상점가 사람들의 입에서는 '불경기다', '장사가 안 된다', '이제 그만 접을까' 같은 지난 몇 년간 수없이 반복해온 말만 나온다.

아빠는 파이프 담배를 피웠다. 눈을 감고 무언가를 생각하듯 살짝 고개를 숙였다.

"아야."

"응."

고개를 들고 나를 바라보았다.

"매시 그룹이 왜 대놓고 나서지 않고 뒤에서 손을 쓰듯 움직이는지…."

"응."

"조금만 생각해 보면 알 수 있단다."

"그래?"

"그리고 그 이유를 알게 되면 지금보다 훨씬 큰 의문이 너를 덮칠 거야. 그때 다시 얘기하자꾸나."

# 18

전혀 모르겠다.

매시 그룹은 왜 몰래 움직일까.

일단 인터넷으로 조사해본 바로는 멀쩡한 기업인 것 같았다. 영어 사이트밖에 없었지만 나는 영어 학원을 운영하고 있으니 당연히 쉽게 읽을 수 있었다.

기업 총수인 웡 라핑이라는 사람은 홍콩 출신인 듯했다. 그의 할아버지가 세우고 아버지가 이어받은 슈퍼마켓을 자기 손으로 열심히 키워서 백화점, 골프장, 동물원, 비행장, 패션 브랜드까지 끼고 경영하는 어마어마하게 큰 기업으로 만들었다.

"대단하다."

홍콩은 물론 한국, 중국, 인도에 하와이, 미국 본토, 캐나다까지 아우르는 정상급 국제 기업으로 성장시켰다. 이렇게 제대로 된 사진으로 보니, 체격도 좋고 얼굴도 품격 있어 보였다. 그런데….

"왜지?"

매시 그룹은 일본에서 사업을 일절 전개하지 않았다. 그래서 나도 전혀 몰랐다. 하와이에 있는 'KSS 마트'는 엄청나게 유명해서 알고 있었지만, 매시 그룹 소유인 줄은 몰랐다.

"흠…."

뭐가 뭔지는 몰라도 계속 이것만 생각할 수도 없고, 또다시 카츠미와 호쿠토를 추궁하자니 왠지 겸연쩍고, 나 자신이 한심해서 속상했다.

나는 그 애들의 누나였는데….

아주 어린 시절부터 늘 누나로서 카츠미와 호쿠토 앞에 서 있었는데, 요즘에는 어쩐지 매번 그 둘의 뒷모습을 바라볼 뿐이고, 가끔은 카츠미의 셔츠 끝자락을 붙잡고 끌려다니기만 하는 것 같다.

아빠처럼 흠 하며 무겁게 신음해 보았다. 그런다고 뭐가 달라지는 것은 아니지만.

"어쩔 수 없지, 뭐."

아이들이 무럭무럭 자라서 어른이 되는 것은 당연하니까.

오후가 되자 빗발이 더 가늘어지면서 가랑비가 안개비가 되었다. 이때다 싶어 청록색에 붉은 라인이 들어간 아끼는 비옷과 방수 모자를 착용하고 장을 보러 나갔다.

아이들에게 줄 도넛도 사와야 한다.

건널목을 지나다가 파출소 안에 있는 산타 씨와 눈이 마주쳤다. 꾸벅 인사하자, 같이 있던 카도쿠라 씨가 나를 향해 들어오라고 손짓했다. 응? 무슨 일일까. 고개를 끄덕이고는 비 때문에 닫혀 있던 파출소 문을 열었다.

"안녕하세요."

순간 소녀의 마음을 자극하는 달콤하고 맛있는 냄새가 풍겨 왔다.

"와."

나도 모르게 탄성이 터졌다. 커다란 바움쿠헨*이 파출소 책상 위에 떡하니 놓여 있었다. 도무지 이 공간과는 어울리지 않는다. 어쩐지 분실물을 펼쳐놓은 것 같다.

"맛있어 보이죠?"

카도쿠라 씨가 벗어진 머리를 손으로 문지르면서 밝게 말했다.

"갓 구운 거예요."

산타 씨가 고개를 끄덕이며 말했다.

"어떻게 된 거예요?"

"그 왜, 불효 거리 입구에 케이크 가게가 생겼잖아요."

"네? 그래요?"

세상에. 그건 몰랐다. 근래 들어 그쪽에 간 적이 없다.

"거기가 카도쿠라 씨네 친척이거든요."

"어머."

카도쿠라 씨가 맞다며 고개를 끄덕였다.

"방금 순찰할 겸 들렀더니, 시제품을 만들었다고 가져가서 먹으라고 하지 뭐예요. 고맙긴 한데 이렇게 큰 걸 우리 둘이서 어떻게 다 먹나 고민하는 순간에 아야 양이 딱 나타났네요."

---

* 단면이 나무의 나이테처럼 생긴 원통형 케이크

나이스 타이밍, 아야.

"세이진 씨가 학원 아이들한테 도넛을 나눠주죠? 도넛 대신 이건 어때요?"

산타 씨가 제안했지만, 아쉽게도 아빠가 아이들에게 나눠주는 것은 오로지 도넛뿐이다.

"마침 지금 장을 보러 가던 참이었어요."

"아이들은 도넛 하나로 부족하잖아요. 이것도 같이 나눠줘요."

"그래요, 그렇게 해요."

카도쿠라 씨가 말하며 안쪽으로 들어가 페티 나이프를 들고 왔다. 익숙한 손놀림으로 바움쿠헨을 잘라서 나눴다. 나는 조금 놀랐다. 요리를 잘하는 손놀림이었다. 평상시에 식칼을 능숙하게 다루는 사람 같았다.

내가 감탄스러운 표정으로 보는 것을 산타 씨가 알아차린 모양이다.

"카도쿠라 씨는 사실 요리를 잘해요. 몰랐죠?"

"그러셨군요. 몰랐어요."

카도쿠라 씨가 이 파출소에 온 지 벌써 20년이 됐지만, 전혀 몰랐다. 하긴 자질구레한 잡담은 자주 나눠도 사적인 이야기를 길게 한 적은 없다. 카도쿠라 씨와 산타 씨가 여기에 있는 이유는 일을 하기 위해서니까.

"홀아비로 산 기간이 길어서 그렇죠, 뭐."

카도쿠라 씨가 쑥스럽다는 듯 말했다. 그렇구나. 카도쿠라 씨는 혼자셨구나. 그것도 몰랐다.

"카도쿠라 씨네 집에서 신세 졌을 때 먹은 밥이 맛있었다고 다들 아직도 얘기하는걸요."

산타 씨가 이어서 말했다. 다들이 누구일까. 내가 표정으로 누구냐고 묻자, 산타 씨가 의아한 표정을 지었다.

"이 얘기 몰라요?"

카도쿠라 씨가 나이프를 들지 않은 왼손으로 산타 씨의 머리를 콩 쥐어박았다.

"경찰관이라는 놈이 남의 사생활을 함부로 들먹이지 마."

"죄송합니다. 아는 줄 알고…."

뭐지? 뭘까. 카도쿠라 씨는 다시 바움쿠헨을 자르며 쓴웃음을 지었다.

"그냥 옛날이야기예요. 제가 잡은 양아치 중에서 집에 돌아가지 못하는 녀석들한테 가끔 밥을 해 먹였거든요."

그랬구나. 그런 일도 있었을 법하다. 카도쿠라 씨는 옛날에 '부처님 카도'라고 불렸다고 하니까.

그런데, 잠깐.

내가 알 거라고 산타 씨가 착각한 걸 보면, 혹시 그 '다들'은 나도 아는 사람들인가?

'다들'이 누구일까.

"저기…."

내가 물으려고 하자, 카도쿠라 씨가 눈치챈 듯 "에이" 하며 손을 저었다.

"옛날얘기예요. 새삼 들춰내서 좋을 게 없어요."

그렇구나. 들춰내면 곤란할 일인가 보다고 짐작하면서도 호기심이

꿈틀거렸다.

이 마을은 오랜 역사가 있는 곳이다. 태어나서부터 계속 여기서 산 사람도 많다. 아직 젊은 내가 모르는 과거도 많을 것이다. 아빠와 시마즈 타이지로 영감님 사이에 무슨 일이 있었는지도 아무도 가르쳐 주지 않는다.

일단 집에 가서 파출소에서 받은 바움쿠헨을 놓고 다시 나와 장을 보러 갔다. 안개비는 아직 조금 내리지만, 상점가 캐노피 아래로 들어가면 문제없다. 잠갔던 비옷을 열고 모자를 벗어서 겨드랑이 쪽에 끼웠다.

변함없이 인적 드문 길을 걸었다. 얼마 전 수상한 사람들이 수상한 짐을 반입하던 키노시타 퍼니싱은 여전히 그대로다. 오픈 준비도 전혀 하지 않는 것 같다.

반입된 짐이 뭐였을까.

"불길해."

한 5년쯤 됐나. 빈 상가에 남몰래 숨어들어 살던 이상한 사람들이 소란을 일으킨 적이 있다. 작은 화재까지 내서, 하마터면 이 상점가가 통째로 불탈 뻔했다.

"아야 언니!"

가벼운 목소리가 뒤에서 들려와 누구인가 했더니.

"어머."

1번가 바클레이의 나오다. 나보다 다섯 살 어리고 호쿠토와 사귄다는 사랑스러운 아이다.

"오랜만이다. 잘 지냈어?"

"네!"

나와 같은 고등학교를 나와서 지금은 가게 일을 돕는 바클레이의 꽃이다.

원래 양식집이던 바클레이는 이제 완전히 카레 전문점으로 통하는 것 같다. 최근에 엄청나게 매운 카레 메뉴를 잔뜩 늘린 덕에 젊은 손님이 많이 찾아온다. 기울어 가는 상점가에서 거의 유일하게 장사가 잘되는 곳이다.

정말 맛집이다. 아빠가 카레라이스를 무척 좋아해서 우리 집에서 자주 만드는 탓에 먹으러 갈 일은 별로 없지만.

"마침 잘 됐어요." 나오가 말했다.

"뭐가?"

"아야 언니한테 물어보고 싶은 게 있었거든요."

응?

아, 설마.

"혹시 호쿠토와 관련된 거야?"

나오가 미간에 살짝 주름을 잡으며 고개를 끄덕였다. 사실 전에 문득 그런 생각이 머리를 스쳤다. 요즘 내가 호쿠토의 비밀 기지를 자주 드나드니까, 동네 사람 중 누군가가 그 모습을 봤을지도 모른다고.

둘이 사귀는 게 사실이라면, 그런 이야기가 나오의 귀에 들어가서 좋을 것은 없지 않을까. 내가 아무리 나이도 많고 어릴 때부터 친하게 지낸 누나라 해도 말이다.

"어디 들어갈래?"

"아, 저는 장을 보던 중이라서…."

"그래, 그럼 좀 걷자."

나는 역 앞 미스터 도넛에 가는 길이었다. 나오와 둘이서 천천히 상점가를 걸었다.

"있잖아."

"네."

"호쿠토하고 사귀는 거야?"

나오가 싱긋 웃으며 고개를 끄덕였다. 그렇구나. 하긴, 요즘의 호쿠토를 보면서 이제 내가 알던 소심한 어린애가 아니라는 생각이 들기는 했다.

그래도 나오의 이 사랑스러운 밝음과 호쿠토의 어두움은 도무지 어울리지 않을 것 같은데, 나의 쓸데없는 오지랖이겠지?

"그럼 저기, 최근에 내가 호쿠토를 자주 만나는데…."

이럴 때는 선수를 치는 게 낫다.

"아, 그렇죠. 들었어요."

아, 들었구나.

"세이진 아저씨한테 부탁을 받아서 모형 관련 사이트를 만들고 있는 거죠? 인터넷 판매도 시작하신다면서요?"

그렇게 둘러댔구나.

"응. 맞아. 내가 할 줄 알았으면 좋았을 텐데 그런 쪽은 너무 약해서."

에헤헤, 웃으며 얼버무리자, 나오가 "저도예요" 하며 웃었다. 하마터면 큰일 날 뻔했다. 그런 핑계를 대놨으면 가르쳐줬어야지, 호쿠토! 내가 애드리브에 능해서 망정이지.

"다행이다. 오해할까 봐 걱정했어."

"괜찮아요. 아야 언니는 '정의의 편'이잖아요."

내 고등학생 때 별명이 아직 살아 있었구나. 이제 그만 잊어줘도 되는데. 그나저나 그 용건이 아니면 나오가 내게 하려는 말이 무엇일까.

"이제 곧 호쿠토 생일이거든요."

"아, 그래? 언제?"

"7월 1일이요."

몰랐다. 그러고 보니 예전에 생일 파티에 초대된 기억이 있다. 그때가 7월이었나.

"그래서 저희 집에서 이것저것 음식을 만들어서 호쿠토한테 차려주려고요."

좋다. 정말 생일 파티답다. 나오는 가게에서 주방 일도 돕고 있으니 분명 요리도 잘할 것이다.

"히야시아메*를 만들고 싶어요."

"히야시아메?"

왜 하필?

"호쿠토가 초등학생 때 아야 언니가 만들어 준 수제 히야시아메를 먹었는데 어찌나 맛있던지 아직도 그걸 뛰어넘는 히야시아메를 마셔본 적이 없다고 했거든요."

"그래?"

나오가 고개를 끄덕였다.

"이 지역에서는 히야시아메를 안 마시잖아요. 만드는 법을 몰라서 언니한테 살짝 레시피를 물어보고 싶었어요."

---

* 뜨거운 물에 물엿을 녹이고 생강즙을 첨가해서 만든 차가운 음료. 주로 여름에 마시는 칸사이 지역의 음료다.

히야시아메? 내가 만들어 줬다고?

"아, 그렇구나."

나오가 사랑에 빠진 반짝반짝하고 순수한 소녀의 눈동자로 나를 바라보자, 나는 얼떨결에 고개를 끄덕였다.

"사실 엄마가 알려준 비밀 레시피가 있거든. 이따가 집에 가서 찾아보고 메시지 할게."

"감사합니다. 편하실 때 연락 주세요!"

그 자리에 멈춰 서서 적외선 통신으로 메신저 계정을 교환했다. 내친김에 휴대전화 번호도 주고받았다. 어려서부터 같은 상점가에서 자랐지만, 메신저 계정과 전화번호도 몰랐다. 의외로 그렇게 된다.

나오는 손을 흔들며 떠났고, 나는 뒤를 돌아 다시 미스터 도넛 쪽으로 걸으며 생각했다.

"히야시아메라…."

칸사이 지역에서만 마시는 음료다. 엄마 쪽 집안은 기원을 더듬어 올라가 보면 교토 출신이라서 그때부터 이어져 내려온 레시피가 우리 집에 남은 것 같다.

그러고 보니 어렴풋이 기억이 있다. 우리 집에 온 카츠미와 호쿠토에게 그런 음료를 준 적이 있다. 그런데 그 음료를 만든 사람은 내가 아니었다. 아마 호쿠토가 오해한 모양이다. 아니면 어린 내가 괜히 으스대고 싶어서 직접 만들었다고 했을 수도 있다.

아무튼 히야시아메는 우리 엄마가 자주 만들어 주던 음료다. 우리 집안의 독자적인 레시피로 만들었다고 한 기억도 있고, 그리고….

"기록장."

엄마는 부지런한 사람이었다. 대학노트에 수많은 것들을 꼼꼼히 적어 남겨놓았다. 일기처럼 일상생활을 쓰기도 했고, 요리 레시피도 적어 놓았고, 가계부 같은 기록도 남겼다.

세본 적은 없지만, 우리 집에 몇십 권이나 남아 있다. 아마 거기에 우리 집안의 독자적인 히야시아메 레시피도 적혀 있을 것이다.

혹시 못 찾으면 어쩔 수 없으니 직접 여러 시행착오를 거쳐 맛있는 레시피를 만들어내야겠다.

집에 가보니, 아빠가 없었다. '잠깐 나갔다 오마. 저녁에는 돌아올 거야'라고 반듯하게 적힌 메모가 거실 테이블에 놓여 있었다. 엄마의 기록장은 아빠의 작업실 어딘가에서 잠자고 있다.

"뭐, 괜찮겠지."

실례합니다, 하며 아빠의 작업실 문을 열었다. 그 순간 금속과 접착제, 공구 냄새가 풍겨 왔다. 어릴 때부터 이 냄새를 맡아 와서 그런지 싫지 않다. 가끔 시내에 있는 작은 공장을 지나치다가 비슷한 냄새를 맡으면 기분이 좋아지기도 한다.

"자."

어디 있더라. 벽에 죽 늘어선 수납함 어딘가에 넣어뒀을 것이다. 서류를 정리해놓은 선반 앞에 서서 수납함을 하나하나 열기 시작했다.

찾았다. 상자에 낡고 익숙한 회색 표지가 달린 대학노트가 가득 들어 있다. 묵직한 그 상자를 꺼내서 끙끙대며 거실로 가져가 바닥에 내려놓았다.

일일이 살펴보며 히야시아메 레시피를 찾으려면 고생깨나 해야겠지만, 우리 엄마는 레시피에 항상 빨간 색연필을 썼으니 그 부분을 위주로 대충 훑어보면 될 것이다.

그나저나 엄마는 정말 부지런한 사람이었구나. 이 부지런함을 나한테 조금이라도 물려주지. 기록장을 읽다 보니 그런 생각이 절실히 들었다.

"응?"

잠깐만.

"어어?"

# 19

오늘 저녁은 채소가 가득 든 그라탱이 주요리다. 마카로니는 물론이고 감자와 양파, 당근, 누에콩, 시금치와 브로콜리를 넣고 아스파라거스도 넣는다. 마지막으로 삶은 달걀을 얇게 썰어서 올린다.

맛이 진한 베샤멜소스는 직접 만들어 얹고 치즈를 뿌려서 정성껏 굽는다.

엄마가 가장 잘하는 요리였고 아빠도 무척 좋아하는 그라탱. 이것만 있어도 배가 부르지만, 저녁 식사에 된장국이 빠지면 섭섭해하는 아빠를 위해 간단하게 파와 두부를 넣어 국을 만든다.

밑반찬으로는 냉장고에 늘 있는 콩자반과 절임을 꺼낸다. 아, 콩나물이 있어서 마늘과 홍고추, 올리브유와 함께 볶고 식초를 뿌린 반찬도 준비했다. 흰 쌀밥도 당연히 있다. 마음 같아서는 그라탱을 먹을 때 빵을 굽고 싶은데, 아빠는 밥을 좋아한다.

큰 그릇에 만드는 바람에 2인분치고는 너무 많지만, 남은 그라탱을 다음 날 아침 데워서 토마토를 얹어 먹으면 그게 또 새롭게 맛있다. 아빠도 그렇게 먹는 것을 무척 좋아해서 그 순간을 기다릴 정도다.

"오오."

작업실을 나와 부엌으로 온 아빠가 눈을 가늘게 떴다.

"좋은 냄새가 난다 했더니 그라탱이구나."

"엄마의 레시피야."

그렇게 말하자, 아빠가 고개를 끄덕였다.

"늘 그랬지."

"이번에는 좀 달라."

"다르다고?"

그렇다. 다르다.

왜냐하면…. 묻고 싶은 것이 많아서 이렇게 떠봤다.

"원래는 말이야."

"그래."

"아주 오래전에 엄마한테 배운 감각으로 만들었거든. 하지만 오늘은 엄마가 적어 놓은 레시피를 그대로 재현한 거야. 베샤멜소스까지 1그램의 오차도 없이 만들었어."

아빠가 그렇구나, 하며 고개를 끄덕였다. 함께 식탁에 앉아 손을 모으며 "잘 먹겠습니다" 했다. 아빠는 틀림없이 방금 내가 한 말의 의미를 눈치챘을 것이다.

"먹어 볼까."

아빠는 큰 접시에 담긴 그라탱을 숟가락으로 자신의 앞접시에 옮겨 담고 한 입 머금었다. 뜨거워서 입김을 뿜으며 먹는다.

"어때?"

"맛있다."

엄마가 해준 맛 그대로라며 기분 좋게 미소 지었다.

"며칠 전에 선반 위치가 조금 어긋나 있었는데 그래서였구나. 엄마의 노트를 찾아봤니?"

"맞아."

역시 알고 있었나 보다. 학원 수업이 있는 날에는 이렇게 밥을 같이 먹을 수 없어서 휴일인 오늘까지 조용히 있었는데.

"왜, 호쿠토의 여자친구 나오 있잖아. 바클레이네 딸. 아빠는 알았어? 그 둘이 사귀는 거."

"그럼."

역시 알고 있었구나.

"호쿠토가 어릴 때 우리 집에 놀러 와서 엄마의 특제 히야시아메를 마셨다는데, 나오가 그 레시피를 알려달라고 했어."

"그래?"

"아빠는 기억해? 그런 일이 있었던 거."

아빠는 밥을 한 숟갈 입으로 가져가서 우물거리며 고개를 끄덕였다.

"그랬던 것도 같구나. 그래서 엄마의 노트를 찾았니?"

"응."

"히야시아메라…."

아빠가 옛 추억에 잠기듯 미소 지었다. 아저씨, 콧수염에 그라탱 묻었는데요.

“맛있었지. 더운 여름에 시원하게 마시면 최고였어. 그러고 보니 먹어본 지가 아주 오래됐구나.”

“그건 그렇지.”

하지만 그렇게 단 음식에는 당분이 너무 많이 들어 있다.

“그래서, 아빠.”

“응?”

레시피를 찾으려고 이것저것 읽다가, 그러다가, 아빠….

“엄청난 글을 발견했어.”

“뭔데?”

“아빠와 시마즈 영감님 사이에서 일어난 일을 적은 글.”

아빠의 희끗희끗한 눈썹이 움찔했다.

“그랬구나.”

“응.”

“나는….”

아빠는 그라탱 안에 든 아스파라거스를 젓가락으로 집어서 만족스러운 미소를 지으며 먹는다.

“시즈가 쓴 그 많은 노트를 제대로 읽어보지 않았단다. 정확히 말하면 훌훌 넘겨본 적은 있지만, 내용을 제대로 읽은 적은 없어.”

“그랬어?”

“그렇고말고.”

이래 봬도 신사를 표방하는 사람이니 아무리 아내여도 여성이 쓴 일기나 다름없는 것을 읽을 수는 없다며 가슴을 폈다. 하긴 그건 그렇다.
“아무튼, 그게 쓰여 있었니?”
“쓰여 있었지.”
“자세히?”
그렇지는 않았다. 아주 간결하게 적혀 있었다.
“엄마는 젊었을 때부터 시마즈 영감님한테 구애를 받았대.”
그래, 하며 아빠가 고개를 끄덕였다.
“그래서?”
“그 시절에는 ‘시마즈 포목점’이 엄청 잘 나가서, 기울어 가는 야구루마 가문에 딱 좋은 혼처 아니냐고 주변에서 이야기를 많이 들었대.”
“그래.”
그래서….
“엄마는 시마즈 영감님을 좋아하지 않는데 주변에서 자꾸 아픈 데를 찌르니까 이러지도 저러지도 못하다가 아빠한테 자기를 훔쳐 달라고 했대.”
아빠의 수염이, 입가가 삐뚜름하게 일그러졌다. 그런 표정은 무척 오랜만이다. 내가 전에 사귀던 남자를 소개해줬을 때 이후로 처음인 것 같다.
“진짜 그랬어?”
아빠는 된장국을 한 모금 마시고 나서 고개를 끄덕였다.
“완전히 맞는 말은 아니지만 틀렸다고 하기도 어렵구나.”
“무슨 뜻이야?”
“네가 상상하는 그런 일이, 네가 좋아하는 영화 《졸업》 같은 로맨틱

한 일이 있었던 건 아니야."

《졸업》은 훌륭한 영화다. 정말 좋다.

"아무튼."

나를 훔쳐 달라고 했다니.

"엄마는 내 예상보다 훨씬 시대를 뛰어넘는 대담한 여자였구나. 아빠가 도둑인 걸 알고 사귀었으니까, 그걸 의식해서 그렇게 대담하고도 멋진 말을 던진 거지?"

심지가 굳은 사람인 것은 알았지만, 그렇게 재치 있고 열정적인 사람인 줄은 몰랐다.

"애초에 할아버지랑 외할아버지가 친구였지?"

우리 엄마 쪽 할아버지와 아빠 쪽 할아버지는 친구 사이였다. 그래서 엄마와 아빠가 서로 알고 지내게 됐다고 한다.

엄마는 영국인 혼혈이고, 그대로 일본인과 결혼했으면 나는 쿼터 혼혈이 되었을 텐데, 엄마는 영국인인 아빠와 결혼했다. 이 이야기를 다른 사람에게 하려고 하면 너무 복잡해서, 고등학교 동창들에게 말할 때는 그림으로 설명하지 않으면 아무도 이해하지 못했고, 나도 헷갈릴 정도였다.

음…, 그럼 나는 어떻게 되는 거지? 문자메시지였으면 지금 딱 난감한 표정의 이모티콘을 넣었을 것이다.

내 몸에 흐르는 피는 4분의 3이 영국인이고 4분의 1이 일본인이다. 눈이 약간 들어가 있고 콧대가 높기는 하지만, 전체적으로는 일본인 얼굴이다. 뭐, 아무려면 어떤가.

아빠는 그라탱을 입으로 가져가면서 미소 지었다.

"너도 결혼을 생각하게 됐구나."

"그런 의미가 아니야."

아빠는 왜 요즘 들어 부쩍 그 주제를 자주 꺼내는 걸까.

"자세한 이야기는 네 결혼이 결정됐을 때 하마."

"지금 얘기해도 똑같잖아."

"이런 게 삶의 소소한 즐거움이지."

아, 그런가요?

"하지만 너희 엄마가 시마즈 씨한테서 자기를 훔쳐 달라고 한 건 사실이야."

"그래?"

엄마가 그런 말을 했다니.

"그래서 훔쳤구나, 엄마를."

"결과적으로는 그렇게 됐지만, 일이 그리 단순하지는 않았어. 어쨌거나 아주 옛날이니까."

결혼이 지금보다 훨씬 중요하던 시절이었다.

"더구나 외국인과의 결혼은, 너희 엄마의 부모님도 그러시기는 했지만, 어쨌든 드물던 시기였어."

"그랬겠지."

"많은 일이 있었지만, 그건 후일의 즐거움으로 미뤄두자꾸나."

떼를 써도 들어주지 않을 것 같아서 고개를 끄덕였다.

"그건 그렇고 아빠, 놀라운 사실이 하나 더 있어."

"그래? 뭐가 또 있니?"

있다. 쓰여 있었다.

"사실 나는 며칠 전까지만 해도 전혀 눈치채지 못했을 거야."

"뭔데 그러니?"

파출소에서 바움쿠헨을 받았을 때 있었던 일을 이야기했다.

"그거 맛있더구나."

"맞아."

"다음에 또 그 가게에서 사다 주렴."

"알았어. 아무튼 말이야."

바움쿠헨을 자르는 손놀림을 계기로 카도쿠라 씨가 요리를 잘한다는 이야기가 나왔을 때, 산타 씨가 그런 말을 했다.

"'카도쿠라 씨네 집에서 신세 졌을 때 먹은 밥이 맛있었다고 다들 아직도 얘기하는걸요'라고. 거기에 등장한 '다들'이 누구인지 의문을 품지 않았다면 눈치채지 못했을 거야."

아빠의 눈썹이 또다시 움찔했다.

"엄마의 메모 속에 이런 글이 있었어. '다들 카도쿠라 씨에게 고마워하며 이 이상 폐를 끼치지 않도록 이 꽃길 상점가를 지키고 있다. 말하자면 자경단 같은 것이다'라는 글이."

아빠는 된장국을 한 모금 마시고서 그렇구나, 라고 중얼거렸다.

"다시 말해 이 상점가 사장님 중에는 한때 나쁜 짓을 저질러서 경찰관인 카도쿠라 씨네 집에서 신세를 졌다가 개과천선하고 과거를 청산해서 지금은 성실하게 사는 사람들이 있다는 거지?"

그 나쁜 짓은 분명….

"도둑이, 아니, 전직 도둑이 계신 게 아닐까 싶은데, 어때?"

나는 추리 소설을 읽어도 절대 범인을 맞히지 못하는 편이지만, 이것만은 확실하다.

아빠는 젓가락을 내려놓고 나를 보았다.

"내가 실수했다."

"뭐가?"

"시즈의 일기를 읽지 않은 것 말이야. 신사로서는 그런 짓을 할 수 없었지만, 마지막 괴도 신사로서는 읽어뒀어야 했어."

그럼 역시.

"내 추측이 맞구나."

"거기까지 쓰여 있었다니 얼버무려도 소용없겠지. 애초에 대단한 비밀도 아니란다."

"그래?"

아빠가 미소 지었다.

"그 시절을 아는 사람이라면 다 아는 사실이야. 젊음의 객기를 나눈 동지들끼리는 다 알지."

"그게 누군데?"

아빠가 고개를 까닥였다.

"사적인 일이라 내 입으로 말할 수는 없지만."

"말해요."

"너는 이미 한 가지 답을 알고 있지 않니?"

한 가지 답?

"예전에는 카도쿠라 씨에게 신세를 지다가 지금은 성실하게 이 상점가에 사는 사람이 누구인지, 최근 사건을 생각해 보면 알 수 있잖니."

사건….

"아."

머릿속에서 퍼즐이 착착 들어맞는 소리가 들렸다.

갑자기 도둑을 조사하고 그것을 여름방학 자유 연구 주제로 삼으려고 한 싱고.

집 안에 느닷없이 그림이 나타나는 어처구니없는 일이 벌어졌는데도 평온한 얼굴로 웃던….

"남룡?!"

그 집안사람 중 누군가가?

"그런 거야?"

아빠는 '글쎄, 어떠려나' 하듯이 미소 지으며 고개를 살짝 옆으로 기울였다.

# 20

나도 모르게 가게 안을 들여다보았다. '남룡'.

들떠서 폴짝폴짝 뛰었다. 평소와 다름없이 한가한 가게 안에 있는 아줌마와 아저씨. 가게 안쪽에는 아마 할아버지와 할머니가 있을 것이다.

아빠는 결국 확실히 말해주지 않았지만, 아무리 생각해도 아키야마 아저씨일 것 같다.

옛날에 도둑질을 하다가 개과천선해서 이제는 성실하게 사는 사람.

"저런 얼굴로 말이지."

얼굴로 도둑질을 하는 것은 아니지만, 아키야마 아저씨는 어느 모로 보나 선한 인상이다. 도무지 그런 짓을 하던 사람으로는 보이지 않는다. 물론 그랬다는 확증은 없지만.

"흠…."

그리고 산타 씨는 '다들'이라고 말했다.

그와 관련해서도 아빠에게 물어봤지만 대답은 듣지 못했다. '다들'이라면 이 상점가에 남아 있는 터줏대감 중에 카도쿠라 씨에게 신세를 진 사람이 적어도 두 명은 더 있다는 뜻이다. 만약 아키야마 아저씨와 또 다른 누군가까지 해서 둘뿐이었다면, '다들'이라고 표현하지 않았을 것이다. 적어도 세 명은 되어야 언어적으로 자연스럽다.

"그렇다면…."

누구일까.

지난 흐름으로 봐서는 남룡과 마찬가지로 주민회장을 지낸 적이 있고 상점가에서 실권을 행사하며 토지를 소유한 사토 약국과 대학 앞 책방이 유력하다.

사토 아저씨와 스즈키 아저씨.

거기에 아키야마 아저씨를 합하면 세 명이 된다. 그러면 '다들'이라고 표현해도 이상하지 않다.

"틀림없어."

셋이 합심해서 루팡 3세와 지겐과 고에몽처럼 도적단으로 활동했을까? 그렇다면 카도쿠라 씨는 제니가타 경부? 내가 생각해도 유치하고 촌스러운 망상이 조금씩 부풀어 갔다.

"그래서."

알고 보면 요즘도 남몰래 아빠의 일을 돕고 있다든가….

얼마 전 아빠가 말했다. 동료가 카츠미와 호쿠토만 있는 것은 아니라고. 그 둘 말고도 자신을 돕는 사람이 있으니 걱정하지 말라고 했다.

그게 남룡과 사토 약국과 대학 앞 책방의 사장님들이라면 어떨까. 라멘집과 약국과 책방이 사실은 대도와 한패라면?

있을 법하다. 소설이나 만화 속 세상이라면.

사토 약국과 대학 앞 책방도 살펴보러 가고 싶었지만 꾹 참았다. 너무 호들갑인 것 같기도 하고 그런 짓을 하다가 들켜서 의심을 사면 곤란하니까. 책방에서는 어슬렁거려도 괜찮겠지만, 약국에서는 오늘 살 만한 물건이 딱히 없다.

이럴 때는 정보통인 호쿠토에게 의지하면 편할 텐데, 나오를 생각하면 그 비밀 기지에 너무 자주 들락거리기가 찜찜하다.

하는 수 없다.

전문가에게 맡기는 수밖에.

전직 불량배인 카츠미라면 알지 않을까. 그렇게 생각하며 시로가네 가죽 공방의 문을 열었다.

"안녕하세요."

항상 카운터 너머에서 가죽과 접착제 냄새에 둘러싸여 작업하던 카츠미도, 그의 아버지 타츠미 아저씨도 없다.

"어라?"

그때 안쪽에서 덜컹거리는 소리가 나더니, 창고로 쓰이는 방에서 카츠미가 나왔다.

"아, 아야 누나."

"좋은 아침."

이제 곧 점심때지만 오늘 처음 봐서 아침 인사를 했다. 그런데 카츠미의 얼굴이 조금 이상하다. 아니, 그럭저럭 잘생겼으니 못생겼다는 의미는 아니고, 원래는 나를 보면 얼굴에 웃음이 활짝 피어나는데 오늘은 미간에 주름이 잡혔다. 아주 사나운 표정이다.

아. 불량하던 시절에는 이런 얼굴이었겠구나. 카츠미가 온몸으로 살기를 내뿜으면 이 일대의 불량 학생들이 벌벌 떨었다고 들었다.

"왜 그래?"

내가 묻자, 카츠미가 고개를 살짝 갸웃했다.

"아직 못 들었어?"

카츠미가 미간에 주름을 잡은 채 물었다.

"뭘? 무슨 말이야?"

"잠깐 기다려 봐."

카츠미가 다시 안쪽으로 들어갔다가 바로 나왔다. 타츠미 아저씨가 함께 나와서 나를 향해 미소 지었다.

"오, 아야."

"안녕하세요."

타츠미 아저씨는 작게 고개를 끄덕이고는 역시나 살짝 얼굴을 찌푸렸다.

"아마 아야네는 마지막이겠지."

"마지막이요?"

"지금은 상점가에서 가게를 하는 것도 아니니까."

응? 무슨 뜻이지?

"아야 누나, 세이진 아저씨는? 지금 집에 계셔?"

"어, 계시는데."

본업인 모형 제작자로서 열심히 일하고 있다. 카츠미는 고개를 끄덕인 뒤 나를 가만히 바라보았다.

아, 이 눈은 무언가를 암시하는 눈이다. 준비하라는 뜻이다. 곧 나올 말에 확실히 반응하라는 의미를 담은 눈빛이다.

"놀라겠지만…."

"응."

이건 놀라라는 뜻이다. 마지막 괴도 신사의 딸이 아니라 그저 상점가에서 나고 자란 소꿉친구로서, 평범한 사람으로서 반응하라는 뜻이다.

잘 알겠다.

"어젯밤부터 꽃길 상점가에 있는 모든 가게에 이런 게 뿌려졌어. 고급 정장을 빼입은 회사원과 변호사 열몇 명이 한꺼번에 몰려왔어."

"뭐?"

"팀을 나눠 우르르 찾아와서는 자그마한 선물을 들고 정중하게 설명하면서 돌아다녔어."

뭐라고?

"회사원과 변호사?"

그게 누군데?

"매시 그룹 간부들과 담당 변호사들이었어."

"뭐?!"

놀랐다. 연기가 아니라 진심으로 놀랐다. 무심코 안쪽에 있는 타츠미 아저씨 쪽으로 시선을 던지자, 아저씨가 느릿하면서도 분명하게 고개를 끄덕였다.

"언젠가 이런 일도 있겠거니 짐작은 했지만…."

정말 이렇게 될 줄이야, 하면서 희끗희끗한 머리를 북북 문질렀다.

"그래서."

카츠미가 들고 있던 봉투를 가리켰다. 한눈에도 매우 고급스러운 종이를 쓴 것 같고 금색 테가 둘린 화려하고 커다란 봉투였다.

"뭐가 들었어? 계약서?"

매시 그룹이 왔다는 것은, 여기를, 이 꽃길 상점가를 매수하겠다는 뜻이다. 매수 금액 같은 게 적힌 서류가 들었으리라.

"그게…."

카츠미가 뒤를 돌아보며 타츠미 아저씨에게 물었다.

"어차피 아야 누나네 집에도 갔을 테니까 보여줘도 되지?"

"그래. 기원을 거슬러 올라가면 야구루마 가문은 여기 집주인이니까."

카츠미가 그 화려한 봉투에서 꺼낸 것은 더 화려하고 자그마한 봉투였다. 보통 결혼식 초대장으로 사용되는 크기다.

"이거야."

카츠미가 안에서 두툼한 종이를 꺼냈다. 그야말로 내가 생각한 것처럼 결혼식 초대장 같은, 높은 격식이 느껴지는 연보랏빛 종이다. 카츠미가 내 눈앞에서 종이를 펼쳤다. 나는 얼굴을 갖다 대고 읽었다.

"어?"

정말 초대장이었다. 초대장이기는 한데….

"마키타다 온천으로 초대합니다?"

"맞아."

마키타다 온천은 이 마을에서 특급 열차와 보통 열차를 갈아타고 세 시간 정도 달리면 나온다. 일본의 역사가 시작됐을 즈음부터 존재

했다고 할 정도로 유서 깊고 오래된 온천으로, 일본의 유명한 온천을 꼽을 때마다 반드시 거론되는 곳이다.

물론 아주 평범한 온천 마을이지만 역사와 전통이 있어서 고급 여관이 즐비하다. 카츠미가 자기 쪽으로 초대장을 펼쳤다.

"그 유명한 야나마치 여관에 꽃길 상점가 여러분을 모두 초대한대."

"왜?"

야나마치 여관은 마키타다 온천 지역에서도 '최' 자가 붙을 만한 고급 온천 여관이다. 조사해본 적이 있다. 언젠가 친구와 함께 그런 고급 여관에서 온천을 실컷 즐기고 싶어서.

내가 기억하기로 가장 저렴한 방이 1박에 1인당 7만 엔 정도였다.

"거기는 객실 수가 그리 많지 않아서 아마 통째로 빌렸을 거야. '꽃길 상점가 일동'이라는 이름으로."

돈을 얼마나 들였을까.

"왜? 거기서 신나게 놀기라도 하자고?"

"거기서 다 설명하겠대."

"뭘?"

"여기를 얼마에 살지."

얼마….

"그놈들은…." 타츠미 아저씨가 말했다.

"이곳 토지 전부를 원해. 믿기 힘든 가격으로 사주겠대. 게다가 여기 사는 사람들을 위해서 새로운 땅과 집을 저렴하게 소개해준다고 했어."

"새로운 곳에서 장사를 하고 싶으면 비슷한 상점가에 있는 땅이나 건물도 소개해준대."

"그것도 믿기 힘든 싼 가격에 소개해준대?"

"맞아."

그런 건….

"믿을 수가 없어."

"그래서 이러는 거야."

"그래서 이런다고?"

카츠미가 초대장을 팔락팔락 흔들었다.

"장난이나 사기가 아니고 진심이라는 걸 이 최고급 여관 '야나마치 여관'에 온 가족을 초대함으로써 드러내려고 한 거야."

"그런 걸로…."

"그것만이 아니야. 전에도 말했지만, 그놈들은 이걸 뉴스에 내보낼 거래."

"뉴스?"

카츠미가 고개를 끄덕였다.

"대대적으로 기자회견을 한대. 어쩌면 이미 포털사이트에서 톱뉴스가 됐을지도 몰라. 홍콩 매시 그룹이 드디어 일본 진출. 그 첫걸음은 꽃길 상점가. 그런 제목으로."

"그럴 수가…."

그렇게 되면 더는 어찌할 도리가 없다.

"다 같이 온천에 가면 이 상점가 전체가 문을 닫는 거잖아."

"물론 강제는 아니야. 온천 투어에 참여하지 않아도 된대. 그래도 성심성의껏 협상에 임하겠대. 그리고 만약 모든 가게가 온천에 간다면, 매시 그룹에서 상점가 전체를 지킬 경비원을 고용해서 그날 밤 경비를 세우겠다고 했어. 심지어 장사를 쉰 날짜만큼 하루 매출의 세 배를 매시 그룹에서 부담하겠대."

뭐, 뭐라고?

"아주 극진한 대접이네."

"그렇지."

카츠미의 얼굴이 진지하게 일그러졌다. 그리고 작은 목소리로 중얼거리듯 말했다.

"그놈들, 본격적으로 움직이기 시작했어. 선수를 친 거야."

거의 날듯이 집으로 뛰어갔다. 카츠미와는 나중에 다시 호쿠토네 비밀 기지에서 만나기로 했다. 카도쿠라 씨와 산타 씨에게는 죄송하지만 '건널 수 없는 건널목'에서도 신호를 무시하며 돌진했고 엘리베이터 안에서도 뛰쳐나갈 기세로 기다리다가 집에 도착했다.

집에 와보니 현관에 언뜻 봐도 고급스러운 구두 세 켤레가 놓여 있었다.

그것을 보고 심호흡했다. 허둥대면 안 된다. 숨을 고르고 애써 아무렇지 않은 척 거실 문을 열었다.

눈에 들어온 것은 거실 소파에 등을 기댄 채 엷은 미소를 머금은 아빠와, 무심하면서도 정중하게 일어나서 나를 맞이하는 정장 차림의 남자 세 명.

"아야."

아빠가 작게 고개를 까닥였다.

"손님이다."

“안녕하세요.”

“딸아이 아야입니다.”

아빠가 그렇게 말하자, 한 명이 잽싸게 다가와 명함을 내밀었다.

“처음 뵙겠습니다. 저는 홍콩에 거점을 둔 종합 상업 부동산 개발 회사 매시 그룹의 사카키바라입니다.”

그리고 이어서.

“저는 고문 변호사인 우치모토라고 합니다.”

“저는 매시 그룹의 니시자와라고 합니다.”

다들 움직임에 막힘이 없었다. 웃는 얼굴도 그야말로 프로페셔널하다.

“자, 너도 앉으렴.”

아빠가 자기 옆을 가리켜서, 나는 얌전히 앉았다.

“매시 그룹이라는 이름은 들어봤지?”

아빠가 그렇게 말하자, 나는 최대한 속내를 숨기고 부드럽게 미소 지으며 고개를 끄덕였다.

“물론이죠.”

“이분들은 꽃길 상점가를 재개발하려고 이번에 협상을 나오셨다고 하는구나. 그래서 그곳 토지를 소유한 우리한테도 이렇게 찾아오신 거래.”

아빠가 설명하자, 벌써 이름도 잊었고 앞으로 기억하고 싶지도 않은 매시 그룹의 3인조가 고개를 끄덕였다.

지금 보니 카츠미네 가게에서 본 것과 똑같은 봉투가 테이블 위에 놓여 있었다.

“야구루마 가문이 선조 대대로 이 땅에 살았고 과거에는 토지 대부분을 소유하고 있었다는 것도 물론 알고 있습니다. 이번에 찾아뵌 이유는 꽃길 상점가와 협상하기 위해서지만, 그러려면 역시 상점가 분들과 여전히 가깝게 교류하시는 야구루마 가문에 인사드리는 게 도리인 듯해 바쁘신 와중에 진심으로 송구합니다만 이렇게 찾아뵀습니다."

청산유수.

오랜만에 그 사자성어가 떠올랐다.

"세이진 님, 저희가 따님께 자세한 경위를 한 번 더 말씀드리는 게 좋을까요?"

"아닙니다."

아빠가 그럴 필요 없다며 손을 가볍게 저었다.

"내가 설명하죠. 여러분도 바쁘실 테니까요."

가볍게 내젓던 손을 현관 쪽으로 점잖게 움직이고는 천천히 일어선다. 이제 돌아가라는 뜻이다.

곧바로 그 뜻을 알아차린 매시 그룹 3인조가 민첩하게 일어났다.

"그럼 잘 부탁드립니다."

현관에서 깊이 허리를 굽히고는 문을 탁 닫았다. 발소리가 멀어지는 것을 확인한 뒤에 아빠에게 물어보려고 입을 여는데, 아빠가 먼저 말했다.

"아야."

"응."

"온천에서 편히 쉬다 오렴."

뭐라고?!

온천에서 편히 쉰다. 게다가 최고급 숙소에서 묵는다. 이 얼마나 멋진 제안인가! 하며 기뻐하고 싶지만….

"무슨 말이야?"

아빠의 얼굴을 노려보았다. 아빠는 대답도 하지 않고 뒤를 돌아 집 안으로 척척 들어가더니 거실 소파에 여유롭게 앉았다.

그런 다음 더 여유로운 동작으로 파이프를 꺼내 담뱃잎을 채우고 라이터로 불을 붙인 뒤 뻐끔뻐끔 연기를 빨았다. 파이프 담배 냄새가 천천히 거실을 메웠다.

평소와 똑같은, 마치 의식 같은 일련의 흐름.

"그 사람들이, 매시 그룹이 상점가 사람들을 모두 온천으로 초대한다더구나. 모처럼 온 좋은 기회 아니니? 그런 고급 여관에 묵으면서 느긋하게 온천에 몸 담글 기회를 놓치면 안 되지. 어쨌거나…."

아빠가 씩 웃었다.

"공짜니까."

아빠가 턱짓으로 가리킨 곳에 테이블이 있었고 그 봉투가 보였다.

"공짜지만, 그 대가는 비싼 거 아니야?"

나는 부루퉁한 얼굴로 아빠 맞은편에 앉았다.

"그렇게 말하는 걸 보니 벌써 어디서 자세한 이야기를 들었나 보구나."

"좀 전에."

카츠미네 가게에서 들었다고 하자, 아빠가 고개를 끄덕였다.

"타츠미 아저씨가 우리 집은 마지막일 거라고 했어."

"그랬겠지. 여기는 꽃길 상점가가 아니니까. 원래는 초대받을 위치도 아니야."

"협상을 쉽게 하려고 그러는 거지?"

아빠는 그렇다며 고개를 끄덕였다. 원래는 이 동네 지주였던 우리 집. 그들이 보기에는 상점가 사람들이 아직도 이런저런 형태로 아빠를 의지하는 것 같았나 보다. 하긴 어느 정도는 옳은 판단일 수도 있겠다.

"매시 그룹이 본격적으로 움직이기 시작한 거지? 지금까지는 뒤에서 몰래 움직이더니, 이제는 대놓고 정식으로 이 꽃길 상점가를 매수하려는 거지?"

어디 그뿐인가. 전에 카츠미가 해준 이야기에 따르면 상점가뿐만 아니라 이 마을 전체를 점령하려는 목적일지도 모른다.

"그렇지?"

아빠는 파이프를 한 모금 빨고 고개를 끄덕였다.

"그럴지도 모르지."

"차분하네."

애초에 아빠가 허둥대는 모습은 본 적이 없지만.

"알고 있었어?"

"뭐, 예상은 했단다."

"그래?"

하지만, 하며 아빠가 말했다.

"이렇게 빨리, 그것도 대놓고 움직인 건 조금 놀랍구나. 지금까지 필요 이상으로 음지에서 신중하고 느리게 움직이던 걸 생각하면 예상 범위를 다소 넘어선 행동이야."

역시, 하면서 고개를 크게 끄덕인다.

"세계적으로 명성을 떨친 기업은 달라. 매시 그룹의 총수 웡 라핑은 내가 상상한 것보다 머리가 비상하고 행동력이 있는 것 같구나."

"감탄이나 할 때가 아니야."

또 살짝 화를 내버렸다. 그도 그럴 것이, 이대로면 이 꽃길 상점가가….

"없어질지도 몰라. 엄청나게 좋은 조건이잖아. 틀림없이 사기다 싶을 만큼 좋은 조건인데 사기가 아니라 진짜잖아. 인터넷에는 벌써 뉴스가 떴을지도 모른다고 카츠미가 그랬어."

매시 그룹은 멀쩡하게 운영되는 세계적인 대기업이다. 그런 대기업이 공공연하게 뉴스를 띄울 정도라면 적어도 매수 자체가 사기일 리는 없다. 나중에 어떤 일이 벌어질는지는 모르지만.

"그렇지."

"그렇지라니…."

아빠는 늘 그랬듯 여유로운 태도를 잃지 않는다. 웃음을 띠며 고개를 끄덕인다. 그래서 나는 화가 식어 버렸다.

"그래."

아빠가, 마지막 괴도 신사가 움직이는데 질 리가 없다. 이기는 싸움만 한다. 아빠가 그렇게 말했다.

"예상은 못 했어도 이런 때를 대비한 전략은 있는 거지?"

아무 말 없이 옅게 웃는다.

"너를 불안하게 하고 싶지는 않으니 말해두마."

"응."

"전략은 있어."

역시.

"하지만 그 전략을 사용하려면 필요한 게 있단다."

"필요한 거?"

아빠는 테이블 위에 놓인 초대장 봉투를 집어서 초대장을 꺼냈다.

"온천에서 열릴 설명회 날짜는 닷새 후야. 아주 급하게 느껴질 수도 있는 일정이지."

"그렇네."

보통 매일 장사를 하는 사람 입장에서는 어딘가로 떠나는 일정을 닷새 후로 잡으면 너무 촉박하게 느껴진다.

"하지만 아주 잘 짜인 일정이야."

"그래?"

"그렇고말고. 가게를 쉬어도 쉰 만큼 매출액을 충당해준다면 언제

가도 상관없다고 생각하는 점주도 있을 테고, 반면에 반발하는 점주도 있을 거야. 다 같이 논의하려고 하겠지. 그런 의미에서 이 닷새라는 기간은 아주 절묘하단다. 소수가 모여 논의할 수도 있고, 전체가 모여 논의할 수도 있고, 혼자 생각할 수도 있고, 가족끼리 의견을 나눌 수도 있는 넉넉한 시간이야. 하지만 논의를 서둘러야 한다는 압박감이 들 만큼 짧은 기간이지. 다시 말해 모두 완벽하게 마음을 정하지 못한 채로 설명회에 참여해야 한단다."

아빠는 진심으로 감탄한 듯 고개를 두 번 세 번 흔들었다.

"수완이 좋아."

그렇게 말하며 고개를 크게 끄덕였다.

"인간은 망설이는 동물이지. 그리고 망설여질 때 일단 '이야기를 들어보고 정해도 늦지 않다'는 결론을 내리는 게 장사꾼들의 천성이야. 그 점을 아주 정확하게 꿰뚫은 작전이구나."

그런가. 듣고 보니 확실히 그런 것 같다.

"정말 수완 좋다는 말밖에 안 나오는구나. 상당한 책사야. 하긴 거기는 기업이니 플래너 같은 사람이 붙어 있겠지."

"감탄만 하지 말고."

하던 이야기를 마저 해주시죠.

"필요한 게 뭔데?"

"너란다."

아빠는 그렇게 말하며 파이프로 나를 가리켰다.

"나?"

그래, 하고 고개를 끄덕이며 빙그레 웃는다. 나에게는 이미 공기처럼 익숙하지만, 역시 외국인은 외국인이다. 영국 신사라는 이미지를 그대로 재현해낸 것 같은 아빠의 미소에 홀랑 넘어가는 사람이 많다. 아니, 아빠가 남을 호리려고 웃는다는 뜻은 아니다.

"너는 이제 상점가에 가서 사람들을 설득…. 아니, 사람들에게 말을 걸으렴. 일단 온천에 가자고 해."

"내가?"

"이야기를 들어보고 거부해도 되는 일이고, 그런 고급 여관에서 공짜로 묵을 기회는 드무니까 차라리 아주 오랜만에 상점가 단체 여행 삼아 가자고 하렴."

'상점가 단체 여행'.

맞다. 완전히 잊고 있었다.

"마지막으로 간 게 언제였더라?"

"그게 아마, 네가 중학교 1학년일 때 아니니?"

맞다, 맞다. 그쯤이었다. 경기가 이렇게 나빠지기 전이었다. 상점가 사람들도 활기 넘치던 때라 1년에 한 번 정도 다 같이 여행을 가기 위해 조금씩 돈을 모아서 종종 가까운 온천에 갔다.

"네가 그렇게 말하면, 망설이던 사람들도 일단 가보자는 생각을 할 거야."

아니, 잠깐만.

"아까부터 자꾸 다녀오라고만 하는데, 아빠는 안 가?"

"물론이지."

"그 사이에 무슨 일을 꾸미려는 거지?"

"그건…."

아빠가 파이프 담배를 뻐끔뻐끔 피웠다.

"네가 관심 둘 일이 아니야. 너는 그저 상점가 사람들과 온천을 즐기고 오면 돼."

"하지만 그놈들은 틀림없이 거기서 사람들을 설득할 거야. 그, 뭐더라? 사기꾼들이 미끼 상술을 쓰듯이 좋은 말로 구슬려서 모아 놓고 그 자리에서 도장을 찍게 한다든가, 그러면 어떡해?"

"그렇게는 안 될 거야."

"어째서?"

아빠는 씩 웃었다.

"캬츠미와 호큐토가 같이 갈 테니까. 그 애들이 있으면 매시 그룹은 쉽게 자기네 계획을 밀어붙이지 못할 거야. 여차하면 그쪽 남자들 네댓 명, 아니, 열 명 정도는 캬츠미가 때려눕히겠지."

"폭력은 안 돼."

"농담이란다. 네가 같이 있으면 그런 짓은 못 하게 하겠지."

당연히 그런 짓은 못 하게 할 거다.

"괜찮아. 캬츠미와 호큐토가 있어. 그리고 뉴스를 띄우면서까지 정직하고 정정당당하게 매수를 세상에 공언하려던 사람들이 그런 사기꾼 같은 짓을 하지는 않을 거야."

요즘은 인터넷 시대라고 아빠가 말했다.

"우리 상점가 안에도 인터넷에 정통한 사람들이 있어. 매시 그룹이 뭔가 이상한 짓을 벌이면 대기업이라 순식간에 소문이 퍼질 거란다. 그들이 그런 실수를 범하지는 않을 거야."

"하긴 그렇네."

"그러니까 이건 조금 화려하지만 견실하고 합법적인 기업이 제시한 매수 협상의 일환이야. 다녀오렴. 다 같이 즐기고 와. 매시 그룹의 돈으로."

아빠가 보기 드물게 윙크를 했다. 내가 어렸을 때는 윙크도 자주 한 것 같은데.

그래서 나는 알아차렸다.

"아빠."

"왜?"

깨달았다.

"꽃길 상점가 사람들을 전부 온천 여행에 보내고 싶은 거지? 뭔가 대책을 세우려면 필요한 과정인 거지? 그래서 사람들이 여행을 가도록 설득하라는 거고."

"설득할 필요는 없어."

설득은 하지 않아도 된다고 한다.

"아까도 말했지만, 너는 그저 상점가 사람들에게 '일단 진정하고 이야기를 들으러 가봐요. 예전처럼 여행하는 기분으로요'라고 말하면 돼. 어디까지나 자연스럽게."

결국 예상대로 아빠는 아무도 없는 상점가에서 무엇을 할 생각인지 전혀 가르쳐주지 않았다.

"그래서, 상점가를 다 돌고 왔어?"

"돈 게 아니라 잡담을 나눴을 뿐이야."

남룡을 비롯해 상점가 여기저기를 정처 없이 쏘다니다가 누가 말을 걸면 멈춰 서서 잡담을 나누며 아빠가 알려준 대사를 되풀이했다.

"'일단 진정하고 이야기를 들으러 가 봐요. 예전처럼 여행하는 기분으로요'라고?"

"그래."

마츠미야 전파사 뒤편, 호쿠토의 비밀 기지에 도착한 것은 여기저기서 거의 필요도 없는 물건들을 사며 그 말을 어느 정도 퍼뜨린 뒤였다.

"확실히 세이진 아저씨가 말한 대로야."

카츠미가 웃었다.

"아야 누나한테 그런 말을 들으면 다들 갈 마음이 생길걸."

"상점가 단체 여행이라니, 정말 오랜만에 듣는 말이네요. 엄청 어릴 때 마지막으로 갔는데."

셋이 함께 고개를 끄덕였다. 내가 기억하는 한 가장 많은 인원이 참여했을 때는 대형 관광버스를 세 대쯤 빌려서 갔다.

"너희 아버지는 뭐라셔?"

내가 묻자, 카츠미가 어깨를 으쓱했다.

"누가 그런 데 참석하냐고. 불쾌하대."

맞다. 카츠미의 아버지는 그런 분이다.

"그래도, 뭐, 설득할게."

카츠미가 고개를 끄덕이며 말했다.

"세이진 아저씨가 그렇게 하라고 하셨으니까. 다 같이 온천 여행을 즐기게 해야지."

호쿠토도 그러겠다고 말했다.

"그래서."

"그래서?"

일단 물어보았다.

"이번에는 너희도 아빠가 뭘 하려는 건지 아무것도 못 들은 거지?"

"전혀."

둘은 크게 고개를 끄덕였다.

"정말 예상도 안 돼."

"그런데 아야 누나, 이거 아직 못 봤죠?"

컴퓨터 앞에 앉은 호쿠토가 화면을 내 쪽으로 돌려주었다. 뉴스를 다루는 사이트다. 낯익은 사람이 누군가와 악수하고 있다.

"어?"

우리 시장님이잖아.

"이건 누구야?"

고급스러운 정장을 멋지게 빼입고 시원스레 미소 지으며 악수하는 사람.

"당연히 매시 그룹의 총수 웡 라핑이죠."

뭐?

"원래 이렇게 생겼었나?"

"네. 하긴, 이 사람은 나오는 미디어에 따라 패션과 태도를 바꿔서 인상이 많이 달라 보여요."

그런데 이 사람이 왜 우리 시장님과 악수를….

"여기서도."

테이블 삼아 쓰는 목제 케이블 감개 위에 있던 신문을 카즈미가 집어 들었다.

"이미 기사가 나왔어. 정말 움직임이 민첩해."

카츠미가 펼친 신문 지면에는 화면으로 본 것과 똑같은 사진이 커다랗게 실려 있었다. 지역 뉴스 코너지만.

"'역 앞 재개발에 첫발! 웡 라핑이 시장을 공식 방문'이래. 아무 특징도 없는 마을에 개발의 꿈을! 하면서 시장님도 엄청나게 반겨. '시(市)에서도 역 앞 재개발에 최대한 협조하겠다'고 적혀 있어."

호쿠토는 얼굴을 찌푸렸다.

"이 아재가 무슨 소리를 하는 거야?"

"폭력은 안 돼. 행패도 안 돼."

"그런 짓 안 해. 누나는 내가 몇 살이라고 생각하는 거야?"

스물한 살짜리 혈기 왕성한 청년이지.

카츠미는 신문을 테이블에 툭 내려놓고 한숨을 쉬었다.

"돈 있는 놈한테는 당해낼 재간이 없어."

"아니야. 다 같이 힘을 모으면…."

그렇게 말했지만, 두 사람이 지긋이 바라보자 말을 끝까지 이을 수 없었다.

"안 되겠지?"

"안 되지."

이제 풍전등화 같은 꽃길 상점가의 존속.

"매시 그룹이 매수하겠다고 나선 걸 때마침 찾아온 행운으로 여기는 사람도 많아. 아니, 적어도 반 이상은 그렇게 생각할걸."

"설마…."

내 바람과는 달리 호쿠토가 카츠미의 말에 동조했다.

"물론 다들 여기서 지금처럼 장사하고 싶어 해요. 하지만 실질적으로 먹고살기 힘드니까 어쩔 수 없잖아요. 앞날을 생각하면 매수에 응하고 은퇴해서 남은 삶을 사는 게 낫다고 여기는 사람이 대부분일 거예요."

그래. 그건 그렇다. 다들 오랫동안 정붙이고 산 이곳에 있고 싶을 것이다.

셋이서 한숨을 쉬었다. 아무리 노력해도 결국 그렇게 되는 것일까.

"아야 누나."

"왜?"

"세이진 아저씨가 뭘 할지 우리는 짐작도 안 되지만, 우리를 온천에 보내려는 의도는 알잖아."

호쿠토가 고개를 끄덕여 동조했다.

"그렇지."

"절대 그 자리에서 계약서에 사인하게 두지 않을 거야."

그 누구도.

카츠미가 주먹을 쥐었다. 아니, 열심인 건 좋지만, 폭력은 안 된다니까.

# 22

매시 그룹에서 정장 차림의 무리가 찾아온 지 나흘이 지났다. 드디어 내일은 온천 여행을 떠나는 날이다.

꽃길 상점가는 변함없이 인적이 드물고 촌스러운 상태 그대로지만, 지난 며칠간 시끌벅적, 혹은 속닥속닥 소곤소곤 떠드는 소리가 났다. 가족끼리 논의하거나 이웃집에서 이야기를 나누거나 가까운 사람들끼리 조금 떨어진 번화가에서 만나 술을 마시며 대화했다.

아무튼 이제 화제의 중심은 매시 그룹이 제안한 온천 여행과 그들이 물밑에서 추진하는 계약이다. 이곳을 떠나 새로운 생활을 시작할 것인가, 말 것인가.

온천 여행에 가라는 아빠의 지시를 받은 듯한 카츠미와 호쿠토는 매시 그룹과 계약하지 말라고 사람들을 어설프게 설득하는 대신, 오늘 밤 있을 긴급 상인회에 참석하라고 광고하고 다녔다.

내일 온천 여행에 참여할지 다 같이 의사를 확인하는 상인회를 추진한 것은 카츠미와 호쿠토를 중심으로 한 2대, 3대째 가게를 이은 젊은이들이었다. 이 꽃길 상점가의 미래를 짊어질 젊은 후계자들.

물론 모두 생각이 똑같지는 않았지만, 카츠미와 호쿠토가 어찌어찌 의견을 조율했다고 한다.

나는 아무것도 할 수 없었고, 애초에 무언가를 할 수 있는 위치도 아니었다. 평소처럼 상점가 사람들 틈에서 장을 보거나 산책을 하거나 걸어 다니며 잡다한 이야기를 했을 뿐이다. 그러면서 일단 온천에는 가보자는 말을 끼워 넣었다.

"미안해, 아야 누나. 머릿수가 많아서 일이 커졌네."

"무슨 소리야? 항상 이랬는걸."

그렇다. 회의 장소는 늘 그랬듯 야구루마 가문의 공간.

우리 학원 교실이다.

'시로가네 가죽 공방', '대학 앞 책방', '사토 약국', '남룡', '시마즈 포목점', '카포트', '라 프랑세', '바클레이', '타마히카루 안경', '토야', '나토리 신발가게', '스즈키 양장점', '생선정', '미원', '게임 펀치', '무코다 상점', '파친코 대시', '라멘 후지미야', '우동 혼타마' 등등.

이제까지는 상인회에 참석하지 않던 사장님들도 속속 모여들었다. 그중에는 당연히 그 수상한 가게 사람들도 있었다. 노려보지 않도록 주의해야겠다.

원래 학원은 금연이고 회의 시간이 길지 않아서 담배를 잘 참아내는 사장님들이 많았는데, 오늘은 어쩐지 흡연율이 높다. 담배를 못

피우게 하면 성질을 낼 것 같아서 담배 피우는 사람들을 창가에 모아 놓고 재떨이도 내놨다.

원래 그리 왁자지껄하지는 않았어도 잡담은 활발했건만, 오늘은 아무도 입을 열지 않는다. 조용히 눈치를 살피는 느낌이다.

아빠는 오지 않았다. 집에 있지만, 무언가 생각이 있는지 사람들이 물어보면 일 때문에 바쁘다고 대답하라고 했다.

"자…."

전부 모이자, 앞자리에 있던 카츠미가 일어나서 입을 열었다.

"선배님들이 많이 계시지만, 제가 모이자고 했으니까 제가 사회를 보겠습니다. 괜찮죠?"

여기저기서 "그래"나 "좋다"라고 하는 아저씨 목소리가 들려왔다. 대부분 카츠미가 태어났을 때부터 알고 지내던 사람들이다. 그 개구쟁이가 이런 일을 주도할 만큼 컸구나 하며 격세지감을 느끼는 사람도 있을 것이다.

"초장부터 당황스러우시겠지만, 저는 성질이 급해서 쌈박하게 말하겠습니다. 논의는, 없습니다."

없다고? 사람들이 고개를 갸웃하거나 얼굴을 찌푸리며 카츠미를 바라보았다.

"생각해 봐요. 논의할 일이 아니잖아요? 결론은 그냥 하나뿐이에요. 다들 개인 사업주니까 가게를 관두든 계속하든 자유예요. 결국 각자의 의사가 중요한 거죠. 안 그렇습니까?"

확실히 그건 그렇다. 다들 "하긴…" 같은 말을 하며 어정쩡하게 고개를 끄덕였다.

"물론 이 꽃길 상점가를 지키고 싶죠. 저도 여기서 나고 자란 놈이에요. 고향인 이곳이 변하지 않았으면 한다고요. 여기 있는 가게들이 다 무너지고 그 대신 쓸데없이 커다란 빌딩이 서는 장면은 상상하고 싶지도 않아요. 하지만…."

카츠미는 말을 끊고 사람들을 둘러보았다. 나는 놀랐다. 카츠미는 사람들 앞에서 말을 잘하는구나. 말의 속도나 간격이 사람을 끌어당긴다.

"시대의 흐름을 어쩔 수는 없어요."

그러고는 또다시 사람들을 둘러본다. 카츠미는 어릴 때부터 늘 선봉에 서는 아이였는데, 단순히 싸움을 잘해서 그런 것은 아니었나 보다.

"그러니까 매시 그룹이 제안한 매수에 응할지 말지를 여기서 논의하지는 않을 거예요. 그럼 뭣 때문에 여러분을 불러모았냐 하면, 일단 다 같이 온천에 가자고 하기 위해서입니다."

"왜지?"

바클레이의 사장님이다. 나오의 아버지.

"논의하지 않겠다는 건 알겠어. 역시 카츠미야. 미적거리지 않아서 좋다. 하지만 그럼 온천에 가든 말든 각자 알아서 매시 그룹에 답변하면 되는 것 아니냐?"

"맞아."

일품요리 이자카야 '생선정'의 사장님이 맞장구를 쳤다. 거칠어 보이지만 속은 따뜻한 사람이다.

"아무리 장사가 안돼도 자주 찾아와주는 손님 정도는 있어. 온천에 가느라 하루라도 가게를 쉬면 유종의 미를 거둘 수 없잖아."

생선정의 사장님은 이미 관두려고 마음을 먹은 모양이다.

"바로 그거예요. 생선정 사장님."

때를 놓치지 않겠다는 듯 카츠미가 생글거리며 팔을 뻗어 생선정의 사장님을 가리켰다.

"그거라니?"

"유종의 미요."

"응?"

나도 고개를 갸웃했다. 카츠미는 무슨 말을 하고 싶은 것일까.

"꽃길 상점가에 남든 남지 않든, 이번 일은 뉴스에까지 나왔어요. 이 마을 근처 사람들은 모두 시장님과 매시 그룹의 총수가 악수하는 기사를 봤다고요. 생각해 보세요."

지금껏 이 마을에 살면서 이렇게 세간의 주목을 받아본 적이 있나요? 카츠미가 생글거리며 그렇게 물었다.

"기회예요."

"기회?"

"이 기회를 놓칠 수는 없죠. 지금껏 몇십 년이나 여기서 장사를 해왔지만 이렇게 큰 광고효과를 등에 업을 기회는 없었잖아요? 내일 매시 그룹이 대절한 버스가 올 거예요, 몇 대나. 그리고 동시에 뭐가 또 올까요?"

사람들이 웅성거렸다. 뭐지, 뭐야? 하며 고개를 갸웃거린다.

알았다, 카츠미의 의도. 내가 거들어야겠다.

"저요!"

손을 번쩍 들었다. 카츠미가 싱긋 웃으며 나를 손가락으로 가리켰다.

"네, 아야 누나."

"방송국 카메라!"

장내가 술렁였다.

"정답!"

나를 보던 카츠미가 다시 사람들을 둘러보았다.

"확실해요. 방송국 카메라 여러 대가 와서 취재할 거예요. 어쩌면 도쿄 주요 방송국에서도 올지 몰라요. 그것도 다 매시 그룹의 전략이니까요."

"무슨 소리야?"

무코다 상점의 사장님이 말했다.

"그 사람들이 이렇게 화려한 매수 작전에 나선 이유는 전적으로 자기네 기업이 공명정대하고 힘 있다는 걸 광고하기 위해서예요. 다른 기업을 월등히 뛰어넘을 만한 관용과 자본력을 갖췄다는 걸 보여주는 거죠. 이게 세상에 널리 알려지지 않으면 의미가 없어요. 그러니까 그놈들은 방송국하고도 사전 교섭을 해서 뉴스를 크게 키울 거예요."

맞장구치는 목소리가 여기저기서 나왔다.

"그런데 말이죠, 그 중심에 있는 우리가 무기력한 표정으로 마지못해 버스에 올라타거나, 아예 버스를 타지 않고 고집스럽게 상점가에 남으면 어떻게 될까요? 상대가 원하는 게 바로 그거 아니겠어요? 최후를 맞은 상점가에 내일은 없다, 합리적인 보상을 해준다는데도 말이 통하지 않는 상점가다, 라는 이미지가 널리 퍼질 거예요. 그렇게 되면 점점 더 손님들 발길이 끊기겠죠. 쇠퇴 흐름에 박차가 가해지는 거예요. 그러면 안 되잖아요?"

"그렇군."

당장이라도 박차고 일어날 기세로 목소리를 높인 사람은 나토리 신발가게 사장님이었다.

"그럼 오히려 의기양양하게, 다 같이 맞춘 상점가 단체복이라도 빼입고 버스를 타야지. 그렇게 해서 꽃길 상점가의 가치를 높여보자고."

"그래요!"

카츠미가 과장되게 함박웃음을 지어 보였다. 어쩌면 카츠미는 연기자가 되는 게 나았을지도 모르겠다.

생각났다. 그러고 보니 카츠미는 초등학생 때 학예회 연극에서 주인공인 모모타로 역을 맡아 아이답지 않은 무척이나 훌륭한 연기력으로 관객을 사로잡은 적이 있다.

"가게를 접을지 말지 고민은 잠깐 미뤄두세요. 여기를 떠나더라도 삶은 계속 이어지잖아요. 쩨쩨하고 후진 상점가라는 이미지를 안은 채로 하루하루를 살아도 괜찮겠어요? 전 국민이 그렇게 생각해도 괜찮아요? 상인으로서 부끄럽죠? 꽃길 상점가는 말 그대로 '꽃이 필 정도로 아름답고 활기찬 상점가'라는 뜻이잖아요?"

카츠미가 진지한 얼굴로 열변을 토했다. 사람들에게 호소했다. 그리고 사람들도 진지한 얼굴로 들었다.

"매시 그룹인지 뭔지 외국 기업에 아무렇게나 휘둘리면 분하지 않겠어요? 그놈들이 가진 돈의 힘에 진다 해도 마지막의 마지막 순간까지 우리 꽃길 상점가의 근성을 보여줘야죠. 우리는 매수되는 게 아니다, 네놈들의 돈을 이용해서 위로 올라서겠다, 그런 기세를 보여줘야죠."

쾅! 하고 카츠미가 책상을 내리쳤다.

"꽃이면 벚꽃처럼 끝에 가서 활짝 핀 다음 떨어지자고요. 예전에 축제 때 입던 단체복을 내일 다 같이 차려입고 의기양양하게 버스에 올라타요. 온천에 가서 그놈들 돈으로 떠들썩하게 즐겨봐요! 다 같이!"

"다녀왔습니다."

"왔니?"

학원 교실을 정리하고 집에 돌아오니, 아빠가 홍차를 우리고 있었다. 게다가 내가 돌아오는 시간에 맞춘 것처럼 딱 좋은 타이밍이다.

"혹시."

"응?"

"보고 있었어?"

아빠가 고개를 끄덕였다.

"어떻게?"

"너는 최근 IT 기술을 너무 모르는구나."

그야 관심이 없으니까.

"아래층에 컴퓨터 같은 거 없었는데?"

호쿠토도 컴퓨터를 가져오지 않았다.

"컴퓨터 없이도 영상을 보낼 수 있어. 전화로."

아, 스마트폰인지 아이폰인지를 말하는 것이다. 그러고 보니 호쿠토가 그 비슷한 무언가를 만지작거리는 것 같았다.

아빠가 홍차 잔과 받침 접시를 같이 챙겨서 부엌에서 거실로 이동했다.

"잘 먹겠습니다."

소파에 앉아 테이블 위에 놓인 잔을 들었다.

"캬츠미가 열변을 토하더구나."

"그러게. 놀랐어."

"그것도 너무 무심했던 게지. 캬츠미의 연기력과 리더십이 좋다는 건 옛날부터 다들 알던 사실이야."

그랬나 보다. 단순히 내가 의식하지 못한 것 같다.

"시마즈 영감님의 괜한 트집도 깔끔하게 막아 버리더라."

시간이 조금 흐른 뒤에 꽃길 상점가의 중진 '시마즈 포목점'의 시마즈 영감님이 사람들 앞에서 연설을 늘어놓으려고 했다. 그러자 카츠미가 내일 온천에 가서 얘기해달라고 했다.

"언론사가 계속 따라붙을 수도 있으니까 그렇게 하는 게 더 눈에 띄어서 효과적일 거라나?"

아빠가 웃었다.

"시마즈 씨는 그 나이에도 여전히 기운이 넘친다니까."

"있잖아, 아빠."

"왜 그러니?"

만약 내일….

"사람들이 거의 다 매시 그룹과 계약을 해 버리면 어떻게 해?"

내게는 계약을 막을 방법이 없다.

"시마즈 영감님은 그쪽 첩자가 된 거지?"

아빠가 빙긋 웃으며 홍차를 마셨다. 그러고는 천천히 파이프 담배를 꺼냈다.

네, 네, 기다리겠습니다. 아빠가 불을 붙이고 느긋하게 연기를 피울 때까지.

“똑같은 말을 반복하게 하지 마라, 아야.”

그 말은….

“‘나는 항상 퍼펙트하게 일을 처리한다’ 그거예요?”

“그래. 아무 걱정 하지 마. 너는 이미 사람들에게 온천 여행에 갈 마음을 심어주는 네 역할을 다했어. 이제는 그저 아무 생각 말고 온천에서 푹 쉬다 오면 된단다.”

그런가요.

“다만.”

“다만?”

아빠가 씩 웃었다. 아, 이건 마지막 괴도 신사의 미소다.

“돌아오면 큰 소동이 일어날 거야. 그것만은 각오해두려무나.”

큰 소동?

“매시 그룹이 이 마을을 재개발하는 데 착수했다는 이야기가 겨자씨 한 알처럼 작아 보일 만큼 큰 소동이란다.”

# 23

"너무 좋다."

온천은 정말 좋다.

저절로 "아아" 하는 감탄사가 나오고 만다. 게다가 노천탕! 심지어 고요함과 우아함의 극치를 그려낸 듯한 자연 속 온천이다.

"역시 비싼 값을 하는구나."

"그러게요."

"그치?"

바클레이의 나오와 함께 노천탕에 있다.

나오가 예쁜 건 알고 있었고 틀림없이 몸매도 좋으리라 예상은 했지만, 사람을 콤플렉스 덩어리로 만드는 이 희고 탱탱한 피부와 큰 가슴은 뭘까.

그 흰 피부가 온천수에 잠겨 주변을 뿌옇게 물들이자, 나조차 저도 모르게 나오에게 달려들고 싶어지는 것 같다.

같이 온 사람 중에 젊은 여자는 나와 나오뿐이라 자연스레 같은 방을 쓰게 됐는데, 생각해보니 다행이다. 수다스러운 아줌마들과 한 방이었으면 견디기 힘들었을 것이다.

"있잖아, 나오."

"네, 네."

나오는 나른하게 풀린 눈도 예쁘구나.

"아주 무례한 질문인 건 아는데…."

"뭔데요?"

"호쿠토의 어디가 좋아?"

내가 묻자, 나오는 '후후' 하고 웃었다. 그 모습이 또 귀엽다.

"호쿠토는 자상해요."

"응. 뭐, 그렇지."

"그리고 분명히 나중에 노벨상을 탈 거예요."

"응?"

내가 뭘 잘못 들었나.

"노벨상?"

"호쿠토는 머리가 엄청 좋거든요. 나중에 꼭 엄청난 걸 발명해서 노벨상을 탈 거라고 어릴 때부터 말했어요."

그래?

"타임머신도 발명할 거랬어요."

"타…, 타임머신…."

"돈이 모이면 대학교에 다시 들어가서 제대로 공부하고 싶대요. 열심히 노력하고 있어요."

아, 그러고 보니 호쿠토는 대학교를 관두고 가게 일을 돕는 중이었다. 집안 사정 때문에 학교를 관뒀나 보다. 나는 전혀 몰랐다. 호쿠토는 노력가였구나. 타임머신 이야기는 못 들은 것으로 해야겠지만.

아무튼 나오는 호쿠토의 그런 면을 좋아하는 모양이다.

"호쿠토를 믿는구나."

나오는 또다시 '후후' 하고 웃었다.

어쩐지 항상 붕 떠 있는 느낌이라 현실과 괴리가 있는 여자애인 줄 알았는데 아니었다. 심지가 굳고 사람을 믿을 줄 아는 여자였다.

왠지 갑자기 호쿠토와 나오를 응원하고 싶어졌다.

"그러려면 꽃길 상점가를 지키고 활기를 불어넣어서 마츠미야 전파사도 돈을 많이 벌게 해야겠네."

"맞아요."

기분 좋은 바람이 불어오기에 물에서 살짝 올라가 가장자리에 걸터앉았다. 물론 여탕이지만 조신하게 가릴 곳은 제대로 가렸다. 사실은 작은 가슴을 나오에게 보이고 싶지 않아서였지만.

"그런데 매시 그룹에 매수되면 앞으로 어떻게 될까요?"

"그런 일은 없을 거야. 절대로."

나오는 흐음, 하며 고개를 갸우뚱했다. 그 몸짓이 귀여웠다. 어떡하지, 호쿠토? 나 나오가 좋아졌어.

"매시 그룹은 왜 우리 같은 가난한 상점가를 노리는 걸까요? 매수한다고 무슨 이득이 있지?"

"그게 말이지, 민영 철도를 점령하기 위한 첫 단계인 것 같아."

어차피 추측일 뿐이니 이 이야기도 다른 사람들에게 하고 있다.

"우리 마을이 딱 좋은 위치에 있어서 언젠가는 마을을 통째로 점령하려는 것 아닐까? 시장님이 매시 그룹에 동조하도록 그동안에 잘 구워삶아서."

"희귀 금속도 있다죠?"

아, 호쿠토에게 들었나 보다.

"맞아, 맞아."

"하지만…."

"응."

나오가 팔짱을 끼고 흐음, 하며 신음했다. 다 가릴 수도 없을 것 같은 그 큰 가슴을 제대로 가려주면 좋을 텐데.

"조사해보면 우리 마을 말고도 그런 곳은 얼마든지 있지 않나요? 그런데 왜 하필 우리 마을인지, 그것도 꽃길 상점가인지, 아무리 생각해도 모르겠어요."

"그건 그렇네."

나도 계속 그런 생각을 했다.

"분명히 뭔가 결정적인 이유가 있었을 거예요."

"결정적인 이유?"

나오가 네, 하며 주먹을 쥐었다.

"후보지가 몇 군데 있었을 거 아니에요? 기업이니까 분명히 후보지 몇 군데를 추려놨을 거예요."

"그랬겠지."

놀랐다. 나오는 의외로 이렇게 어려운 대화도 할 줄 아는구나.

"예를 들어 최종적으로 세 군데를 추렸다고 해볼게요. 저마다 특징이 있어서 일장일단이 있겠죠. 마을 하나를 매수하는 거니까 조건이 완전히 같을 수는 없잖아요. 어디를 선택하든 해결해야 할 문제가 반드시 있었을 거예요. 그러니까 견실한 기업으로서 되도록 리스크가 적은 곳을 고르거나, 아니면…."

나오가 손가락을 척 세웠다.

"아니면?"

"다소 리스크는 있지만, 제일 윗사람이 장사꾼의 감이나 개인적인 생각으로 고르는 거죠."

"개인적인 생각…."

나오가 싱긋 웃었다.

"고등학생 때 선생님이 그랬어요. 결국 장사라는 건 논리 너머에 존재하는 '느낌'이라고요."

"느낌."

맞아요, 하며 웃는다.

"리스크 관리나 계산 같은 걸 뛰어넘어 존재하는 개인적인 느낌. 성공하는 장사꾼한테는 반드시 그게 있대요. 그러니까…."

"웡 라핑이 꽃길 상점가를 고른 것도 그 느낌 때문이라고?"

"제 생각에는 그래요. 하지만 홍콩 기업이라서 잘 모르겠네요. 지금껏 일본에 진출하지도 않았고요."

"그러게."

그렇다. 전 세계에 진출했으면서 무슨 영문인지 지금껏 일본에 진출하지 않았다.

"진출하지 않은 게 아니고 진출하지 못한 건가?"

나오가 말했다.

"그야말로 어떤 느낌 같은 게 있어서 일본에 오지 않은 건가?"

진출하지 못했다?

뭘까. 갑자기 그 말이 머릿속을 돌기 시작했다. 그래, 확실히 그렇다. 아직 진출하지 않았으니 이번에 만반의 준비를 해서 왔다고만 생각했는데, 지금껏 '진출하지 않은' 게 아니라 '진출하지 못한' 거였다면?

그 이유가 뭘까?

"홍콩."

"네?"

"나오, 세계사 잘 알아?"

나오가 "으음" 하며 웃었다.

"잘 알지는 못하지만, 고등학교에서 배운 정도라면 알아요."

"홍콩 말인데."

"홍콩은 1842년 난징 조약으로 인해 청나라에서 영국에 할양된 토지와 조차지로, 이후에 영국 식민지가 됐지만 1997년 영국에서 주권이 이양되어 특별행정구가 됐다."

"어?"

나오가 싱긋 웃었다.

"위키피디아에 그렇게 쓰여 있어요. 찾아봤어요, 이번 일 때문에. 제가 기억력 하나는 좋거든요. 통째로 외울 수 있어요."

놀랐다. 소스라치게 놀랐다. 그런 역사가 있었다는 걸 까맣게 잊고 있었다.

"그랬지."

홍콩은 영국의 식민지였다. 영국과 연이 깊다. 오래전부터 자유무역을 해서 금융과 유통의 중심지였다. 전 세계의 부가 모인다는 이야기가 있을 정도라 홍콩에 거점을 둔 범죄 조직 영화와 드라마도 셀 수 없이 많았다.

그렇다면.

"아빠가…."

영국의 마지막 괴도 신사인 세인트가 홍콩과 연줄이 있었다 해도 전혀 이상할 게 없다.

"아빠요?"

실수로 소리 내서 말해 버렸다.

"아니, 아무것도 아니야."

웡 라핑과 아빠 사이에, 아니, '마지막 괴도 신사 세인트' 사이에 어떤 갈등이나 연결고리가 있었다 해도 이상하지 않다.

그렇다면.

그가 꽃길 상점가를 노리는 이유는 아빠가 있기 때문일까?

아니, 잠깐. 조금 더 상상의 나래를 펼쳐 보자면, 매시 그룹이 지금 이때까지 일본에 진출하지 않은 이유는….

'마지막 괴도 신사 세인트'가 일본에 있기 때문이었을까?

"질문하실 분은 손을 들어주십시오. 저희는 어떤 질문에든 답할 준비가 돼 있습니다."

변호사 대표인 아무개 씨가 넓은 방에 모인 우리를 앞에 두고 온화하게 웃었다. 하지만 모두 쥐 죽은 듯 조용하다.

그럴 만도 하다. 온천 여관의 다다미방에서 편하게 유카타를 입고 책상다리를 하고 앉아 먹고 마시면서 이야기를 들을 줄 알았지, 이렇게 천장이 높고 호화로운 귀빈실 같은 방에서 고풍스러운 유럽식 가구에 둘러싸여 메이드와 집사가 시중드는 가운데 이야기를 들을 줄은 몰랐다. 원래 귀족 저택으로 사용되던 고급 여관인 줄은 알았지만 이렇게 엄청난 방이 있을 줄이야.

정확히 말하면 다들 기가 죽었다.

"저요."

카츠미가 손을 들었다.

"네, 시로가네 카츠미 님."

전원의 이름을 외운 모양이다. 정말 빈틈이 없다.

"묻고 싶은 건 딱 하납니다."

"물어보시죠."

"이번 협상에서 시로가네 가죽 공방은 사인하지 않을 거예요. 앞으로 있을 협상도 전부 거절할 거고요. 만약 그런 가게가 저희 한 곳뿐이면, 매시 그룹은 재개발을 어떻게 할 거죠?"

아무개 씨가 빙그레 웃었다.

"만약 딱 한 곳이라면, 그리고 앞으로 있을 모든 협상을 거절하신다면, 저희는 시로가네 가죽 공방을 남겨두고 나머지 땅을 재개발할 겁니다."

"한마디로 우리 가게를 굶겨 죽이겠다는 거네. 극단적으로 말하면 빌딩으로 시로가네 가죽 공방 주변을 에워싸서 밖으로 나가지도 못하게 하겠다는 소리잖아."

카츠미, 조금 더 부드럽게 말해야지.

"그건 인도적으로 용납할 수 없는 일입니다. 저희는 그런 짓을 하지 않습니다. 다만 현실적으로 지금처럼 노상 점포라는 형태를 유지하면서 가게를 운영하시기는 어렵겠죠. 일본 헌법이 보장하는 최소한의 생활권만 확보된다면, 가게 앞에 벽이 생기더라도 여러분은 이의를 제기하실 수 없습니다."

"협박하는 거야?"

아무개 씨는 또다시 빙그레 웃었다.

"카츠미 님, 제 설명이 부족했나요? 그저 만일을 가정해서 말씀드린 겁니다. 저희가 제시한 조건은 그야말로 파격적입니다. 원하신다면 시로가네 가죽 공방은 아무 문제없이 저희 회사가 세울 빌딩 안에서 영업을 이어가실 수 있습니다."

"우리는 그런 재개발 따위 원하지 않아."

"'우리'가 아니죠. 실제로 저희 제안을 받아들이려고 하는 분들이 계시니까요. 물론…."

아무개 씨가 말을 끊었다.

"저희 제안을 받아들이면 장밋빛 미래가 펼쳐질 거라는 허황된 소리는 하지 않겠습니다. 미래는 뜻대로 풀리지 않을지도 모릅니다. 하지만 그건 어디까지나 여러분의 결정에 따른 결과입니다. 저희는 단순히 미래에 대비할 기회를 터무니없이 좋은 조건으로 제시해 드렸을 뿐입니다."

"그게 마음에 안 들어."

아무개 씨의 눈빛이 변했다.

"매시 그룹은 무슨 생각을 하는 거지? 당신들도 장사꾼이잖아. 이익이 나지 않는 짓은 안 해. 당신들이 제시한 조건은 확실히 파격적이야. 받아들이면 분명 지금보다 편해지겠지. 그런데 우리가 제안을 다 받아들여서 당신들이 꽃길 상점가를 손에 넣는다 해도, 그게 언젠가 이익이 될 거라는 보장은 우리 눈에는 전혀 없어 보이거든. 당신들도 어떻게 이익을 낼 건지 전혀 언급하지 않고."

"그건 사업 전략상 비밀입니다. 사업에 꼭 필요한 요소니 비난받을 만한 문제는 아닙니다. 저희는 그 땅을 시작으로 일본에서 분명하게 그룹 이익을 키워나갈 그림을 그리고 있습니다. 물론 합법적으로요."

카츠미는 애쓰고 있지만 불리하다. 실제로 내가 보기에는 매시 그룹에 권리를 양도하려는 사람이 반 이상인 것 같다. 제안을 거부하는 사람은 받아들인 사람이 손에 넣을, 적어도 지금보다는 윤택한 삶을 망쳐 놓을지도 모른다.

다시 말해 반대파는 악역이 된다.

우리에게는 사람들을 막을 방법이 없다.

"여러 번 말씀드립니다만, 오늘 여기서 사인을 해달라고 요청하는 게 아닙니다. 부디 신중하게 고민해 주십시오. 어떤 질문에든 답하겠습니다. 앞서 시로가네 카츠미 님이 질문하신 매수 후의 사업 전략상 비밀은 제외하고 말입니다. 생각나는 걸 뭐든 말씀해주시면 저희는 듣겠습니다."

'으음' 하는 한숨도 아니고 신음도 아닌 어정쩡한 소리가 회의장을 울렸다. 질문은 이미 개별적으로 몇 번이나 했다. 반대파로서는 여기서 어떻게든 '매시 그룹'에 한 방 먹여서 저쪽으로 기운 흐름을 가져오고 싶은데….

"저기."

에이, 될 대로 되라지.

"네. 야구루마 아야 님."

"저는 법 같은 건 전혀 모르는데요."

조금 분하지만 지금은 멍청한 여자애를 연기하기로 했다.

"괜찮습니다."

"상점가 안에는 저희 토지도 조금 있는 거죠?"

"그렇습니다."

"만약 저희가 매수를 거부하면 거기만 빼고 빌딩을 세우게 되는 건가요?"

"맞습니다. 속된 말로 이가 빠진 형태로 재개발하게 될 겁니다. 건물이 없는 땅이라면, 최악의 경우 주변 사방을 둘러싸여서 소위 말하는 죽은 땅이 될 가능성이 큽니다. 물론 야구루마 가문의 사정을 고려해 그렇게 되지 않도록 노력하겠습니다."

으음, 어쩌지?

"일단 저도 팔 마음이 없고 앞으로 있을 협상도 거부하려고 하는데, 어떻게 하실 건가요?"

아무개 씨는 내 말을 듣고도 미소 지었다.

"대답은 같습니다. 저희는 가능한 한 그렇게 되지 않도록 노력하겠습니다만, 빌딩에 둘러싸인 죽은 땅이 될 가능성이 큽니다."

안 되겠다. 더는 질문이 떠오르지 않는다. 그때 누군가가 방 안으로 들어왔다. 매시 그룹의 관계자다.

어째선지 조금 초조한 기색으로 아무개 씨에게 귓속말을 했다. 아무개 씨의 낯빛이 변했다.

"죄송합니다. 잠시 기다려 주십시오."

테이블을 벗어나 구석으로 가서 소곤거리며 대화한다. 무슨 일이 있었나 보다. 어쩌면 아빠가….

"죄송합니다. 다른 질문이 없으시면 일단 여기서 마치겠습니다. 이제 마음껏 푹 쉬십시오. 용건이 있으시면 저희 쪽 사람이 계속 안쪽 방에 있을 테니 연락 주시면 됩니다."

그렇게 말하며 서둘러 방을 뛰쳐나갔다.

"어떻게 생각해?"

그때 음식이 나와서 생전 처음 보는 호화로운 요리를 먹으며 카츠미와 호쿠토에게 물었다.

"생각할 필요도 없지. 저쪽에서 뭔가가 일어난 거야. 아니, 뭔가를 한 거야."

누가 듣고 있을지 모른다. 구체적으로는 말하지 않는 것이 좋겠다.

"그래, 그렇지?"

"응."

그 뒤로는 할 수 있는 게 없었다. 카츠미와 호쿠토는 일단 상점가의 2대 3대 모임과 함께 이 방 저 방을 돌아다니며 어떻게든 맞서보자고 사람들을 설득했다. 나도 상점가 사모님들 틈에 끼어서 힘들어도 어떻게든 상점가에서 살아가자고 이야기하는 수밖에 없었다.

그런데.

그런데, 그런데.

# 24

“이거구나.”

호쿠토가 못 말린다는 듯 고개를 두어 번 옆으로 흔들었다.

“믿을 수가 없어.”

호쿠토는 그렇게 중얼거리며 몇 번이고 몇 번이고 손으로 훑었다.

“대체 무슨 생각이지?”

나는 눈을 끔뻑이며 거기에 딸린 해설문을 읽었다. 얼마 전에도 이렇게 거듭 읽었던 것 같은데.

‘고뇌하는 전사’ 통칭 ‘피드나의 검투사’.

제작자: 입소즈의 아들 아리투즈의 엔가시아.

[고대 그리스 마케도니아에서 일어난 전투를 모티브로 제작된 것으로 보인다. 치켜든 팔은 명백히 전투 중인 모습이지만 작품명에 붙은 '고뇌하는'이라는 표현은 검을 치켜든 오른팔 근육에 힘이 거의 들어가지 않은 것처럼 보인다는 평을 받은 데서 유래했다. 전사이면서도 바닥에 누운 적에게 마지막 일격을 가해야 할지 속으로 주저하고 남의 목숨을 빼앗는 데 갈등을 느껴서 그런 것 아니냐는 추측이 나왔다. 한편 검을 들어 적의 숨통을 끊은 뒤에 다시 한번 검을 치켜들고 승리의 함성을 지르는 순간이라는 설도 있다. '입소즈의 아들 아리투즈의 엔가시아'는 전혀 알려진 바 없는 이름이며 미술사상 다른 곳에는 등장하지 않는다. 기원전 4세기 조각가 켄트시스가 완성했다는 기술을 모방해 인체 근육의 아름다움을 극한까지 강조한 작품에서 헬레니즘 문화의 향기가 짙게 느껴진다.]

쿠궁! 하고 꽃길 상점가 1번가 한가운데에 3미터를 넘는 귀중한 미술품 석상이 우뚝 솟았다. 돈을 주고 사려면 몇천만 엔은 들여야 할 물건이 분명하다. 확실하지는 않지만.

석상을 보호하기 위한 유리 케이스 역시 장엄하다. 마치 누군가에게 도전하듯 붉은 종이에 적힌 경고문까지 붙어 있었다.

[이 케이스에는 방탄 방폭 기능이 있고 내부에 강산성 약품이 들어 있다. 이 케이스를 옮기거나 파손할 시 인류의 귀중한 미술 유산인 이 작품이 사라질 테니 각오하기를. - 마지막 괴도 신사 「세인트」]

그리고 케이스 안에는 '세인트'라는 자수가 새겨진 장갑 한 짝이 들어 있었다.

"못 살아, 정말."

이렇게까지 엄청난 일을 벌이다니, 화나고 어이없는 것을 넘어서 웃음만 나온다. 하룻밤 사이에 무슨 짓을 벌인 건가, 얼마나 많은 사람이 움직인 건가, 그런 생각을 할수록 내가 바보가 되는 것 같다.

"이거 말이야. 그 가구점 '키노시타 퍼니싱'에 숨겨져 있던 거 아닐까?" 카츠미가 말했다.

"거기는 원래 가구점이었으니까 큰 물건을 보관할 수 있잖아."

"그런가?"

그렇다. 그렇게 생각하는 것이 자연스럽다.

"그럼 거기를 들락거리던 사람은 아빠의 동료였고, 지금 이때까지 이걸 착실히 준비하고 있었다는 뜻이네."

"아마도."

그렇게 된 거구나.

"세이진 아저씨랑은 연락됐어?"

"집에서 기다리고 있대. 저녁까지는 돌아오라고 웬일로 메시지를 했더라고."

"괜찮을까? 이런 일을 벌이셨는데."

응, 하며 내가 고개를 끄덕였다. 마음의 준비는 이미 했다.

"괜찮아. 마지막 괴도 신사 세인트는 이기는 싸움만 하거든. 이런 일을 벌여도 괜찮다는 확신이 있었을 거야."

그러니까 괜찮다. 그나저나 이제야 이해가 됐다. 나와 아빠가 한동

안 영국에서 지내야 하는 이유. 이런 일을 벌였으니 당연히 몸을 숨겨야 한다.

그곳이 영국이라는 게 오히려 맹점이다. 마지막 괴도 신사 세인트가 다시 나타났는데, 심지어 일본에 나타났는데, 설마하니 바로 영국으로 돌아가리라고는 아무도 생각하지 못할 것이다.

"이참에." 호쿠토가 말했다.

"미술품을 전부 구경해볼까요? 조만간 언론사든 경찰이든 외무성이든 런던 경찰국이든, 아무튼 사람들이 잔뜩 몰려올 거예요."

그렇다. 실제로 벌써 언론사가 모여들고 있고, 이유는 모르겠지만 경찰도 속속 오고 있다. 죄송해요, 산타 씨, 카도쿠라 씨. 이렇게 평화로운 마을에서 말도 안 되는 사태를 일으켜서 죄송합니다.

"그 전에 모든 가게에 연락을 돌릴게. 어찌 됐건 장사를 계속하라고. 기회니까."

"기회?"

카츠미가 당돌하게 웃었다.

"누군지는 모르겠지만 이 일을 벌인 사람은 미술품을 보러 올 손님을 노린 거야. 이 기회를 놓칠 수는 없지."

아. 그렇구나.

"있잖아, 일본 경찰은 여기에 어떻게 대응할까?"

내가 묻자, 카츠미는 잠시 생각하다 입을 열었다.

"일단 불법 점거는 아니야."

"어째서?"

도로 한가운데에 이런 물건을 뒀으니 명백한 불법 점거인 줄 알았는데.

카츠미가 웃으며 말했다. "아야 누나, 이 도로는 사도(私道)야."

"사도?"

"주인은 야구루마 가문이고."

"그래?"

전혀 몰랐다.

"그래서 극단적으로 말하면, 경찰이나 누가 몰려와도 세이진 아저씨와 누나가 출입을 거부할 수 있어. 세이진 아저씨도 그 점을 감안했을 거야."

한편, 2번가 한가운데에도 똑같이 '이 케이스에는 방탄 방폭 기능이 있고…' 어쩌고저쩌고한 다음, 끝부분에 '마지막 괴도 신사 「세인트」'라고 적혀 있는 유리 케이스가 있었다.

케이스 안에는….

'구종의 다섯 날개.'

제작자: 존 구종.

[고대 로마에 전해지는 기묘한 이야기들을 사실적이면서도 우화적으로 표현하는 것이 특기인 로마의 조각가 존 구종의 대표작 중 하나. 다섯 천사가 생명나무로 보이는 거목 주변을 놀 듯이 날아다니는 모습을 새긴 훌륭한 조각 작품이다. 제목은 날개지만 정작 작품에 새겨진 것은 날개가 아니라 투박한

철제 사슬이고, 천사가 스스로 날개(쇠사슬)로 자신의 몸을 옥죄는 독특한 구도다. 샤를 9세에게 사랑받은 구종은 이 사슬 날개를 모티브로 한 적이 많으며, 시간이 흘러서도 그 의미를 해석하는 데 다양한 의견이 존재한다. 다섯 날개(쇠사슬) 중 두 개는 한쪽이 하늘까지 뻗어 나가듯 새겨져 있고 반대로 다른 한쪽은 생명나무 밑을 깊이 파고든 모습인데, 당시 종교 전쟁에 의한 국가 분단을 에둘러 비판한 것으로 해석된다.]

"뭐랄까, 역시 세계적으로 사랑받는 미술품은 대단하구나."

"응. 아우라가 있지."

셋이서 여유롭게 작품을 감상하는데, 주변이 점점 소란스러워졌다. 호쿠토가 메시지를 비롯한 여러 통로로 확인해 보니, 역시 1번가부터 3번가까지 도로 한가운데에 이런 커다란 조각품이 든 케이스가 놓여 있다고 했다.

그리고 빈 상가를 제외한 상점가의 모든 가게 안에 비싸 보이는 그림이나 액세서리가 든 케이스가 걸려 있었다.

그 케이스에는, 요약하면 '제거하면 안 된다. 미술품이 망가진다'라는 메모가 딸려 있었다.

"3번가에 가 볼까?"

맞다. 똑같은 케이스다. 케이스 안에는….

'바다의 장군.'

제작자: 마르이즈 블루멜.

[바다의 신 포세이돈을 묘사한 조각은 많지만, 이 작품은 필립 2세가 파리의 방어 요충지로 만들게 한 루브르궁전 즉 훗날 루브르 박물관의 기초가 된 건물에 처음으로 소장된 귀중한 조각품이다. 제작자인 블루멜의 이름은 역사상 이 조각품에 새겨진 것 외에는 발견되지 않아서 다른 자료가 없다. 후세가 생각하는 포세이돈의 이미지와는 거리가 멀어서 학자나 철학자처럼 보이는 풍모는 필립 2세를 본뜬 것으로 해석된다. 당시의 루브르궁전 즉 요새의 수호신으로 두었다고 추측되는데, 바다의 신을 선택한 이유에 관해서는 미술 연구자들 사이에서도 여전히 논쟁이 이어지고 있다. 그리고 대좌 부분에 새겨진 것은 바다 무늬가 아니라 별자리로 보여 당시 천문학자들이 어떤 식으로든 관여한 것으로 추측된다. 기법은 투박하지만 박력이 넘치고, 온화한 표정의 대비가 어우러져 압도적인 위세를 자아내는 데 성공한 작품이다.]

"흠…."

대단하다는 건 알겠다.

"이제 매시 그룹은 어떻게 나오려나?"

셋이서 '바다의 장군'을 감상하기 좋은 위치에 있는 벤치에 앉았다. 조각상 주변에 사람들이 몰려와서 감탄하거나 의심하는 표정을 지었다.

"아무것도 안 할걸." 카츠미가 말했다.

"이곳을 사들여서 개발하려면 모든 미술품을 없애야 하잖아. 하지만 어림도 없지."

"마지막 괴도 신사 세인트가 주문을 걸었으니까."

"맞아. 그 주문을 풀 방법은 아마 없을 거야. 단순한 주문이니까. 그렇지?"

질문을 들은 호쿠토가 고개를 갸우뚱했다.

"옮기는 것조차 안 된다고 적혀 있는 걸 보면 어떤 센서가 달려 있을 거예요. 그 센서를 없애지 않는 한 아무도 어쩌지 못하겠지만, 어쩌다 어린애가 장난삼아 자전거로 힘껏 들이받을 수도 있잖아요."

"그러게."

"그런 식으로 허무하게 끝나면 안 되니까 어떤 대책을 마련해놨을 것 같은데, 그게 뭔지 모르겠어요. 대체 어떤 구조일까요? 어느 정도 기울기에는 반응하되 진동에는 반응하지 않는 건지, 그럼 수직으로 들어 올리면 어떻게 되는 건지…. 그 모든 경우에 대응하는 센서라면 엄청나게 뛰어난 장치일 텐데…."

"그런데?"

"장치가 복잡할수록 설치하는 시간도 오래 걸리는 법이에요. 어떻게 하룻밤 만에 그 많은 일을 처리했는지 모르겠어요."

카츠미가 씩 웃었다.

"어쩌면 허풍일지도 모르지."

"허풍?"

"센서 같은 건 없는 거야. 옮기려고 하면 금방 옮길 수 있지만, 애초에 누구 소유인지 알 수 없잖아. 게다가 여기는 사도라서 토지 소유자의 허가가 없으면 옮길 수 없어. 그리고 엄청난 예술품이니까 외국에서도 이런저런 기관이 관여할 게 분명해. 그러니까…."

옴짝달싹 못 한다는 뜻이다. 센서가 없어도.

맞다. 생각났다.

"센서뿐만이 아닐 수도 있어."

"무슨 말이야?"

그 안에 든 것.

"미술품 자체가 위작일 수도 있어. 마지막 괴도 신사 세인트는 영국에서 엄청 유명해. 그리고 아마 지금 여기에 있는 미술품들은 전부 실제로 세인트가 훔친 물건들일 거야. 그러니까 위작인지를 쉽게 판가름할 수 없어."

카츠미는 딱 하고 손가락을 튕겼다.

"그럴 수 있겠다. 그것까지 생각하면 매시 그룹은 영원히 이 작품에 손댈 수 없겠어."

"그렇지."

게다가, 라고 카츠미가 말했다.

"가게 안에 있는 그림들도 그래. 가게 주인의 허락이 없으면 옮길 수 없어. 매시 그룹에 반대하는 사장님들은 허락하지 않을 거야."

이제 이곳을 매수하겠다던 매시 그룹의 계획은 사라진 것이나 마찬가지라고 카츠미가 말했다.

하지만 정말 그럴까?

"여러모로 혼란스럽기는 하지만, 그래도…."

호쿠토가 싱긋 웃었다.

"세이진 아저씨가 계획한 거잖아요."

"맞아."

카츠미가 동의했다.

"분명히 다 잘 될 거야."

그래. 그러기를 바란다.

왜냐하면 나는 곧 이곳을 떠나야 하니까.

25

영국은 항상 날씨가 나쁘다는 이미지가 있지만, 사실은 그렇지도 않다.

특히 7월이나 8월쯤 리틀햄프턴에 오면 무척 상쾌하다. 푸른 하늘이 넓게 펼쳐지고 바다가 푸르러서 어떤 때는 남유럽 리조트에 온 것 같은 느낌을 맛볼 수 있다. 아쉽게도 그냥 느낌뿐이지만.

찰나의 여름을 만끽하다가 가을의 기척이 느껴지는 9월과 10월을 맞으면, 확실히 흐린 날이 늘어난다. 그래도 이곳의 가을은 꽤 멋스럽다.

영국에는 단풍을 구경하는 문화가 없는 것 같지만, 색이 변해 가는 나무에 둘러싸인 아담한 상가에는 정취가 있고, 무엇보다 서서히 쌀쌀해지는 공기 속에서 홍차를 마시면 정말 맛있고 몸도 따뜻해진다. 영국인이 홍차를 좋아한다는 사실도 이렇게 지내다 보니 알 것 같다.

유학하면서도 어렴풋이 느꼈지만.

그리하여 10월도 중순이 되었다.

아빠의 건강이 나빠져서 당분간 고향인 영국에서 지내기로 했다는 핑계로 둘이서 영국에 온 이후 순식간에 5개월이 지났다.

물론 건강이 나빠졌다는 건 새빨간 거짓말이지만, 꽃길 상점가 사람들은 내 말을 곧이곧대로 믿어주었다. 마음속으로 무릎을 꿇고 정말 죄송하다고 사과했을 정도다.

이건 다 마지막 괴도 신사 세인트가 꽃길 상점가에 두고 간 미술품 때문이다. 아니, 사실은 아빠가 거기까지 치밀하게 계산한 것이다. 본인이 그렇게 말했다.

전대미문의 소동이었다.

우리 마을뿐만 아니라 세계 각지의 미술계까지 얽힌 대소동.

그 대소동의 중심에 있는 사람은 과거 영국인이던 우리 아빠 '야구루마 세이진'이었다. 영국 이름은 '도니타스 윌리엄 스티븐슨'.

그리고 그 소동을 일으킨 장본인 '마지막 괴도 신사 세인트'가 바로 아빠일지도 모른다는 의심 어린 목소리가 나왔다.

당연하다. 한때 꽃길 상점가의 대지주였던 사람으로서, 상점가를 관통하는 도로의 토지 주인으로서 아빠는 이러쿵저러쿵 말도 안 되는 억지를 늘어놓으며 꽃길 상점가 한가운데에 놓인 조각상과, 그와 동시에 가게에 걸린 그림이며 액세서리를 철거하지 않겠다고 버텼으니까.

그리고 그 주장이 일단 그 자리에서는 잘 먹혔으니까.

저 남자가 '세인트' 아니야? 라는 의심이 소용돌이친 것은 지극히 당연한 흐름이었다.

불론 의심을 받더라도 증거는 하나도 없다.

있을 리가 없다. 마지막 괴도 신사 세인트는 얼굴 사진은커녕 지문 하나도 남긴 적이 없다. 애초에 존재 자체가 의심스러워서, 당시 런던 경찰국은 그의 정체가 사실은 대규모 도적단이며 '세인트'라는 인물은 없다는 결론을 내렸다고 한다.

그리고 아빠는 도둑으로 의심받는 심리적 고통 때문에 건강이 악화되어 쓰러져 버렸다.

물론 거짓말이다.

검사를 해보니, 사실 검사했다는 것도 거짓말이지만, 장기 요양이 필요하다는 결과가 나와서 심약해진 아빠는 고향인 영국으로 잠시 돌아가기로 했다.

그런 이야기를 꽃길 상점가 사람들은 굳게 믿었고, 우리가 갑작스럽게 출발했는데도 다들 공항까지 나와서 손을 흔들어주었다. 몇 명은 눈물까지 흘렸다.

정말, 정말, 죄송합니다.

우리 아빠는 쌩쌩해요.

그야말로 오랜만에 고향에서 느긋하게 시간을 보낸 덕분에 오히려 더 건강해졌을 정도다.

아빠와 엄마의 추억이 깃든 마을이라는 리틀햄프턴에 있는 작은 집.

돌로 된 외관이 매우 고풍스러우면서 예쁘고, 내부는 드라마에 나올 것 같은 오래된 영국 가정집 그 자체다. 둘이서 지내기에는 방 개수가 조금 많지만 어쩔 수 없다.

아침에 일어나서 밥을 먹고 세수하고 나면 할 일이 아무것도 없는 매일. 그래서 나는 별수 없이 집안일에 힘을 쏟았다.

집이 작은데도 청소가 어지간히 힘들었다. 꽤 넓은 정원에 장미를 중심으로 화초가 잔뜩 자라 있었다. 일본 집에서는 하고 싶어도 못 했던 정원 가꾸기를 실컷 할 수 있겠다!

나는 이런저런 책을 사 모으거나 아빠의 지인이라는 전문가에게 조언을 들으러 다니며 정원사다운 모습을 갖춰 나갔다. 목장갑에 전지가위를 들고 작업복과 장화를 착용한 차림도 이제 과하리만치 잘 어울린다.

"아야."

그날도 오전부터 정원을 가꾸는데, 집에서 외출복으로 갈아입고 나온 아빠가 나를 불렀다.

"어디 가?"

"잠깐 친구를 만나러 다녀오마. 두 시간이면 돌아올 거야."

두 시간? 시계를 봤다.

"점심은 집에서 먹는 거지?"

"그래."

알았어요, 하며 고개를 끄덕이고는 완전히 가을 정취가 배어든 정원을 손질하면서 이제 옷을 바꿔 입어야겠다, 오늘 점심은 뭘 먹어야 하나, 그런 생각을 했다.

"맞다."

일본에서 보내준 메밀이 있으니 그걸로 따뜻한 튀김 메밀국수를 만들어야겠다. 그때 아빠가 애마인 미니 쿠퍼를 타고 돌아왔다.

인사하려고 뒤를 돌아보니 아빠 말고도 차에서 내리는 사람이 또 있었다.

그건 바로….

"카츠미!"

티셔츠에 파란색 셔츠를 걸친 복장만 빼면 상점가에 있을 때와 완전히 똑같은 모습으로, 잠깐 짬이 나서 들렀다는 듯 "안녕" 하며 손을 든다.

"올 거면 온다고 메시지든 전화든 뭐든 좋으니까 미리 얘기를 해줘야 내가 제대로 대비를 하지."

괜찮아, 괜찮아, 라고 카츠미가 말했다.

"갑자기 나타나면 더 극적이고 좋잖아."

"극적으로 나타나서 어쩌려고?"

아빠도 어쩜 한마디 언질이 없었을까.

"극적이어야…."

"극적이어야?"

"아야 누나가 더 좋아할 것 같아서."

카츠미가 씩 웃었다. 나는 입술을 삐죽이면서도 작게 고개를 끄덕이고 말았다.

분하지만.

그렇다. 조금 분하지만 나는 고개를 끄덕이고 말았다. 일본을 떠나기 전날, 카츠미가 영국으로 데리러 가겠다고 말했을 때, 그 말이 어떤 의미인지 알기에 나는 평소처럼 농담으로 받아치려고 했다.

그런데 언제 돌아올지 모른다는 감상적인 기분에 휩쓸렸는지….

고개를 끄덕이고 말았다.

그리고 "기다릴게"라고 말해 버렸다. 아아, 창피하다. 카츠미는 연하인데…. 나는 그쪽 취향이 아닌 줄 알았는데….

"원래 호쿠토도 오고 싶어 했는데 아무래도 예산이 빠듯해서 못 왔어."

"예산?"

뭐지? 카츠미가 웃었다.

"자비로 온 게 아니거든. 꽃길 상점가를 대표해서 주민회비로 왔어."

"주민회비?"

그걸 왜….

"내가 대표로 세이진 아저씨의 상태를 보러 온 거야. 상점가 사람들이 세이진 아저씨를 걱정하고 있거든."

"고마운 일이구나."

아빠가 빙그레 웃었다. 나는 고마운 마음이 드는 한편, 일부러 자비를 쓰면서까지 나를 데리러 온 줄 알았더니, 라고 생각했지만 구태여 트집을 잡지는 않았다.

아무리 그래도 오면 온다고 말을 했어야지. 얼마 만에 만나는 건데, 심지어 장소도 이렇게 분위기 좋은 영국 마을인데, 왜 하필이면 정원사 같은 복장과 튀김 메밀국수로 재회를 축하해야 하느냔 말이다. 조금 더 제대로 된 모습이면 좋았을 것을.

"아빠가 건강한 건 너희가 제일 잘 알잖아."

"그렇지만 그걸 말할 수는 없잖아."

카츠미는 외국에 처음 와봐서 엄청나게 기쁘다며 웃었다. 그건 다행이다.

"아무튼."

카츠미는 거실을 죽 둘러보고 테라스에서 내다보이는 정원으로 시선을 던진 다음 싱긋 웃었다.

"역시 실제로 보니까 마음이 놓이네. 사실은 영국 경찰에 들킨 거 아닌가 걱정했어."

"괜한 걱정을 했구나."

메밀국수를 후루룩 빨아들이며 아빠가 미소 지었다.

"여기 있는 사람은 영국 이름으로 '도니타스 윌리엄 스티븐슨'인 나이 든 모형 제작자뿐이야. 런던 경찰국이 아무리 유능해도 아무 전과도 없는 일반 시민을 어떻게 할 수는 없어."

무엇보다, 하며 젓가락을 내려놓고 말을 이었다.

"그들은 유능하기 때문에 오히려 말도 안 된다고 생각하겠지."

그 유명한 마지막 괴도 신사 세인트가 까마득한 옛날에 일본인 여성과 결혼해서 일본인이 되어 시골 상점가 근처에서 유유자적하게 살았을 리가 없다.

"그렇게 믿어 의심치 않을 거야."

그렇다. 그럴 것이다.

일본에서는 전혀 이름이 알려지지 않은 '마지막 괴도 신사 세인트'.

그래서 반응 자체는 아주 미미했다. 가장 먼저 움직인 것은 경찰분들이었다. 산타 씨와 카도쿠라 씨에게 정말 면목이 없다. 그래도 두 분이 담당할 사건은 아니라는 사실이 금방 밝혀졌으니 너그럽게 넘어가 주셨으면 좋겠다.

산타 씨와 카도쿠라 씨는 그 미술품 같은 것들이 왜 갑자기 나타났는지, 누구의 소유물인지, 두고 간 사람은 누구인지를 조사하려고 했지만, 사건이 일어난 장소는 사도였다. 카도쿠라 씨도 아는 사실이었다. 그래서 아빠가 한마디 했다.

"그리 소란 피우지 않아도 됩니다. 통행에는 지장이 없잖습니까."

그리고 미술에 정통한 것으로 유명한 아빠는, 어쩌면 이게 귀중한 작품일 수도 있으며 이 기묘한 물건을 남기고 간 '마지막 괴도 신사 세인트'는 영국에서 유명한 도둑이기 때문에 런던 경찰국이나 외무성 같은 높은 기관에 알리는 것이 좋겠다고 조언했다. 그래서 산타 씨와 카도쿠라 씨는 그 일에서 손을 뗄 수 있었다.

사도인 이상 거기에 무엇이 설치되든 불평할 수 있는 사람은 기본적으로 나와 아빠뿐이다. 소방법에 가까스로 걸리지 않는 절묘한 크기였다는 것은 나중에 카츠미와 호쿠토에게 들었다.

다만 살벌한 경고문 때문에 경찰 윗분들은 제일 먼저 일본의 미술 관계자를 불러 그 작품들이 진품인지 확인하려고 했다. 그때 영국의 경찰 관계자들과 영국과 프랑스, 스페인의 미술 관계자들이 몰려왔다. 물론 각국의 대사관 사람들도 모여들었다.

"여기 있는 것들은 각국에서 도난당한 귀중한 미술품일 가능성이 있습니다."

그렇게들 말씀하셨다. 그리고 그 작품들을 당장 회수해서 진품이 맞는지 감정하고 싶다고 했지만, 아빠가 이들을 가로막았다.

"여기는 평화로운 상점가입니다. 이곳 사람들의 장사를 방해하는 건 있을 수 없는 일이고 인도적으로도 용납할 수 없습니다."

그리고 꽃길 상점가 사람들은 입을 맞춘 것처럼 "미술품이 있어도 상관없다"고 말했다. 물론 카츠미와 호쿠토 두 사람이 애쓴 결과였다. 이건 매출을 올릴 기회라고 사장님들에게 이야기하고 다닌 것이다.

소란은 점점 커져서 신문에도 실렸고 TV 카메라도 취재하러 왔다. 하루가 다르게 늘어 가는 구경꾼들은 내친김에 어딘가에서 밥을 먹거나 물건을 샀다. 물론 가게 안에도 그런 미술품이 있어서였다.

그런데.

"국제적인 범죄자인 마지막 괴도 신사 세인트의 장물일 가능성이 크니 그런 소리를 할 때가 아닙니다."

그렇게 말한 사람은 일본의 경찰 관계자였다. 지당한 의견이었다.

"우리에게는 국제 수사 공조법이라는 법이 있습니다. 증거품 압수에 협조하셔야 합니다."

그런 말도 했다. 런던 경찰국의 경찰관들에게 그런 이야기를 들은 모양이었다.

"그럼 요금을 내시지요."

그렇게 말한 사람은 아빠였다.

"요금이요?"

경찰은 물론이고 상점가를 찾아온 미술 관계자도 모두 눈이 휘둥그레졌다.

"애초에 이걸 옮길 수 있습니까? 그 경고문을 무시하고? 어떻게 하면 옮길 수 있을지 검토하는 데만 해도 상당한 시간이 걸리지 않겠습니까. 그러는 동안 이곳 출입을 금하고 여러분이 상점가를 들락날락하면서 조사하고 검사하면 가게 영업은 어찌 되는 거지요? 지장을 초래할 게 뻔합니다. 무고하고 선량한 시민의 삶을 위협하는 게 경찰의 역할입니까?"

경찰과 각국의 관계자는 찍소리도 못했다.

"그러니 여러분이 그렇게 작업을 하고 싶으면, 가게에 들어갈 때마다 한 시간에 하나씩 그 가게에서 물건을 사거나 음식을 주문하세요. 다시 말해 착실하게 손님으로 행동하라는 겁니다. 물론 조사하러 온 모든 이가 그래야 합니다. 그리고 절대 출입을 금하지 말고 다른 손님에게 방해가 되지 않도록 조심하십시오. 식당에 자리가 없으면 손님이 빠질 때까지 순서대로 기다리세요. 그리고 도로에 놓인 조각품을 조사할 때는 도로 사용료로 한 시간에 인당 10만 엔을 내십시오."

마지막에 요구한 금액은 터무니없이 컸지만, 타인의 토지를 사용하는 데에는 정해진 시세가 없는 법이다. 다들 불만을 토로하면서도 이를 법으로 제재하지는 못했다.

누군가가 유니드로와 협약을 운운하기도 했다. 도난당한 미술품 반환 청구에 관한 약속이라는 듯한데, 일본은 그 협약을 체결하지 않았다고 한다. 아빠가 그렇게 말했다.

"애초에 도난당한 작품이라는 확신이 없는데 유니드로와 협약을 이야기하는 것 자체가 궤변입니다."

그것도 제삼자가 듣기에는 옳은 의견이었나 보다. 미술 관계자들은 그저 떨떠름한 표정을 지었다고 한다.

"만약 이게 단순한 모작이라면, 여러분은 어떻게 책임지실 겁니까? 이 상점가를 망가뜨리는 게 목적은 아니겠지요?"

"일반 시민에게는 경찰 수사에 협조할 의무가 있습니다."

"몇 번이나 말했지만, 이게 범죄이긴 합니까? 이게 마지막 괴도 신사 세인트가 훔친 물건이라는 게 증명된다면, 선량한 일반 시민으로서 기꺼이 협조하겠습니다. 그러니 여러분은 우선 이게 도난품이라는 걸 증명해야 합니다. 그러지 않으면 나는 내 토지에 갑자기 나타난 누군가의 예술작품이라고 생각할 겁니다. 그리고 이로 인해 어떠한 해도 입지 않았으니 이대로 두는 게 가장 좋다고 판단할 겁니다."

마치 닭이 먼저냐, 달걀이 먼저냐 같은 이야기다.

어째서 이대로 두는 게 가장 좋다고 판단하냐고 어느 외국인이 묻자, 아빠는 씩 웃었다.

"이 쇠퇴해 가는 상점가의 명물이 되기에 딱이지 않습니까."

이쯤 되면 누구나 이렇게 생각할 것이다.

'이 사람, 수상하다.'

그럴 만도 하다. 경찰과 미술 관계자의 요구에 강경하게 맞서는 영국인. 아니, 지금은 일본인 '야구루마 세이진'이지만. 어쩌면 이 사람이 '세인트'일지도 모른다는 생각이 자연스레 들었을 것이다.

하지만 증거가 전혀 없다. 경찰이 할 수 있는 일이라고는 기껏해야 임의동행을 요구하는 것 정도다. 임의라는 건 싫으면 가지 않아도 된다는 뜻이다.

그런 논의를 지지부진하게 이어가던 와중에 일본 언론사와 경찰은 물론이고 각국의 미술계와 런던 경찰국에 어떤 연락이 왔다.

진짜 '마지막 괴도 신사 세인트'의 연락이었다.

'일본에서 나를 사칭하는 놈이 내가 가진 귀중한 미술품을 쇠퇴해 가는 상점가에 전시했다는 이야기가 들리는데, 이는 완전히 코미디다. 나는 여기 영국에 버젓이 있고, 그 상점가에 있다고들 수군대는 여러 작품은 내 비밀 장소에서 편히 잠자고 있다. 당신이 현명한 사람이라면 내 이름을 사칭하는 가짜에게 휘둘리는 것이 수치임을 명심하기 바란다. 참고로 이 성명서를 진짜 내가 썼다는 사실은 은퇴한 런던 경찰국의 형사 겔랑 하이필드 씨가 증명해 줄 것이다. 왜냐하면 1961년에 그는 도주하는 나를 쫓던 도중 헤어진 전처의 집에 들러 차를 한 잔 마셨기 때문이다.'

깜짝 놀랐다. 겔랑 씨가 런던 경찰국의 전직 형사였을 줄이야.

겔랑 씨는 이렇게 증언했다.

'분명 나는 그때 전처의 집에 들렀다. 그리고 어떻게 알았는지는 모르겠지만, 정황상 내가 그때 전처의 집에 들렀다는 사실을 알 수 있는 사람은 '세인트'밖에 없다.'

그 증언으로 진짜 세인트의 성명서임이 증명되었다.

따라서 꽃길 상점가에 전시된 작품들은 위작이다.

"어때, 상점가는?"

그동안 메시지로 대화를 주고받았지만 그래도 물어보았다.

"아무 문제없어. 손님은 확실히 많아졌고, 예술가인지 뭔지 하는 사람들이 참여하고 싶다고 문의하는 횟수도 꾸준히 늘고 있어."

그렇다. 그 소동이 있고 나서 관광객들이, 다른 말로는 호사가들이 계속해서 꽃길 상점가를 방문하게 되었다. 미술 관계자들의 취재도 끊이지 않았다. 기왕 이렇게 됐으니 상점가를 미술관처럼 만들어 보자고 카츠미가 제안했고, 물론 아빠가 아이디어를 제공한 것이지만, 그 제안에 호응한 일본의 유명 예술가가 몇 명이나 나왔다.

그들은 이렇게 말했다.

'이건 위작이 아니다. 전부 훌륭한 진짜 예술품이다. 이 작품들과 나란히 전시될 수 있다면 더 바랄 것이 없다.'

위작이라는 마지막 괴도 신사 세인트의 성명이 있었지만 사실은 허풍이라는 소문이 인터넷으로 퍼져나갔고, 저명한 미술 평론가까지 나서서 '도무지 위작 같지 않다'는 견해를 내놓은 덕에 무엇이 진실인지 아직 알 수 없다는 인식이 대중들 사이에 자리를 잡았다. 꽃길 상점가는 이제 '예술 거리'로 불린다고 한다. 사실은 이 역시도 아빠가 아이디어를 제공하고 호쿠토가 인터넷으로 퍼뜨린 별명인 것 같다.

상점가에는 조각상뿐만 아니라 아이들이 좋아하는 유명한 만화가의 원화가 담긴 튼튼한 아크릴 상자도 설치되었다. 그렇게 유명한 만화가의 원화를 어떻게 구해서 전시했냐 하면, 호쿠토가 애를 썼다고 한다. 오래전부터 팬이라 연결고리가 있었던 모양이다. 이번 일을 이야기하자, 그 만화가가 재미있어하면서 참여해 주었다고 한다.

호쿠토가 귀엽다며 보내준 동영상에서 아이들이 쪼그려 앉아 시끌벅적하게 원화를 보고 있었다. 그밖에도 유명한 삽화가의 판화나 동화작가의 원화도 계속 늘어날 예정이라고 한다.

빈 상가에서는 가까운 마을의 미대나 교육대학교 미술학과와 제휴

해서 일반인을 대상으로 회화, 조각, 판화 같은 강좌를 열었다. 그밖에도 사라져 가는 일본의 전통공예 가게도 늘어났다. 전통공예 기술을 이어가기 위해 프리터와 니트족 같은 젊은이들을 계속 마을로 불러들였고, 장인들은 무상으로 기술을 가르쳐주었다. 그 모든 예산을 시에서 대주기도 했다.

호쿠토가 CCTV 영상을 가끔 보내주는데, 불과 얼마 전까지만 해도 한산했다는 것이 믿기지 않을 정도로 거리가 북적거렸다.

"아직 가게가 번창할 정도는 아니지만, 적어도 폐업을 생각할 만큼 비참한 분위기는 싹 사라졌어."

오히려 이를 계기로 예전의 활기를 되찾자며 상점가 전체의 사기가 올라갔다고 한다.

"이제 문제없어."

카츠미는 그렇게 말하다가 "그런데"라고 덧붙였다.

"매시 그룹이 입 다물고 있는 게 찜찜해."

그렇게 말하며 아빠를 쳐다보았다.

"그거랑 관련된 이야기도 오늘 직접 들으려고."

나도 아직 아무것도 듣지 못했다. 아빠가 이야기할 마음이 생기면 얘기해주겠거니 하며 가만히 있었다.

아빠는 빙글빙글 웃으면서 파이프 담배를 피웠다.

"이제 굳이 들추지 않아도 될 이야기란다. 실제로 매시 그룹은 그 이후로 아무 소리도 안 하잖니? 매수 제안도 정식으로 철회했고."

카츠미는 고개를 끄덕였다.

"그렇긴 한데요."

그 이유가, 하며 말을 이었다.

"그냥 미술품이 생겨났을 뿐인데 왜 매수를 포기했는지가 정말 최대의 수수께끼예요."

"맞아."

거대한 힘을 지닌 매시 그룹. 분명히 마음만 먹으면 각국의 높으신 분들을 구슬리고 일본의 높으신 분들을 부추겨서 잽싸게 미술품을 조사한 뒤, 진품이니 철거 작업을 시작하라는 식으로 손을 쓸 수 있었을 것이다.

하지만 아무것도 하지 않았다. 아빠는 파이프 담배를 뻐끔뻐끔 빨았다.

"그래. 너희가 마음을 정리하기 위해서라도 정보 하나쯤은 주는 게 낫겠구나."

"그렇게 해주신다면야 감사하죠."

카츠미가 씩 웃었다.

"매시 그룹 선대 회장의 이름을 아니?"

"선대 회장?"

다시 말해 웡 라핑의 아버지다.

"모르는데."

카츠미도 고개를 가로저었다.

"네이선 라핑. 영국 이름은 매시 웰켄이란다."

"매시?"

영국 이름?

"그래서 매시 그룹이었구나."

"영국이라니, 혹시…."

아빠가 고개를 끄덕였다.

"오래전에 내 동료였어. '마지막 괴도 신사'를 돕겠다는 위대한 의지를 지닌 남자 중 한 명이었지."

뭐라고?!

"매시 그룹은 아들인 웡 라핑이 사업을 확장했다고들 하지만, 그건 진실을 감추기 위한 구실이란다."

"진실을 감추기 위한 구실?"

"사실은 매시 월켄이 나를 배신하고 미술품을 빼돌려서 얻은 거액의 현금으로 사업을 확장한 거야."

카츠미의 눈이 커졌다.

"그럼 매시 그룹이 우리 마을을 매수하려고 한 건…."

아빠의 미간에 살짝 주름이 갔다.

"표적은 사실 나였던 거지. 마을 분들께 정말 면목이 없다."

"표적이라니?"

"남은 미술품들을 손에 넣는 게 목적이었을 거야."

미술품….

"만약에 말이다. 지금 꽃길 상점가에 있는 미술품을 전부 팔면 얼마일지 상상이 되니?"

카츠미가 씁쓸한 표정을 지었다.

"호쿠토 말로는 아마 10억 엔은 될 거라고 하던데요."

"10억 엔?!"

몰랐다. 그런 물건들이 상점가 여기저기에 퍼져 있는 거라고? 그런데 아빠가 고개를 가로저었다.

"그 견적은 너무 박하구나. 매시 그룹이 총력을 다해 손에 넣으려고 했잖니. 아무리 적게 잡아도 수백억 엔은 돼. 작은 나라의 국가 예산만 한 돈이 움직이는 거야."

정말, 정말이지…. 어떤 표정을 지어야 할지 모르겠다. 그런 미술품이 라멘집 벽에 걸려 있다니.

"하지만."

"하지만?"

"미술품을 손에 넣으려고 한 건 아마 매시 월켄의 의지가 아니라, 아들인 웡 라핑의 욕심이었을 거다. 어떤 과정에서 그렇게 됐는지는 알 수 없지만."

아빠는 잠깐 말을 끊고 천천히 홍차를 마셨다.

"부친의 옛 직업을 알게 됐겠지. 그래서 세인트가 남긴 막대한 미술품을 몰래 손에 넣으려고 했을 거야. 애초에 매시 그룹이 지금까지 일본에 진출하지 않은 데에는 매시 월켄이 내게 저지른 짓에 대한 사죄의 의미도 있었어. 배신은 했지만 그 이상 내게 폐를 끼치지 않겠다는 의사 표명이었지. 그 금기를 깨고 일본 진출을 추진했다는 건…."

"웡 라핑의 아버지는 이제 아들을 막을 수 없는 상태라는 거구나."

병에 걸렸든, 죽었든.

"그렇겠지."

"그런데."

그런데, 그런데….

"웡 라핑이 미술품을 손에 넣으려고 꽃길 상점가를 매수하려고 했다는 건 설마 그 미술품들이 꽃길 상점가에 숨겨져 있었다는 뜻이야?"

아빠가 씩 웃었다.

"너희는 정말 그 많은 미술품들이 하룻밤 만에 설치됐다고 생각하니? 가게 안에 걸린 그림들은, 뭐, 사전 준비를 철저히 하면 하룻밤 사이에 걸 수도 있었겠지. 하지만 그 조각상들을 설치하려면 얼마나 많은 인원과 시간이 필요할까. 사람들은 마지막 괴도 신사 세인트가 마법사 같다고들 하지만, 아무리 그래도 물리적으로 불가능하지 않겠니?"

"맞아."

그렇다. 막연히 아빠라면 쉽게 해냈겠거니 했지만, 생각해 보면….

"게다가 상점가에 가게 사람들은 없었어도 카도쿠라 씨와 산타 씨는 있었어."

그렇게 커다란 조각상을 설치하려면 크레인 정도는 동원해야 하니 큰 소란이 일었을 것이다. 아무에게도 들키지 않고 설치할 수는 없다.

"아무도 눈치채지 못했단다, 거기에 그 조각상들이 설치된 걸."

"어떻게 한 거야?"

"간단해. 설치한 게 아니거든."

"뭐라고?"

파이프 담배 연기가 무럭무럭 피어올랐다. 아빠가 자신만만하게 미소 지었다.

"올라온 거야. 스위치 하나로 땅 밑에서 유압잭을 타고 천천히 소리 없이."

카츠미가 진심으로 못 당하겠다는 듯 두 손을 들었다.

"처음부터 상점가에 계속 있었다는 거야?!"

순간 정신을 잃을 듯 머리가 새하얘졌다. 우리 아빠지만 이 사람은 정말….

"야구루마 가문은 그곳의 대지주였어. 모든 가게와 상점가 공사를 총괄 관리 할 수 있었기에 가능한 쇼였지. 물론 조각상뿐만 아니라 다른 미술품들도 교묘하게 그 상점가에 숨겨져 있었단다. 아주아주 오랫동안."

덧붙여 얘기하면, 하며 말을 이었다.

"그게 전부라고 생각하지는 않았으면 좋겠구나. 세인트의 자존심에 상처가 나니까. 그가 손에 넣은 미술품은 아직 전 세계에 숨겨져 있단다."

카츠미와 나는 아무 말도 할 수 없었다. 아빠는 그런 우리를 보며 미소 지었다.

"한마디 더 덧붙이자면, 상점가에 조력자가 없었다면 펼치지 못했을 쇼지만, 뭐, 그 이야기는 묻어두마."

대충 상상이 된다.

남몰래 손에 넣고 싶었던 미술품이 온 세상에 드러나 버린 것이다. 매시 그룹은 이제 그 미술품들을 손에 넣기 위해 움직일 수 없다. 섣불리 움직였다가 괜히 자신들이 위험해질지도 모르니까.

그나저나, 하며 아빠가 몸을 앞으로 기울였다.

"너희에게 제안할 게 있는데."

"제안?"

우리에게?

"매시 그룹은 손을 뗐지만, 각국의 미술 관계자들이 또 이래저래 참견할 가능성이 남아 있잖니."

"그렇지."

내가 말하자, 카츠미가 고개를 끄덕였다.

"그걸 막으려면 확고한 인식이 자리 잡힐 필요가 있을 것 같구나."

"확고한 인식?"

아빠는 그렇다며 크게 고개를 끄덕였다.

"지금 우리 상점가는 시의 지원까지 받아서 미술과 예술을 보호하고 계몽하는 곳이라는 이미지를 구축하고 있어. 그런 인식이 제대로 정착되면, 미술 관계자들도 가볍게 불만을 표하지는 않을 거야. 우리가 미술품을 소중히 여기니까 서두를 필요는 없다고 생각할 테지."

"그렇구나."

듣고 보니 그럴 수도 있겠다.

"더 나아가 휴머니즘 넘치는 무언가가 더해진다면, 거기에 찬물을 끼얹는 건 사람으로서 도리가 아니라는 느낌을 받을 거다. 특히 유럽 사람들은 그렇게 생각할 거야."

"휴머니즘?"

카츠미와 나는 고개를 갸우뚱했다.

"무슨 말이야?"

"3번가에 있는 조각상 마르이즈 블루멜의 '바다의 장군'을 보면 어떤 느낌이 드니?"

어떤 느낌?

"음, 엄청 경건한 느낌이 들지. 엄숙하달까?"

"맞아, 맞아." 하며 카츠미가 동조했다.

"왠지 교회 같은 데에 어울릴 것 같아."

"네 말대로란다."

그 말을 하고 싶었다는 듯 아빠가 고개를 끄덕였다.

"그 작품은 한때 '사랑의 심판자'라는 별명으로도 불렸어. 그 조각상에 영원한 사랑을 맹세하는 문화도 있었지. 책에도 나오는 분명한 역사적 사실이란다."

나는 고개를 끄덕이다가 아빠의 미소를 보고 불길한 예감이 들었다.

"아빠, 설마…."

"역시 우리 딸이야. 눈치가 빨라."

"응? 왜 그러는데?"

카츠미가 나를 쳐다보았다. 나도 카츠미를 보았지만, 그 장면이 머릿속에서 두둥실 떠올라서 나도 모르게 눈을 피했다.

"거기서 공개 결혼식을 올리면 좋겠구나. 엄숙하면서도 활기찬 분위기 속에서 영원한 사랑을 맹세하는 장소로 인기를 얻으면, 각국의 미술 관계자들도 수긍하고 그대로 둬야겠다고 생각하지 않겠니? 누가 뭐라든 그쪽 사람들은 사랑을 맹세하는 우상숭배에는 아주 관용적이고 관대하니까."

카츠미는 그렇구나, 하며 고개를 끄덕이다가 한 박자 쉰 뒤에 어? 하며 목소리를 높였다.

"세이진 아저씨, 설마…."

아빠는 빙그레 미소 지었다.

"너희가 그 공개 결혼식의 첫 주자가 된다면, 나중에 호큐토가 뒤를 잇겠지. 좋은 평을 얻으면 거기서 식을 올리는 사람이 더 늘어날 거야."

상점가의 명물이 되어, 경사스러운 일로 가득한 그야말로 행복이 피어나는 꽃길 같은 상점가가 만들어질 거라고 아빠가 덧붙였다.

어쩌지?

음, 괜찮지 않을까?

꽃길 상점가니까.

카츠미가 나를 쳐다보자, 나는 얼른 오른손을 펼쳐서 카츠미의 얼굴을 가렸다.

"안 돼."

"아니." 카츠미가 당황해서 허둥댄다. "아직 아무 말도 안 했는데."

"그러니까 안 된다고."

이렇게 메밀국수를 먹으며 수수께끼를 푼 김에 해치우듯이 말하지 말고, 조금 더 제대로 된 시간과 장소를 골라서 말해.

말해 줘.

나와 결혼해 달라고.

**옮긴이 권하영**

한국외국어대학교 일본어통번역학과를 졸업하고, 이화여자대학교 통역번역대학원에서 한일번역을 전공하였다. 번역작으로《전남친의 유언장》,《루팡의 딸2》,《루팡의 딸3》,《루팡의 딸4》,《루팡의 딸5》,《내가 나를 버린 날》,《9번째 18살을 맞이하는 너와》 등이 있다.

**초판** 2023년 6월 15일 1쇄
**저자** 쇼지 유키야
**옮긴이** 권하영
ISBN 979-11-93047-02-6 03830

**출판사** 북플라자
**주소** 서울시 강남구 논현동 118-13 5층
**홈페이지** www.bookplaza.co.kr

영화 판권, 오탈자 제보 등 기타 문의사항은 book.plaza@hanmail.net으로 보내주세요.
잘못된 책은 구입하신 서점에서 교환해 드립니다.